U0116197

# 世界在走，我坐着

余光中 著

湖南文艺出版社
HUNAN LITERATURE AND ART PUBLISHING HOUSE

博集天卷
CS-BOOKY

世界在走，我坐着

# 目录

## 上编　思念比远方更远

### 第一章　风筝与线

每一次离开是一次剧烈的连根拔起。

但是他的根永远在这里，因为泥土在这里，落叶在这里，芬芳，亦永永永永播扬自这里。

## 第二章　车轮与路

九月间，到半山去看白杨林子，在风里炫耀黄金，
回来的途中，系一枝白杨在汽车的天线上，
算是俘虏了几片秋色。

下编

我看见风的去处

## 第一章　没有尽头的歌

时常在冬日的深宵，诗写到一半，
正独对天地之悠悠，
寒战的汽笛声会一路沿着小巷呜呜传来，
凄清之中有其温婉，好像在说：全台北都睡了，
我也要回站去了，你，还要独撑这倾斜的世界吗？

# 第二章　永不熄灭的光

盖棺之论论难定，一个民族，
有时要看上几十年几百年，
才看得清自己的诗魂。

上　编

思念比远方更远

——

# 第一章

# 风筝与线

世界在走，我坐着

每一次高开是一次剧烈的连根拔起。但是他的根永远在这里，因为泥土在这里，落叶在这里，芬芳，亦永永永永播扬自这里。

# 望乡的牧神

———

那年的秋季特别长，一直拖到感恩节，还不落雪。事后大家都说，那年的冬季，也不像往年那么长，那么严厉。雪是下了，但不像那么深，那么频。幸好圣诞节的一场还积得够厚，否则圣诞老人就显得狼狈失措了。

那年的秋季，我刚刚结束了一年浪游式的讲学，告别了第三十三张席梦思，回到密歇根来定居。许多好朋友都在美国，但黄用和华苓在艾奥瓦，梨华远在纽约，一个长途电话能令人破产。咪咪手续未备，还阻隔半个大陆加一个海加一个海关。航空邮简是一种迟缓的箭，射到对海，火早已熄了，余烬显得特别冷。

那年的秋季，显得特别长。草，在渐渐寒冷的天气里，久久不枯。空气又干，又爽，又脆。站在下风的地方，可以嗅出树叶，满林子树叶散播的死讯，以及整个中西部成熟后的体香。中西部的秋季，是一场弥月不熄的野火，从浅黄到血红到暗赭到郁沉沉的浓栗，从艾奥瓦一直烧到俄亥俄，夜以继日、日以继夜地维持好几十郡的灿烂。云罗张在特别洁净的蓝虚蓝无上，白得特别惹眼。谁要用剪刀去剪，一定装满好几箩筐。

那年的秋季特别长，像一段雏形的永恒。我几乎以为，站在四围的秋色里，那种圆溜溜的成熟感，会永远悬在那里，不坠下来。终于一切瓜一切果都过肥过重了，从腴沃中升起来的仍垂向腴沃。每到黄昏，太阳也垂垂落向南瓜田里，红橙橙的，一只熟得不能再熟下去的，特大号的南瓜。日子就像这样过去。晴天之后仍然是晴天之后仍然是完整无憾饱满得不能再饱满的晴天，敲上去会敲出音乐来的稀金属的晴天。就这样微酗地饮着清醒的秋季，好怎么不好，就是太寂寞了。在西密歇根大学，开了三门课，我有足够的时间看书，写信。但更多的时间，我用来幻想，而且回忆，回忆在有一个岛上做过的有意义和无意义的事情，一直到半夜，到半夜以后。有些事情，曾经恨过的，再恨一次；曾经恋过的，再恋一次；有些无聊，甚至再无聊一次。一切都离我很久，很远。我不知道，我的寂寞应该以时间或空间为半径。就这样，我独自坐到午夜以后，看窗外的夜比《圣经·旧约》更黑，万籁俱死之中，听两颊的胡髭无赖地长着，应和着腕表巡回的秒针。

这样说，你就明白了。那年的秋季特别长。我不过是个客座教授，悠悠荡荡的，无挂无牵。我的生活就像一部翻译小说，情节不多，气氛很浓；也有其现实的一面，但那是异国的现实，不算数的。例如汽车保险到期了，明天要记得打电话给那家保险公司；公寓的邮差怪可亲的，圣诞节要不要送他件小礼品；等等。究竟只是一部翻译小说，气氛再浓，只能当作一场逼真的梦罢了。而尤其可笑的是，读来读去，连一个女主角也不见。男主角又如此地无味。这部恶汉体的（picaresque）小说，应该是没有销路的。不成其为配角的配角，倒有几位。劳悌芬便是其中的一位。在我教过的一百六十几个美国大孩子之中，劳悌芬和其他少数几位，大概会长久留在我的回忆里。一切都是巧合。有一个黑发的东方人，去到密歇根，恰巧会到那一个大学。恰巧那一年，有一个金发的美国青年，也在那大学里。恰巧金发选了黑发的课。恰巧谁也不讨厌谁。于是金发出现在那部翻译小说里。

那年的秋季，本来应该更长更长的。是劳悌芬，使它显得不那样长。劳悌芬，是我给金发取的中文名字。他的本名是 Stephen Cloud。一个姓云的人，应该是洒脱的。劳悌芬倒不怎么洒脱。他毋宁是有些腼腆的，不像班上其他的男孩，爱逗着女同学说笑。他也爱笑，但大半是坐在后排，大家都笑时他也参加笑，会笑得有些脸红。后来我才发现他是戴隐形眼镜的。

同时，秋季愈益深了。女学生们开始穿大衣来教室。上课的时候，掌大的枫树落叶，会簌簌叩打大幅的玻璃窗。我仍记得，那天早晨刚落过霜，我正讲到杜甫的"秋来相顾尚飘蓬"。忽然瞥见红叶黄叶之上，联邦的星条旗扬在猎猎的风中，一种摧心折骨的无边秋感，自头盖骨一直麻到十个指尖。有三四秒钟我说不出话来。但脸上的颜色一定泄露了什么。下了课，劳悌芬走过来，问我周末有没有约会。当我的回答是否定时，他说：

"我家在农场上，此地南去四十多英里。星期天就是万圣节了。如果你有兴致，我想请你去住两三天。"

　　所以三天后，我就坐在他西德产的小汽车右座，向南方出发了。十月底的一个半下午，小阳春停在最美的焦距上，湿度至小，能见度至大，风景呈现最清晰的轮廓。出了卡拉马祖（Kalamazoo），密歇根南部的大平原抚得好空好阔，浩浩乎如一片陆海，偶然的农庄和丛树散布如列屿。在这样响当当的晴朗里，这样高速这样平稳地驰骋，令人幻觉是在驾驶游艇。一切都退得很远，腾出最开敞的空间，让你回旋。秋，确是奇妙的季节。每个人都幻觉自己像两万英尺高的卷云那么轻，一大张卷云卷起来称一称也不过几磅。又像空气那么透明，连忧愁也是薄薄的，用裁纸刀这么一裁就裁开了。公路，像一条有魔术的白地毡，在车头前面不断舒展，同时在车尾不断卷起。

　　如是卷了二十几英里，西德的小车在一面小湖旁停了下来。密歇根原是千湖之州，五大湖之间尚有无数小泽。像其他的小泽一样，面前的这个湖蓝得染人肝肺。立在湖边，对着满满的湖水，似乎有一只幻异的蓝眼瞳在施术催眠，令人意识到一种不安的美。所以说秋是难解的。秋是一种不可置信而居然延长了这么久的奇迹，总令人觉得有点不妥。就像此刻，秋色四面，上面是土耳其玉的天穹，下面是普鲁士蓝的清澄，风起时，满枫林的叶子滚动香熟的灿阳，仿佛打翻了一匣子的玛瑙。莫奈和西思莱死了，印象主义的画面永生。

　　这只是刹那的感觉罢了。下一刻，我发现劳悌芬在喊我。他站在一株大黑橡下面。赤褐如焦的橡叶丛底，露出一间白漆木板钉成的小屋。走进去，才发现是一爿小杂货店。陈设古朴可笑，饶有殖民时期风味。西洋杉铺成的地板，走过时轧轧有声。这种小铺子在城市里是已经绝迹了。店主是一个满脸斑点的胖妇人。劳悌芬向她买了十几根红白相间的竿竿糖，满意地和我走出店来。

橡叶萧萧，风中甚有寒意。我们赶回车上，重新上路。劳悌芬把糖袋子递过来，任我抽了两根。糖味不太甜，有点薄荷在里面，嚼起来倒也津津可口。劳悌芬解释说：

"你知道，老太婆那家小店，开了十几年了。生意不好，也不关门。读初中起，我就认得她了，也不觉得她的糖有什么好吃。后来去卡拉马祖上大学，每次回家，一定找她聊天，同时买点糖吃，让她高兴高兴。现在居然成了习惯，每到周末，就想起薄荷糖来了。"

"是蛮好吃。再给我一根。你也是，别的男孩子一到周末就约 chic 去了，你倒去看祖母。"

劳悌芬红着脸傻笑。过了一会儿，他说：

"女孩子麻烦。她们喝酒，还做好多别的事。"

"我们班上的好像都很乖。例如路丝——"

"哦，满嘴的存在主义什么的，好烦。还不如那个老婆婆坦白！"

"你不像其他的美国男孩子。"

劳悌芬耸耸肩，接着又傻笑起来。一辆货车挡在前面，他一踩油门，超了过去。把一袋糖吃光，就到了劳悌芬的家了。太阳已经偏西。夕照正当红漆的仓库，特别显得明艳映颜。劳悌芬把车停在两层的木屋前，和他父亲的旅行车并列在一起。一个丰硕的妇人从屋里探头出来，大呼说：

"Steve！我晓得是你！怎么这样晚才回来！风好冷，快进来吧！"

劳悌芬把我介绍给他的父母和弟弟侯伯（Herbert）。终于大家在晚餐桌边坐定。这才发现，他的父亲不过五十岁，已经满头白发，可是白得整齐而洁净，反而为他清瘦的面容增添光辉。侯伯是一个很漂亮的，伶手俐脚的小伙子。但形成晚餐桌上暖洋洋的气氛的，还是他的母亲。她是一个胸脯宽阔，眸光亲切的妇人，笑起来时，启露白而齐的齿光，映得满座粲然。她一直忙着传递盘碟。看见我饮牛奶时狐疑的脸色，她说：

"味道有点怪，是不是？这是我们自己的母牛挤的奶，原奶，和超级市场上买到的不同。等会儿你再尝尝我们自己的榨苹果汁看。"

"你们好像不喝酒。"我说。

"爸爸不要我们喝，"劳悌芬看了父亲一瞥，"我们只喝牛奶。"

"我们是清教徒，"他父亲眯着眼睛说，"不喝酒，不抽烟。从我的祖父起就是这样子。"

接着他母亲站起来，移走满桌子残肴，为大家端来一碟碟南瓜饼。

"Steve，"他母亲说，"明天晚上汤普森家的孩子们说了要来闹节的。'不招待，就作怪'，余先生听说过吧？糖倒是准备了好几包。就缺一盏南瓜灯。地下室有三四只空南瓜，你等会儿去挑一只雕一雕。我要去挤牛奶了。"

等他父亲也吃罢南瓜饼，起身去牛栏里帮他母亲挤奶时，劳悌芬便到地下室去。不久，他捧了一只脸盆大小的空干南瓜来，开始雕起假面来。他在上端先开了两只菱形的眼睛，再向中部挖出一只鼻子，最后，又挖了一张新月形的阔嘴，嘴角向上。接着他把假面推到我的面前，问我像不像。相了一会儿，我说：

"嘴好像太小了。"

于是他又把嘴向两边开得更大。然后他说：

"我们把它放到外面去吧。"

我们推门出去。他把南瓜脸放在走廊的地板上，从夹克的大口袋里掏出一截白蜡烛，塞到蒂眼里，企图把它燃起。风又急又冷，一吹，就熄了。徒然试了几次，他说：

"算了，明晚再点吧。我们早点睡。明天还要去打野兔子呢。"

第二天下午，我们果然背着猎枪，去打猎了。这在我说来，是有点滑稽的。我从来没有打猎的经验。军训课上，是射过几发子弹，但距离红心不晓得有好远。劳悌芬却兴致勃勃，坚持要去。

"上个周末没有回家。再上个周末，帮爸爸驾收割机收黄豆。一直没有机会到后面的林子里去。"

劳悌芬穿了一件粗帆布的宽大夹克，长及膝盖，阔腰带一束，显得五英尺十英寸上下的身材，分外英挺。他把较旧式的一把猎枪递给我，说：

"就凑合着用一下吧。一九五八年出品，本来是我弟弟用的。"看见我犹豫的颜色，他笑笑说，"放松一点。只要不向我身上打就行。很有趣的，你不妨试试看。"

我原有一肚子的话要问他。可是他已经领先向屋后的橡树林欣然出发了。我端着枪跟上去。两人绕过黄白相间的耿西牛群的牧地，走上了小木桥彼端的小土径，在犹青的乱草丛中蜿蜒而行。天气依然爽朗朗地晴。风已转弱，阳光不转瞬地凝视着平野，但空气拂在肌肤上，依然冷得人神志清醒，反应敏锐。舞了一天一夜的斑斓树叶，都悬在空际，浴在阳光金黄的好脾气中。这样美好而完整的静谧，用一发猎枪子弹给炸碎了，岂不是可惜。

"一只野兔也不见呢。"我说。

"别慌。到前面的橡树丛里去等等看。"

我们继续往前走。我努力向野草丛中搜索，企图在劳悌芬之前发现什么风吹草动；如此，我虽未必能打中什么，至少可以提醒我的同伴。这样想着，我就紧紧追上了劳悌芬。蓦地，我的猎伴举起枪来，接着耳边炸开了一声脆而短的骤响。一样毛茸茸的灰黄的物体从十几码外的黑橡树上坠了下来。

"打中了！打中了！"劳悌芬向那边奔过去。

"是什么？"我追过去。

等到我赶上他时，他正挥着枪柄在追打什么。然后我发现草坡下，劳悌芬脚边的一个橡树窟窿里，一只松鼠尚在抽搐。不到半分钟，它就完全静止了。

"死了。"劳悌芬说。

"可怜的小家伙。"我摇摇头。我一向喜欢松鼠。以前在艾奥瓦念书的时候，我常爱从红砖的古楼上，俯瞰这些长尾多毛的小动物，在修得平整的草地上嬉戏。我尤其爱看它们躬身而立，捧食松果的样子。劳悌芬捡起松鼠。它的右腿渗出血来，修长的尾巴垂着死亡。劳悌芬拉起一把草，把血斑拭去说：

"它掉下来，带着伤，想逃到树洞里去躲起来。这小东西好聪明。带回去给我父亲剥皮也好。"

他把死松鼠放进夹克的大口袋里，重新端起了枪。

"我们去那边的树林子里再找找看。"他指着半英里外的一片赤金和鲜黄。想起还没有庆贺猎人，我说：

"好准的枪法，刚才！根本没有看见你瞄准，怎么它就掉下来了？"

"我爱玩枪。在学校里，我还是预备军官训练队的上校呢。每年冬季，我都带侯伯去北部的半岛打鹿。这一向眼睛差了。隐形眼镜还没有戴惯。"

这才注意到劳悌芬的眸子是灰蒙蒙的，中间透出淡绿色的光泽。我们越过十二号公路。岑寂的秋色里，去芝加哥的车辆迅疾地扫过，曳着轮胎磨地的哑哑，和掠过你身边时的风声。一辆农场的拖拉机，滚着齿槽深凹的大轮子，施施然碾过，车尾扬着一面小红旗。劳悌芬对车上的老叟挥挥手。

"是汤普森家的丈人。"他说。

"车上插面红旗子干吗？"

"哦，是州公路局规定的。农场上的拖拉机之类，在公路上穿来穿去，开得太慢，怕普通车辆从后面撞上去。挂一面红旗，老远就看见了。"

说着，我们一脚高一脚低走进了好大一片刚收割的田地。阡陌间歪歪斜斜地还留着一行行的残梗，零零星星的豆粒，落在干燥的土块里。劳悌芬随手折起一片豆荚，把荚剥开。淡黄的豆粒滚入了他的掌心。

"这是汤普森家的黄豆田。尝尝看，很香的。"

我接过他手中的豆子，开始吃起来。他折了更多的豆荚，一片一片地剥着。两人把嚼不碎的豆子吐出来。无意间，我哼起"高粱肥，大豆香，遍地黄金少灾殃……"

"嘿，那是什么？"劳悌芬笑起来。

"二次大战时大家都唱的一首歌……那时我们都是小孩子。"说着，我的鼻子酸了起来。两人走出了大豆田，又越过一片尚未收割的玉蜀黍。劳悌芬停下来，笑得很神秘。过了一会儿，他说：

"你听听看，看能听见什么。"

我当真听了一会儿。什么也没有听见。风已经很微。偶尔，玉蜀黍的干穗壳，和邻株磨出一丝窸窣。劳悌芬的浅灰绿瞳子向我发出问询。

我茫然摇摇头。

他又阔笑起来。

"玉米田，多耳朵。有秘密，莫要说。"

我也笑起来。

"这是双关语，"他笑道，"我们英语管玉米穗叫耳朵。好多笑话都从它编起。"

接着两人又默然了。经他一说，果然觉得玉蜀黍秆上挂满了耳朵。成千的耳朵都在倾听，但下午的遗忘覆盖一切，什么也听不见。一枚硬壳果从树上跌下来，两人吓了一跳。劳悌芬俯身拾起来，黑褐色的硬壳已经干裂。

"是山胡桃呢。"他说。

我们继续向前走。杂树林子已经在面前。不久，我们发现自己已在树丛中了。厚厚的一层落叶铺在我们脚下。卵形而有齿边的是桦，瘦而多棱的是枫，橡叶则圆长而轮廓丰满。我们踏着千叶万叶已腐的、将腐的、干脆欲裂的秋季向更深处走去，听非常过瘾也非常伤心的枯枝在我们体重下折断的声音。我们似乎践在暴露的秋筋秋脉上。秋月下午那安静的肃杀中，似乎，有一些什么在我们里面死去。最后，我们在一截断树干边坐下来。一截合抱的黑橡树干，横在枯枝败叶层层交叠的地面，皲裂的老皮形成阴郁的图案，记录霜的齿印，雨的泪痕。黑眼眶的树洞里，覆盖着红叶和黄叶，有的仍有潮意。

两人靠着断干斜卧下来，猎枪搁在断柯的杈丫上。树影重重叠叠覆在我们上面，蔽住更上面的蓝穹。落下来的锈红蚀褐已经很多，但仍有很多的病叶，弥留在枝柯上面，犹堪支撑一座两丈多高的镶黄嵌赤的圆顶。无风的林间，不时有一片叶子飘飘荡荡地坠下。而地面，纵横的枝叶间，会传来一声不甚可解的窸窣，说不出是足拨的或是腹游的路过。

"你看，那是什么？"我转向劳悌芬。他顺我指点的方向看去。那是几棵银桦树间一片凹下去的地面，里面的桦叶都压得很平。

"好大的坑。"我说。

"是鹿，"他说，"昨夜大概有鹿来睡过。这一带有鹿。如果你住在湖边，就会看见它们结队去喝水。"

接着他躺了下来，枕在黑皮的树干上，穿着方头皮靴的脚交叠在一起。他仰面凝视叶隙透进来的碎蓝色。如是仰视着，他的脸上覆盖着纷沓的游移的叶影，红的朦胧着黄的模糊。他的鼻子投影在一边的面颊上，因为太阳已沉向西南方，被桦树的白干分割着的西南方，牵着一线金熔熔的地平。他的阔胸脯微微地起伏。

"Steve，你的家园多安静可爱。我真羡慕你。"

仰着的脸上漾开了笑容。不久，笑容静止下来。

"是很可爱啊，但不会永远如此。我可能给征到越南去。"

"那样，你去不去呢？"我说。

"如果征到我，就必须去。"

"你——怕不怕？"

"哦，还没有想过。美国的公路上，一年也要死五万人呢。我怕不怕？好多人赶着结婚。我同样地怕结婚。年纪轻轻的，就认定一个女孩，好没意思。"

"你没有女朋友吗？"我问。

"没有认真的。"

我茫然了。躺在面前的是这样的一个躯体，结实，美好，充溢的生命一直到指尖和趾尖。就是这样的一个躯体，没有爱过，也未被爱过，未被情欲燃烧过的一截空白。有一个东方人是他的朋友。冥冥中，在一个遥远的战场上，将有更多的东方人等着做他的仇敌。一个遥远的战场，那里的树和云从未听说过密歇根。

这样想着，忽然发现天色已经晚了。金黄的夕暮淹没了林外的平芜。乌鸦叫得原野加倍地空旷。有谁在附近焚烧落叶，空中漫起灰白的烟来，嗅得出一种好闻的焦味。

"我们回去吃晚饭吧。"劳悌芬说。

那年的秋季特别长，似乎，万圣节来得也特别迟。但到了万圣节，白昼已经很短了。太阳一下去，天很快就黑了，比《圣经》的封面还黑。吃过晚饭，劳悌芬问我累不累。

"不累。一点也不累。从来没有像这样好兴致。"

"我们开车去附近逛逛去。"

"好啊——今晚不是万圣节前夕吗？你怕不怕？"

"怕什么？"劳悌芬笑起来，"我们可以捉两个女巫回来。"

"对！捉回来，要她们表演怎样骑扫帚！"

全家人都哄笑起来。劳悌芬和我穿上厚毛衫与夹克。推门出去，在寒战的星光下，我们钻进西德的小车。车内好冷，皮垫子冰人臀股，一切金属品都冰人肘臂。立刻，车窗上就呵了一层翳翳的雾气。车子上了十二号公路，速度骤增，成排的榆树向两侧急急闪避，白脚的树干反映着首灯的光，但榆树的巷子外，南密歇根的平原罩在一件神秘的黑巫衣里。劳悌芬开了暖气。不久，我的膝头便感到暖烘烘了。

"今晚开车特别要小心，"劳悌芬说，"有些小孩子会结队到邻近的村庄去捣蛋。小孩子边走边说笑，在公路边上，很容易发生车祸。今年，警察局在报上提醒家长，不要让孩子穿深色的衣服。"

"你小时候有没有闹过节呢？"

"怎么没有？我跟侯伯闹了好几年。"

"怎么一个捣蛋法？"

"哦，不给糖吃的话，就用烂泥糊在人家门口。或在窗子上画个鬼，或者用粉笔在汽车上涂些脏话。"

"倒是蛮有意思的。"

"现在渐渐不作兴这样了。父亲总说，他们小时候闹得比我们还凶。"

　　说着，车已上了跨越大税路的陆桥。桥下的车辆四巷来去地疾驶着，首灯闪动长长的光芒，向芝加哥，向托莱多。

　　"是印第安纳的超级税道。我家离州界只有七英里。"

　　"我知道。我在这条路上开过两次的。"

　　"今晚已经到过印第安纳了。我们回去吧。"

　　说着，劳悌芬把车子转进一条小支道，绕路回去。

　　"走这条路好些，"他说，"可以看看人家的节景。"

　　果然远处霭着几星灯火。驶近时，才发现是十几户人家。走廊的白漆栏杆上，皆供着点燃的南瓜灯，南瓜如面，几何形的眼鼻展览着布拉克和毕加索，说不清是恐怖还是滑稽。有的廊上，悬着骑帚巫的怪异剪纸。打扮得更怪异的孩子们，正在拉人家的门铃。灯火自楼房的窗户透出来，映出洁白的窗帷。

　　接着劳悌芬放松了油门。路的右侧隐约显出几个矮小的人影。然后我们看出，一个是王，戴着金黄的皇冠，持着权杖，披着黑色的大氅；一个是后，戴着银色的后冕，曳着浅紫色的衣裳；后面一个武士，手执斧钺，不过四五岁的样子。我们缓缓前行，等小小的朝廷越过马路。不晓得为什么，武士忽然哭了起来。国王劝他不听，气得骂起来。还是好心的皇后把他牵了过去。

　　劳悌芬和我都笑起来。然后我们继续前进。劳悌芬哼起《出埃及》中的一首歌，低沉之中带点凄婉。我一面听，一面数路旁的南瓜灯。最后劳悌芬说：

　　"那一盏是我们家的南瓜灯了。"

　　我们把车停在铁丝网成的玉蜀黍圆仓前面。劳悌芬的母亲应铃来开门。我们进了木屋，一下子，便把夜的黑和冷和神秘全关在门外了。

"汤普森家的孩子们刚来过，"他的妈妈说，"爱弟装亚述王，简妮装贵妮薇儿，佛莱德跟在后面，什么也不像，连'不招待，就作怪'都说不清楚。"

"表演些什么？"劳悌芬笑笑说。

"简妮唱了一首歌。佛莱德什么都不会，硬给哥哥按在地上翻了一个筋斗。"

"汤姆怎么没来？"

"汤姆吗？汤姆说他已经大了，不搞这一套了。"

那年的秋季特别长，似乎可以那样一直延续下去。那一夜，我睡在劳悌芬家楼上，想到很多事情。南密歇根的原野向远方无限地伸长，伸进不可思议的黑色的遗忘里。地上，有零零落落的南瓜灯。天上，秋夜的星座在人家的屋顶上、电视的天线上，在光年外排列，百年前千年前第一个万圣节前就是那样的阵图。我想得很多，很乱，很不连贯。高粱肥。大豆香。从越战想到朝鲜战争想到八年的抗战（十四年抗战）。想冬天就要来了空中嗅得出雪来今年的冬天我仍将每早冷醒在单人床上。大豆香。想大豆在密歇根香着，在印第安纳在俄亥俄香着的大豆在另一个大陆有没有在香着？劳悌芬是个好男孩，我从来没有过弟弟。这部翻译小说，愈写愈长愈没有情节而且男主角愈益无趣，虽然气氛还算逼真。南瓜饼是好吃的，比苹果饼好吃些。高粱肥。大豆香。大豆香后又怎么样？我实在再也吟不下去了。我的床向秋夜的星空升起，升起。大豆香的下一句是什么？

那年的秋季特别长，所以说，我一整夜都浮在一首歌上。那些尚未收割的高粱，全失眠了。这么说，你就完全明白了，不是吗？那年的秋季特别长。

一九六六年十月二十四日追忆

# 地
# 图

--------

　　书桌右首的第三个抽屉里，整整齐齐叠着好几十张地图，有的还很新，有的已经破损，或者字迹模糊，或者在折缝处已经磨开了口。新的，他当然喜欢，可是最痛惜的，还是那些旧的、破的、用原子笔画满了记号的。只有它们才了解，他闯过哪些城，穿过哪些镇，在异国的大平原上咽过多少州多少郡的空寂。只有它们的折缝里犹保存他长途奔驰的心境。八千里路云和月，它们曾伴他，在月下、云下。不，他对自己说，何止八千里路呢。除了自己道奇的英里程计上标出来的二万八千英里之外，他还租过福特的 Galaxie 和雪佛兰的 Impala；加起来，折合公里怕不有五万公里？五万公里路的云和月，朔风和茫茫的白雾和雪，每一寸都曾与那些旧地图分担。

　　有一段日子，当他再度独身，那些地图就像他的太太一样，无论远行去何处，事先他都要和它们商量。譬如说，从芝加哥回葛底斯堡，究竟该走坦坦的税道，还是该省点钱，走二级三级的公路？究竟该在克利夫兰，或是在匹兹堡休息一夜？就凭着那些地图，那些奇异的名字和符咒似的号码，他闯过费城、华盛顿、巴尔的摩；切过蒙特利尔、旧金山、洛杉矶、纽约。

　　归来后，这种倜傥的江湖行，这种意气自豪的浪游热，德国佬所谓的 wanderlust 者，一下子就冷下来了。一年多，他守住这个已经够小的岛上一方小小的盆地兜圈子，兜来兜去，至北，是大直，至南，是新店。往往，一连半个月，他活动的空间，不出一条怎么说也说不上美丽的和平东路，呼吸一百二十万人呼吸过的第八流的空气，和二百四十万只鞋底踢起的灰尘。有时，从厦门街到师大，在他的幻想里，似乎比芝加哥到卡拉马祖更遥更远。日近长安远，他常常这样挖苦自己。偶尔他"文旌南下"，逸出那座无欢的灰城，去中南部的大学做一次演讲。他的演讲往往是免费的，但是灰城外，那种金黄色的晴美气候，也是免费的。回程的火车上，他相信自己年轻得多了，至少他的肺叶要比去时干净。可是一进厦门街，他的自信立刻下降。在心里，他对那狭长的巷子和那日式古屋说："现实啊现实，我又回来了。"

　　这里必须说明，所谓"文旌南下"，原是南部一位作家在给他的信中用的字眼。中国老派文人的板眼可真不少，好像出门一步，就有云旗委蛇之势，每次想起，他就觉得好笑，就像梁实秋，每次听人阔论诗坛文坛这个坛那个坛的，总不免暗自莞尔一样。"文旌北返"之后，他立刻又恢复了灰城之囚的心境，把自己幽禁在六个榻榻米的冷书斋里，向六百字稿纸的平面，去塑造他的立体建筑。六席的天地是狭小的，但是六百字稿纸的天地却可以无穷大。面对后者，他欣赏无视于前者了。面对后者，他的感觉不能说不像创世记的神。一张空白的纸永远是一个挑战，对于一股创造的欲望。宇宙未剖之际，浑浑茫茫，一个声音说，应该有光，于是便有了光。做一个发光体，一个光源，本身便是一种报酬，一种无上的喜悦。每天，他的眼睛必成为许多许多眼睛的焦点。从那些清澈见底，那些年轻眼睛的反光，他悟出光源的意义和重要性。仍然，他记得，年轻时他也曾寂寞而且迷失，而且如何地嗜光。现在他发现自己竟已成为光源，这种发现，使他喜悦，也使他惶然战栗。而究竟是怎样从嗜光族人变成了光源之一的，那过程，他已经记忆朦胧了。

　　他所置身的时代，像别的许多时代一样，是混乱而矛盾的。这是一个旧时代的结尾，也是一个新时代的开端，充满了失望，也抽长着希望，充满了残暴，也有很多温柔，如此逼近，又如此看不清楚。一度，历史本身似乎都有中断的可能。他似乎立在一个大旋涡的中心，什么都绕着他转，什么也捉不住。所有的笔似乎都在争吵，毛笔和钢笔，钢笔和粉笔。毛笔说，钢笔是舶来品；钢笔说毛笔是土货，且已过时。又说粉笔太学院风，太贫血；但粉笔不承认钢笔的血液，因为血液岂有蓝色。于是笔战不断绝，文化界的巷战此起彼落。他也是火药的目标之一，不过在他这种时代，谁又能免于稠密的流弹呢？他自己的手里就握有毛笔、粉笔和钢笔。他相信，只要那是一支挺直的笔，一定会在历史上留下一点笔迹的，也许那是一句，也许那是整节甚至整章。至于自己本来无笔而要攘人，据人，甚至焚人之笔之徒，大概是什么标点符号也留不下来的吧。

　　流弹如雹的雨季，他偶尔也会坐在那里，向摊开的异国地图，回忆另一个空间的逍遥游。那是一个纯然不同的世界，纯然不同，不但因为空间的阻隔，更因为时间的脱节。从这个世界到那个世界的意义，不但是八千英里，而且是半个世纪。那里，一切的节奏比这里迅疾，一切反应比这里灵敏，那里的空气中跳动着六十年代的脉搏，自由世界的神经末梢，听觉和视觉，触觉和嗅觉，似乎都向那里集中。那里的城市，向地下探得更深，向空中升得更高，向四方八面的触须伸得更长更长。那里的人口，有几分之一经常在高速的超级国道上，载驰载驱，从大西洋到太平洋，没有一盏红灯！新大陆，新世界，新的世纪！惠特曼的梦，林肯的预言。那里的眼睛总是向前面看，向上面，向外面看。当他们向月球看时，他们看见二十一世纪，阿拉斯加和夏威夷的延长，人类最新的边疆，最远最夐辽的前哨。而他那个民族已习惯于回顾：当他们仰望明月，他们看见的是蟾，是兔，是后羿的逃妻，在李白的杯中、眼中、诗中。所以说，那是一个纯然不同的世界。他属于东方，他知道月亮浸在一个爱情典故里该有多美丽。他也去过西方，能够想象从二百英寸的巴洛马天文望远镜中，从人造卫星上窥见的那颗死星，该怎样诱惑着未来的哥伦布和郑和。

　　他将自己的生命划为三个时期：旧大陆、新大陆和一个岛屿。他觉得自己同样属于这三种空间，不，三种时间，正如在思想上，他同样同情钢笔、毛笔、粉笔。旧大陆是他的母亲。岛屿是他的妻。新大陆是他的情人。和情人约会是缠绵而醉人的，但是那件事注定了不会长久。在新大陆的逍遥游中，他感到对妻子的责任，对母亲深远的怀念，渐行渐重也渐深。去新大陆的行囊里，他没有像萧邦那样带一把泥土，毕竟，那泥土属于那岛屿，不属于那片古老的大陆。他带去的是一幅旧大陆的地图，中学时代，抗战期间，他用来读本国地理的一张破地图。就是那张破地图，曾经伴他自重庆回到南京，自南京而上海而厦门而香港而终于到那个岛屿。一张破地图，一个破国家，自嘲地，他想。密歇根的雪夜，葛底斯堡的花季，他常常展视那张残缺的地图，像凝视亡母的旧照片。那些记忆深长的地名。长安啊，洛阳啊，赤壁啊，台儿庄啊，汉口和汉阳，楚和湘。往往，他的眸光逡巡在巴蜀，在嘉陵江上，在那里，他从一个童军变成一个高二的学生。

　　远从初中时代起，他就喜欢画地图了。一张印刷精致的地图，对于他，是一种智者的愉悦，一种令人清醒动人遐思的游戏。从一张眉目姣好的地图他获得的满足，不但是理性的，也是感性的，不但是知，也是美。蛛网一样的铁路，麦穗一样的山峦，雀斑一样的村落和市镇，雉堞隐隐的长城啊，叶脉历历的水系，神秘而荒凉而空廓廓的沙漠。而当他的目光循江河而下，徘徊于柔美而曲折的海岸线，复在罗列得缤缤纷纷或迤迤逦逦的群岛之间跳越为戏的时候，他更感到鸥族飞翔的快意。他爱海。哪一个少年不爱海呢？中学时代的他，围在千山之外仍是千山的四川，只能从地图上去嗅那蓝而又咸的活荒原的气息。秋日的半下午，他常常坐一方白净的冷石，俯临在一张有海的地图上面，做一种抽象的自由航行。这样鸥巡着水的世界，这样云游着鹰瞰着一巴掌大小的大地，他产生一种君临，不，神临一切的幻觉。这样的缩地术，他觉得，应该是一切敏感的心灵都嗜好的一种高级娱乐。

　　他临了一张又一张的地图。他画了那么多张，终于他发现，在这一方面，他所知道的和熟记的，竟已超过了地理老师。有些笨手笨脚的女同学，每每央他代绘中国全图，作为课业。他从不拒绝，像一个名作家不拒绝为读者签名一样。只是每绘一张，他必然留下一个错误。例如青海的一个湖泊给他的神力朝北推移了一百公里，或是辽宁的海岸线在大连附近凭空添上一个港湾，等等。无知的女同学不会发现，自是意料中事。而有知的郭老师竟然也被瞒过了，怎不令他感到九级魔鬼诡计得售后的自满？

他喜欢画中国地图，更喜欢画外国地图。国界最纷繁海岸最弯曲的欧洲，他百览不厌。多湖的芬兰，多岛的希腊，多雪多峰的瑞士，多花多牛多运河的荷兰，这些他全喜欢，但使他最沉迷的，是意大利，因为它优雅的海岸线和音乐一样的地名，因为威尼斯和罗马，凯撒和朱丽叶，那波利，墨西拿，萨地尼亚。一有空他就端详那些地图。他的心境，是企慕，是向往，是对于一种不可名状的新经验的追求。那种向往之情是纯粹的，为向往而向往。面对用绘图仪器制成的抽象美，他想不明白，秦王何以用那样的眼光看督亢，亚历山大何以要虎视印度，独脚的海盗何以要那样打量金银岛的羊皮纸地图。

在山岳如狱的四川，他的眼神如蝶，翩翩于滨海的江南。有一天能回去就好了，他想。后来蕈状云从广岛升起，太阳旗在中国的大陆降下，他发现自己怎么已经在船上，船在白帝城下在三峡，三峡在李白的韵里。他发现自己回到了江南。他并未因此更加快乐，相反地，他开始怀念四川起来。现在，他只能向老汉骑牛的地图去追忆那个山国，和山国里，那些曾经用川语摆龙门阵甚至吵架的故人了。太阳旗倒下，镰刀旗又升起。他发现自己到了这个岛上。初来的时候，他断断没有想到，自己竟会在这多地震的岛上连续抵挡十几季的台风和梅雨。现在，看地图的时候，他的目光总是在江南逡巡。燕子矶，雨花台，武进，漕桥，宜兴，几个单纯的地名便唤醒一整个繁复的世界。他更未料到，有一天，他也会怀念这个岛屿，在另一个大陆。

"你不能真正了解中国的意义，直到有一天你已经不在中国。"从新大陆寄回来的家信中，他这样写过。在中国，你仅是七万万分之一的中国，天灾，你可以怨中国的天，人祸，你可以骂中国的人。军阀、汉奸、政客、贪官污吏、土豪劣绅，你可以一个挨一个地骂下去，直骂到你的老师、父亲、母亲。当你不在中国，你便成为全部的中国，鸦片战争以来，所有的国耻全部贴在你脸上。于是你不能再推诿，不能不站出来，站出来，而且说："中国啊中国，你全身的痛楚就是我的痛楚，你满脸的耻辱就是我的耻辱！"第一次去新大陆，他怀念的是这个岛屿，那时他还年轻。再去时，他的怀念渐渐从岛屿转移到大陆，那古老的大陆，所有母亲的母亲，所有父亲的父亲，所有祖先啊所有祖先的大摇篮，那古老的大陆。中国所有的善和中国所有的恶，所有的美丽和所有的丑陋，全在那片土地上和土地下面，上面，是中国的稻和麦，下面，是黄花岗的白骨是岳武穆的白骨是秦桧的白骨或者竟然是黑骨。无论你愿不愿意，将来你也将加入这些。

走进地图，便不再是地图，而是山岳与河流，原野与城市。走出那河山，便仅仅留下了一张地图。当你不在那片土地，当你不再步履于其上，俯仰于其间，你只能面对一张象征性的地图，正如不能面对一张亲爱的脸时，就只能面对一帧照片了。得不到的，果真是更可爱吗？然则灵魂究竟是躯体的主人呢，还是躯体的远客？然则临图神游是一种超越，或是一种变相的逃避，灵魂的一种土遁之术？也许那真是一个不可宽宥的弱点吧？既然已经娶这个岛屿为妻，就应该努力把蜜月延长。

于是他将新大陆和旧大陆的地图重新放回右首的抽屉。太阳一落，岛上的冬暮还是会很冷很冷的。他搓搓双手，将自己的一切，躯体和灵魂和一切的回忆与希望，完全投入刚才搁下的稿中。于是那六百字的稿纸延伸开来，吞没了一切，吞没了大陆与岛屿，而与历史等长，茫茫的空间等阔。

一九六七年十二月二十一日

（本文略有删改——编者注）

# 蒲公英的岁月

———

"是啊，今年秋天还要再出去一次。"对朋友们他这么说。

而每次说起，他都有一种虚幻的感觉，好像说的不是自己，是另一个人。同时又觉得有解释清楚的必要，对自己，甚于对别人。好像一个什么"时期"就要落幕，一个新的，尚未命名的"时期"正在远方等他去揭纱。好像有一扇门，狻猊怒目衔环的古典铜门，挟着一片巨影，正向他关来，辘辘之声，令人心悸。门外，车尘如雾，无尽无止的是浪子之路，伸向一些陌生的树和云，和更陌生的一些路牌。每次说起，就好像宣布自己的死亡一样。此间事，在他走后，就好像身后事了。当然，人们还会咀嚼他的名字，像一枚清香的橄榄，只是橄榄树已经不在这里。对于另一些人，他的离去将如一枚龋齿之拔除，牙痛虽愈，口里空空洞洞的，反而好不习惯。真的，每一次离开是一次剧烈的连根拔起，自泥土、气候，自许多熟悉的面孔和声音。而远行的前夕，凡口所言，凡笔所书，都带有一点遗嘱、遗作的意味。于是在远行前的这段日子，将渐渐退入背景之中，记忆，冉冉升起一张茫茫的白网。网中，小盆地里的这座城，令他患得患失时喜时忧的这座城。这座城，钢铁为骨水泥为筋，在波涛浸灌鱼龙出没蓝鼾蓝息的那种梦中，将遥远如一钵小小的盆景，似真似幻的岛市水城。

所以这就是岁月啊千面无常的岁月。挂号信国际邮简车票机票船票。小时候，有一天，他把两面镜子相对而照，为了窥探这面镜中的那面镜中的这面镜中，还有那面这面镜子的无穷叠影，直至他感到一种无底的失落和恐惧。时间的交感症该是智者的一种心境吧。三去新大陆，记忆覆盖着记忆之下是更茫然的记忆，像枫树林中一层覆盖一层水渍浸蚀的残红。一来一往，亲密的变成陌生的成为亲密，预期变成现实又变成记忆。当喷射机忽然跃离跑道，一刹那告别地面又告别中国，一柄冰冷的手术刀，便向岁月的伤口猝然切入，灵魂，是一球千羽的蒲公英，一吹，便飞向四方。再拔出刀时，已是另一个人了。

尽管此行已经是第三度，尽管西雅图的海关像跨越后院的门槛，尽管他的朋友，在海那边的似乎比这边的还多，尽管如此，他仍然不能排除跳伞前的那种感觉。毕竟，那是全然不同的一个世界。因为一纵之后，他的胃就交给冰牛奶和草莓酱，他的肺就交给新大陆的秋天，发，交给落基山的风，茫茫的眼睛，整个付给青翠的风景。因为闭目一纵之后，入耳的莫非多音节的节奏，张口莫非动词、主词、宾词。美其名为讲学为顾问，事实上是一种高雅的文化充军。异国的日历上没有清明、端午、中秋和重九，复活节是谁在复活？感恩节感谁的恩？情人节，他想起天上的七七；国殇日，他想起地上的七七。为什么下一站永远是东京是芝加哥是纽约，不是上海或厦门？

　　二十年前来这岛上的，是一个激情昂扬的青年，眉上睫上发上，犹飘扬大陆带来的烽火从沈阳一直燎到衡阳，他的心跳和脉搏，犹应和抗战遍地的歌声嘉陵江的涛声长江滔滔入海浪淘历史的江声。二十年后，从这岛上出发的，是一个白发侵鬓的中年人……长江的涛声在故宫的卷卷轴轴里，在一吟三叹息的《念奴娇》里，旧大陆日远，新大陆日近。他乡生白发，家乡见青山。可爱的是家乡的山不改其青，可悲的是异乡人的发不能长保其白。长长的二十年，只有两度，他眺见了家乡短短的青山，但那是隔着铁丝网，还持着望远镜。第一次在金门。望远镜的彼端是澹澹的烟水，漠漠的船帆，再过去是厦门的青山之后仍是渺渺的青山。十二年前厦门大学的学生，鼓浪屿的浪子，南普陀的香客，谁能够想到，有一天会隔着这样一湾的无情蓝，以远眺敌阵的心情远眺自己的前身？母校、故宅、回忆，皆成为准星搜索的目标，一五五加农炮的射程。卡车在山的盲肠里穿行，山的盲肠，回忆的盲肠。司令官在地下餐厅以有名的高粱飨客，两面的石壁上用对方的炮弹壳饰成雄豪的图案。高粱落到胃里，比炮弹更强烈，血从胃底熊熊烧起，一直到耳轮和每一个发根。那一夜，他失眠了，血和浪一直在耳中呼啸。

　　第二次在勒马洲。崖下，阴阳一割的深圳河如哑如聋地流着。……当天下午，去沙田演讲，手执二角旗的大学生在火车站列队欢迎。拥挤的大课室里……许多眼睛有许多反光反映着他的眼睛。二十年前，他也是那样的一双眼睛。二十年前，他就住在铜锣湾，大陆逃来的一个失学青年，失学，失业，但更加严重的是失去信仰、希望、面对……几乎中断的历史。但历史是不会中断的，因为有诗的时代就证明至少有几个灵魂还醒在那里，有一颗心还不肯放弃跳动。因为鼾声还没有覆盖一切。……也还有这许多青年宁愿陪着他失眠。

宁可失眠，睁眼承受清清楚楚的痛楚，也不服安眠药欺骗自己。但清醒是有代价的。清醒的代价是孤独和自惩。当时他年纪轻轻，和一些清新的灵魂相约：绝对不受鼾声的同化，或是遁入安眠药瓶里！那时大家写诗，很有点赛跑的意味，虽然跑道的尽头只是荒原。一旦真正进入荒原，不但观众散光，连选手们也纷纷退出了这场马拉松。三年前，他刚从美国归来，臂上犹烙着西部的太阳，髭间，黏着犹他的沙尘。正是初秋的夜里，两年后他再度坐在北向的窗下，对着六百字的稿纸出神。市声漠漠，在远方流动像一条混浊的时间之流。渐渐，那浊流也愈流愈远，将一切交还给无言的星空。忽然一阵冷风卷地而起，在外面的院子里盘旋又盘旋，接着便是尤加利树的叶子扫落的声音。家人的鼾息从里面房间日式纸门的隙间传来。整个城市，醒着的只有他和冷落的星座。他是谁？他究竟是谁？在户籍之外他有无其他的存在？为何他坐在此地？为何要他背负着两个大陆的记忆，左耳，是长江的一片帆，右耳，大西洋岸一枚多回纹的贝壳？十年后，二十年后，五十年后他又是谁，他的惊呼他的怒叱和厉斥在空廊死寂的广场上哪里有回声？而年轻的真真年轻过的是否将永远年轻？而只要是美的即使只美过那么一次是否就算是永恒？然则他的朋友一起慷慨出发的那些朋友半途弃权，跳车，扭踝仆倒的选手到哪里去了？缪斯，可是无休无止的追求，而绝不接受求婚？蒲公英的岁月，一吹，便散落在四方，散落在湄公河和密西西比的水浒。即使击鼓吹箫，三啸大招，也招不回那许多亡魂。

蒲公英的岁月，流浪的一代飞扬在风中，风自西来，愈吹离旧大陆愈远。他是最轻最薄的一片，一直吹落到落基山的另一面，落进一英里高的丹佛城。丹佛城，新西域的大门，寂寞的起点，万嶂砌就的青绿山岳，一位五陵少年将囚在其中，三百六十五个黄昏，在一座红砖楼上，西顾落日而长吟："一片孤城万仞山。"但那边多鸽粪的钟塔，或是圆形的足球场上，不会有羌笛在诉苦，况且更没有杨柳可诉？于是橡叶枫叶如雨在他的屋顶头顶降下赤褐鲜黄和锈红，然后白雪在四周飘落温柔的寒冷，行路难难得多美丽。于是在不胜其寒的高处他立着，一匹狼，一只鹰，一截望乡的化石。纵长城是万里的哭墙洞庭是千顷的泪壶，他只能那样立在新大陆的玉门关上，向《纽约时报》的油墨去狂嗅中国古远的芳芬。可是在蟹行虾形的英文之间，他怎能教那些碧瞳仁碧瞳人去嗅同样的菊香与兰香？

碧瞳人不能。黑瞳人也不可能。每次走下台大文学院的长廊，他像是一片寂寞的孤云，在青空与江湖之间摇摆。在两个世界之间摇摆。他那一代的中国人，吞吐的是大陆性庞庞沛沛的气候，足印过处，是霜，是雪，上面是昊昊的青天、灿灿的白日，下面是整张的海棠红叶。他们的耳朵熟悉长江的节奏、黄河的旋律，他们的手掌知道杨柳的柔软梧桐的坚硬。江南，塞外，曾是胯下的马发间的风沙，曾是梁上的燕子齿隙的石榴染红嗜食的嘴唇，不仅是地理课本联考的问题习题。他那一代的中国人，有许多回忆在太平洋的对岸有更深长的回忆在海峡的那边，那重重叠叠的回忆成为他们思想的背景灵魂日渐加深的负荷，但是那重量不是这一代所能感觉。旧大陆。新大陆。旧大陆。他的生命是一个钟摆，在过去和未来之间飘摆。而他，感觉像一个阴阳人，一面在阳光中，一面在阴影里，他无法将两面转向同一只眼睛。他是眼分阴阳的一只怪兽，左眼，倒映着一座塔；右眼，倒映着摩天大厦。

临行前夕，他接受邀请，去大度山上向一群碧瞳的青年讲解中国的古典诗。这也是另一次外出讲学的前奏吧。五年前的夏天，也是在这样远行的前夕，他曾在大度山上，为了同样的演说，住了两个月。一离开台北，他立刻神清气爽，灵魂澄明透澈，每一口呼吸都像在享受，不，饕餮新酿成的空气，肺叶张合如翅。那天夜里，他缓缓步上山顶，坐在古典建筑的高高的石级上，任萤火与蛙鸣与星光围成凉凉的仲夏之夜。五年前，他戴着同样的星光坐在这里，面临同样的远行且享受同样透明的寂静。跳水之前，做一次闭目的凝神是好的。因为飞跃之后，玻璃的新世界将破成千面的寂寞，再出水已是另一个自己。那样坐着，忆着，展望着，安宁地呼吸着微凉且清香的思想，他似乎蜕出了这一层"自己"，飞临于"时间"之上如点水的蜻蜓，水流而蜻蜓并未移动。他恍然了。他感觉，能禅那么一下，让自我假寐那么一瞬，是何其美好。

从台中回来，火车穿过成串的隧道，越过河床干涸的大甲溪，迤逦驶行在西岸的平原。稻田的鲜绿强调白鹭的纯白，当长喙俯啄水底的云。阡阡陌陌从平畴的彼端从青山的麓底辐射过来，像滚动的轮辐迅速旋转。他的心中有一首牧歌的韵律升起。这样的风景是世界上最清凉的眼药水。在靠窗的座位上，他可以出神地骋目好几个小时。……他不喜欢台北，不，二十年之后他仍旧一点也不喜欢，可是他喜欢这座岛，他庆幸，他感激，为了二十年的身之所衣，顶之所蔽，足之所履。车窗外，风到哪里，七月的牧歌就扬起在哪里。豪爽慷慨的大地啊，玉米株上稻茎上甘蔗秆上累累悬结的无非是丰年。也许，真的，将来在重归旧大陆的前夕，他会跪下来吻别这块沃土。

甚至都不必等到那一天。在三去新大陆的前夕，已经有一种依依的感觉。这里很少杨柳，不是苏堤白堤的那种依依，虽远亦相随。他又特别不喜欢棕榈，无论如何也不能勉强把它们撑成一把诗。不过这城里的夏天也不是截然不能言美的，就看你怎样去猎取。植物园那两汪莲池，仲夏之夕，浮动半亩古典的清芬，等到市声沉淀，星眸半闭若眠，三只，两只，黛绿的低音箫手，犹在花底叶底鼓腹而鸣，那种古东方的恬淡感就不知有多深远。不然就在日落后坐在朝西的窗下，看鲜丽绚烂的晚霞怎样把天空让给各样的青和孔雀蓝到普鲁士蓝的蓝。于是星从日式屋脊从公寓的阳台电视天线从那边的木瓜树叶间相继点亮。一盏红灯在远处的电台铁塔上闪动。一架飞机闷闷的声音消逝后，巷底那冰果店再度传来京剧的锣鼓，和一位古英雄悲壮的咏叹。狗吠。虫吟。最后万籁皆沉，只余下邻居的水龙头作细细的龙吟，蚯蚓在星光下凿土的歌声。

因为这就是他的家乡，儿时就熟悉的夏日的夜晚。不记得他一生挥过多少柄蒲扇，扑过多少只流萤，拍死多少只蚊子？不记得长长的一夏鲸饮过多少杯凉茶、酸梅汤、绿豆汤、冰杏仁？只晓得这些绝不是冷气和可口可乐所能代替。行前的半个月，他的生活宁静而安详。因为蒲公英的岁月一开始，这样的日子，不，这样的节奏就不再可能。在高速的剧动和多音节的呼吸之前他必须储蓄足够的清醒与自知。他知道，一架猛烈呼啸的喷射机在跑道那边叫他，许多城，许多长长的街伸臂在迎他，但他的灵魂反而异常宁静。因为新大陆和旧大陆，海洋和岛屿已经不再争辩，在他的心中。他是中国的。这一点比一切都重要。他吸的既是中国的芬芳，在异国的山城里，亦必吐露那样的芬芳，不是科罗拉多的积雪所能封锁。每一次离开是一次剧烈的连根拔起。但是他的根永远在这里，因为泥土在这里，落叶在这里，芬芳，亦永永永永永播扬自这里。

他以中国的名字为荣。有一天，中国亦将以他的名字为荣。

一九六九年七月十六日

（本文略有删改——编者注）

# 听听那冷雨

———

　　惊蛰一过，春寒加剧。先是料料峭峭，继而雨季开始，时而淋淋漓漓，时而淅淅沥沥，天潮潮地湿湿，即连在梦里，也似乎把伞撑着。而就凭一把伞，躲过一阵潇潇的冷雨，也躲不过整个雨季。连思想也都是潮润润的。每天回家，曲折穿过金门街到厦门街迷宫式的长巷短巷，雨里风里，走入霏霏令人更想入非非。想这样子的台北凄凄切切完全是黑白片的味道，想整个中国整部中国的历史无非是一张黑白片子，片头到片尾，一直是这样下着雨的。这种感觉，不知道是不是从安东尼奥尼那里来的。不过那一块土地是久违了，二十五年，四分之一的世纪，即使有雨，也隔着千山万山，千伞万伞。二十五年，一切都断了，只有气候，只有气象报告还牵连在一起。大寒流从那块土地上弥天卷来，这种酷冷吾与古大陆分担。不能扑进她怀里，被她的裙边扫一扫吧也算是安慰孺慕之情。

　　这样想时，严寒里竟有一点温暖的感觉了。这样想时，他希望这些狭长的巷子永远延伸下去，他的思路也可以延伸下去，不是金门街到厦门街，而是金门到厦门。他是厦门人，至少是广义的厦门人，二十年来，不住在厦门，住在厦门街，算是嘲弄吧，也算是安慰。不过说到广义，他同样也是广义的江南人，常州人，南京人，川娃儿，五陵少年。杏花春雨江南，那是他的少年时代了。再过半个月就是清明。安东尼奥尼的镜头摇过去，摇过去又摇过来。残山剩水犹如是。皇天后土犹如是。纭纭黔首纷纷黎民从北到南犹如是。那里面是中国吗？那里面当然还是中国，永远是中国。只是杏花春雨已不再，牧童遥指已不再，剑门细雨渭城轻尘也都已不再。然则他日思夜梦的那片土地，究竟在哪里呢？

　　在报纸的头条标题里吗？还是香港的谣言里？还是傅聪的黑键白键、马思聪的跳弓拨弦？还是安东尼奥尼的镜底勒马洲的望中？还是呢，故宫博物院的壁头和玻璃橱内，京戏的锣鼓声中太白和东坡的韵里？

　　杏花。春雨。江南。六个方块字，或许那片土就在那里面。而无论赤县也好，神州也好，中国也好，变来变去，只要仓颉的灵感不灭美丽的中文不老，那形象，那磁石一般的向心力当必然长在。因为一个方块字是一个天地。太初有字，于是汉族的心灵他祖先的回忆和希望便有了寄托。譬如凭空写一个"雨"字，点点滴滴，滂滂沱沱，淅淅沥沥淅淅沥沥，一切云情雨意，就宛然其中了。视觉上的这种美感，岂是什么 rain 也好 pluie（法语，雨）也好所能满足？翻开一部《辞源》或《辞海》，金木水火土，各成世界，而一入"雨"部，古神州的天颜千变万化，便悉在望中，美丽的霜雪雲霞，骇人的雷電霹雹（简体的云字与电字，已不属雨部），展露的无非是神的好脾气与坏脾气，气象台百读不厌门外汉百思不解的百科全书。

听听，那冷雨。看看，那冷雨。嗅嗅闻闻，那冷雨。舔舔吧，那冷雨。雨在他的伞上、这城市百万人的伞上、雨衣上、屋上、天线上，雨下在基隆港、在防波堤、在海峡的船上，清明这季雨。雨是女性，应该最富于感性。雨气空濛而迷幻，细细嗅嗅，清清爽爽新新，有一点点薄荷的香味，浓的时候，竟发出草和树沐发后特有的淡淡土腥气，也许那竟是蚯蚓和蜗牛的腥气吧，毕竟是惊蛰了啊。也许地上的地下的生命也许古中国层层叠叠的记忆皆蠢蠢而蠕，也许是植物的潜意识和梦吧，那腥气。

第三次去美国，在高高的丹佛他山居了两年。美国的西部，多山多沙漠，千里干旱。天，蓝似安格罗·萨克逊人的眼睛；地，红如印第安人的肌肤；云，却是罕见的白鸟。落基山簇簇耀目的雪峰上，很少飘云牵雾。一来高，二来干，三来森林线以上，杉柏也止步，中国诗词里"荡胸生层云"，或是"商略黄昏雨"的意趣，是落基山上难睹的景象。落基山岭之胜，在石，在雪。那些奇岩怪石，相叠互倚，砌一场惊心动魄的雕塑展览，给太阳和千里的风看。那雪，白得虚虚幻幻，冷得清清醒醒，那股皑皑不绝一仰难尽的气势，压得人呼吸困难，心寒眸酸。不过要领略"白云回望合，青霭入看无"的境界，仍须回来中国。台湾湿度很高，最饶云气氤氲雨意迷离的情调。两度夜宿溪头，树香沁鼻，宵寒袭肘，枕着润碧湿翠苍苍交叠的山影和万籁都歇的岑寂，仙人一样睡去。山中一夜饱雨，次晨醒来，在旭日未升的原始幽静中，冲着隔夜的寒气，踏着满地的断柯折枝和仍在流泻的细股雨水，一径探入森林的秘密，曲曲弯弯，步上山去。溪头的山，树密雾浓，蓊郁的水汽从谷底冉冉升起，时稠时稀，蒸腾多姿，幻化无定，只能从雾破云开的空处，窥见乍现即隐的一峰半壑，要纵览全貌，几乎是不可能的。至少入山两次，只能在白茫茫里和溪头诸峰玩捉迷藏的游戏。回到台北，世人问起，除了笑而不答心自闲，故作神秘之外，实际的印象，也无非山在虚无之间罢了。云缭烟绕，山隐水迢的中国风景，由来予人宋画的韵味。那天下也许是赵家的天下，那山水却是米家的山水。而究竟，是米氏父子下笔像中国的山水，还是中国的山水上纸像宋画，恐怕是谁也说不清楚了吧？

　　雨不但可嗅，可观，更可以听。听听那冷雨。听雨，只要不是石破天惊的台风暴雨，在听觉上总是一种美感。大陆上的秋天，无论是疏雨滴梧桐，或是骤雨打荷叶，听去总有一点凄凉、凄清、凄楚，于今在岛上回味，则在凄楚之外，更笼上一层凄迷了。饶你多少豪情侠气，怕也经不起三番五次的风吹雨打。一打少年听雨，红烛昏沉。两打中年听雨，客舟中，江阔云低。三打白头听雨在僧庐下，这便是亡宋之痛，一颗敏感心灵的一生：楼上，江上，庙里，用冷冷的雨珠子串成。十年前，他曾在一场摧心折骨的鬼雨中迷失了自己。雨，该是一滴湿漓漓的灵魂，窗外在喊谁。

　　雨打在树上和瓦上，韵律都清脆可听。尤其是铿铿敲在屋瓦上，那古老的音乐，属于中国。王禹偁在黄冈，破如椽的大竹为屋瓦。据说住在竹楼上面，急雨声如瀑布，密雪声比碎玉，而无论鼓琴、咏诗、下棋、投壶、共鸣的效果都特别好。这样岂不像住在竹筒里面，任何细脆的声响，怕都会加倍夸大，反而令人耳朵过敏吧。

雨天的屋瓦，浮漾湿湿的流光，灰而温柔，迎光则微明，背光则幽暗，对于视觉，是一种低沉的安慰。至于雨敲在鳞鳞千瓣的瓦上，由远而近，轻轻重重轻轻，夹着一股股的细流沿瓦槽与屋檐潺潺泻下，各种敲击音与滑音密织成网，谁的千指百指在按摩耳轮。"下雨了"，温柔的灰美人来了，她冰冰的纤手在屋顶拂弄着无数的黑键啊灰键，把晌午一下子奏成了黄昏。

在古老的大陆上，千屋万户是如此。二十多年前，初来这岛上，日式的瓦屋亦是如此。先是天暗了下来，城市像罩在一块巨幅的毛玻璃里，阴影在户内延长复加深。然后凉凉的水意弥漫在空间，风自每一个角落里旋起，感觉得到，每一个屋顶上呼吸沉重都覆着灰云。雨来了，最轻的敲打乐敲打这城市，苍茫的屋顶，远远近近，一张张敲过去，古老的琴，那细细密密的节奏，单调里自有一种柔婉与亲切，滴滴点点滴滴，似幻似真，若孩时在摇篮里，一曲耳熟的童谣摇摇欲睡，母亲吟哦鼻音与喉音。或是在江南的泽国水乡，一大筐绿油油的桑叶被啃于千百头蚕，细细琐琐屑屑，口器与口器咀咀嚼嚼。雨来了，雨来的时候瓦这么说，一片瓦说千亿片瓦说，说轻轻地奏吧沉沉地弹，徐徐地叩吧挞挞地打，间间歇歇敲一个雨季，即兴演奏从惊蛰到清明，在零落的坟上冷冷奏挽歌，一片瓦吟千亿片瓦吟。

在日式的古屋里听雨，听四月，霏霏不绝的黄梅雨，朝夕不断，旬月绵延，湿黏黏的苔藓从石阶下一直侵到他舌底，心底。到七月，听台风台雨在古屋顶上一夜盲奏，千浔（英寻旧称）海底的热浪沸沸被狂风挟来，掀翻整个太平洋只为向他的矮屋檐重重压下，整个海在他的蜗壳上哗哗泻过。不然便是雷雨夜，白烟一般的纱帐里听羯鼓一通又一通，滔天的暴雨滂滂沛沛扑来，强劲的电琵琶忐忐忑忑忐忑忑，弹动屋瓦的惊悸腾腾欲掀起。不然便是斜斜的西北雨斜斜，刷在窗玻璃上，鞭在墙上打在阔大的芭蕉叶上，一阵寒濑泻过，秋意便弥漫日式的庭院了。

在日式的古屋里听雨，春雨绵绵听到秋雨潇潇，从少年听到中年，听听那冷雨。雨是一种单调而耐听的音乐是室内乐是室外乐，户内听听，户外听听，冷冷，那音乐。雨是一种回忆的音乐，听听那冷雨，回忆江南的雨下得满地是江湖下在桥上和船上，也下在四川在秧田和蛙塘下肥了嘉陵江下湿布谷咕咕的啼声。雨是潮潮润润的音乐下在渴望的唇上舐舐那冷雨。

因为雨是最最原始的敲打乐从记忆的彼端敲起。瓦是最最低沉的乐器灰蒙蒙的温柔覆盖着听雨的人，瓦是音乐的雨伞撑起。但不久公寓的时代来临，台北你怎么一下子长高了，瓦的音乐竟成了绝响。千片万片的瓦翩翩，美丽的灰蝴蝶纷纷飞走，飞入历史的记忆。现在雨下下来下在水泥的屋顶和墙上，没有音韵的雨季。树也砍光了，那月桂，那枫树，柳树和擎天的巨椰，雨来的时候不再有丛叶嘈嘈切切，闪动湿湿的绿光迎接。鸟声减了啾啾，蛙声沉了阁阁，秋天的虫吟也减了唧唧。七十年代的台北不需要这些，一个乐队接一个乐队便遣散尽了。要听鸡叫，只有去《诗经》的韵里寻找。现在只剩下一张黑白片，黑白的默片。

正如马车的时代去后，三轮车的时代也去了。曾经在雨夜，三轮车的油布篷挂起，送她回家的途中，篷里的世界小得多可爱，而且躲在警察的辖区以外。雨衣的口袋越大越好，盛得下他的一只手里握一只纤纤的手。台湾的雨季这么长，该有人发明一种宽宽的双人雨衣，一人分穿一只袖子，此外的部分就不必分得太苟。而无论工业如何发达，一时似乎还废不了雨伞。只要雨不倾盆，风不横吹，撑一把伞在雨中仍不失古典的韵味。任雨点敲在黑布伞或是透明的塑胶伞上，将骨柄一旋，雨珠向四方喷溅，伞缘便旋成了一圈飞檐。跟女友共一把雨伞，该是一种美丽的合作吧。最好是初恋，有点兴奋，更有点不好意思，若即若离之间，雨不妨下大一点。真正初恋，恐怕是兴奋得不需要伞的，手牵手在雨中狂奔而去，把年轻的长发和肌肤交给漫天的淋淋漓漓，然后向对方的唇上颊上尝凉凉甜甜的雨水。不过那要非常年轻且激情，同时，也只能发生在法国的新潮片里吧。

大多数的雨伞想不会为约会张开。上班下班，上学放学，菜市来回的途中，现实的伞，灰色的星期三。握着雨伞，他听那冷雨打在伞上。索性更冷一些就好了，他想。索性把湿湿的灰雨冻成干干爽爽的白雨，六角形的结晶体在无风的空中回回旋旋地降下来，等须眉和肩头白尽时，伸手一拂就落了。二十五年，没有受故乡白雨的祝福，或许发上下一点白霜是一种变相的自我补偿吧。一位英雄，经得起多少次雨季？他的额头是水成岩削成还是火成岩？他的心底究竟有多厚的苔藓？厦门街的雨巷走了二十年与记忆等长，一座无瓦的公寓在巷底等他，一盏灯在楼上的雨窗子里，等他回去，向晚餐后的沉思冥想去整理青苔深深的记忆。前尘隔海。古屋不再。听听那冷雨。

一九七四年春分之夜

# 高速的联想

那天下午从九龙驾车回马料水，正是下班时分，大埔路上，高低长短形形色色的车辆，首尾相衔，时速二十五英里。一只鹰看下来，会以为那是相对爬行的两队单角蜗牛，单角，因为每辆车只有一根收音机天线。不料快到沙田时，莫名其妙地塞起车来，一时单角的蜗牛都变成了独须的病猫，废气暖暖，马达喃喃，像集体在腹诽狭窄的公路。熄火又不能，因为每隔一会儿，整条车队又得蠢蠢蠕动。前面究竟在搞什么鬼，方向盘的舵手谁也不知道。载道的怨声和咒语中，只有我沾沾自喜，欣然独笑。俯瞥仪表板上，从左数过来第七个蓝色钮键，轻轻一按，我的翠绿色小车忽然离地升起，升起，像一片逍遥的绿云牵动多少愕然仰羡的眼光，悠悠扬扬向东北飞逝。

那当然是真的：在拥挤的大埔路上，我常发那样的狂想。我爱开车。我爱操纵一架马力强劲反应敏灵野蛮又柔驯的机器，我爱方向盘在掌中微微颤动四轮在身体下面平稳飞旋的那种感觉，我爱用背肌承受的压力去体会起伏的曲折的地形山势，一句话，我崇拜速度。阿拉伯的劳伦斯曾说："速度是人性中第二种古老的兽欲。"以运动的速度而言，自诩万物之灵的人类是十分可怜的。褐雨燕的最高时速，是二百九十点五英里。狩猎的鹰在俯冲下扑时，能快到每小时一百八十英里。比赛的鸽子，有九十六点二九英里的时速。兽中最速的选手是豹和羚羊：长腿黑斑的亚洲豹，绰号"猎豹"者，在短程冲刺时，时速可到七十英里，可惜五百码后，就降成四十多英里了；叉角羚羊奋蹄疾奔，可以维持六十英里时速。和这些相比，"动若脱兔"只能算"中驷之才"：英国野兔的时速不过四十五英里。"白驹过隙"就更慢了，骑师胯下的赛马每小时只驰四十三点二六英里。人的速度最是可怜，一百码之外只能达到二十六点二二英里的时速。

　　可怜的凡人，奔腾不如虎豹，跳跃不如跳蚤，游泳不如旗鱼，负重不如蚂蚁，但是人会创造并驾驭高速的机器，以逸待劳，不但突破自己体能的极限，甚至超迈飞禽走兽，意气风发，逸兴遄飞之余，几疑可以追神迹，蹑仙踪。高速，为什么令人兴奋呢？生理学家一定有他的解释，例如循环加速、心跳变剧等等。但在心理上，至少在潜意识里，追求高速，其实是人与神争的一大欲望：地心引力是自然的法则，也就是人的命运，高速的运动就是要反抗这法则，虽不能把它推翻，至少可以把它的限制压到最低。赛跑或赛车的选手打破世界纪录的那一刹那，是一闪宗教的启示，因为凡人体能的边疆，又向前推进了一步，而人进一步，便是神退一步，从此，人更自由了。

滑雪、赛跑、游泳、赛车、飞行等等的选手，都称得上是英雄。他们的自由和光荣是从神手里，不是从别人的手里，夺过来的。他们所以成为英雄，不是因为牺牲了别人，而是因为克服了自然，包括他们自己。

若论紧张刺激的动感，高速运动似乎有这么一个原则：就是，凭借的机械愈多，和自然的接触就愈少，动感也就减小。赛跑，该是最直接的运动。赛马，就间接些，但凭借的不是机械，而是一匹汗油生光肌腱勃怒奋鬣扬蹄的神驹。最间接的，该是赛车了，人和自然之间，隔了一只铁盒，四只轮胎。不过，愈是间接的运动，就愈高速，这对于生就低速之躯的人类说来，实在是一件难以两全的事情。其他动物面对自己天生的体速，该都是心安理得，受之怡然的吧？我常想，一只时速零点零三英里的蜗牛，放在跑车的挡风玻璃里去看剧动的世界，会有怎样的感受？

许多人爱驾敞篷的跑车，就是想在高速之中，承受、享受更多的自然：时速超过七十五英里，八十英里，九十英里，全世界轰然向你扑来，发交给风，肺交给激湍洪波的气流，这时，该有点飞的感觉了吧。阿拉伯的劳伦斯有耐性骑骆驼，却不耐烦驾驶汽车：他认为汽车是没有灵性的东西，只合在风雨中乘坐。从沙漠回到文明，才下了驼背，他便跨上电单车，去拜访哈代和萧伯纳。他在电单车上，每月至少驰骋二千四百英里，快的时候，时速高达一百英里，终因车祸丧生。

我骑过五年单车，也驾过四年汽车，却从未驾过电单车，但劳伦斯驰骤生风的豪情，我可以仿佛想象。电单车的骁腾剽悍，远在单车之上，而冲风抢路身随车转的那种投入感，更远胜靠在桶形椅背踏在厚地毯上的方向舵手。电影《逍遥游》（*Easy Rider*）里，三骑士在美国西南部的沙漠里直线疾驰的那一景，在摇滚乐亢奋的节奏下，是现代电影的高潮之一。我想，在潜意识里，现代少年是把桀骜难驯的电单车当马骑的：现代骑士仍然是戴盔着靴，而两脚踏镫双肘向外分掌龙头两角的骑姿，却富于浪漫的夸张，只有马达的厉啸逆人神经而过，比不上古典的马嘶。现代车辆的引擎，用马力来标示电力，依稀有怀古之风。准此，则敞篷车可以比拟远古的战车，而四门的"轿车"（sedan）更是复古了。六十年代的中期，福特车厂驱出的"野马"（Mustang）号拟跑车，颈长尾短，剽悍异常，一时纵横于超级公路，逼得克莱斯勒车厂只好放出一群修矫灵猛的"战马"（Charger）来竞逐。

我学开车，是在一九六四年的秋天。当时我从皮奥里亚（Peoria）去艾奥瓦访叶珊与黄用，一路上，火车误点，灰狗的长途车转车费时，这才省悟，要过州历郡亲身去纵览惠特曼和桑德堡诗中体魄雄伟的美国，手里必须有一个方向盘。父亲在台湾闻言大惊，一封航空信从松山飞来，力阻我学驾车。但无穷无尽更无红灯的高速公路在夐阔自由的原野上张臂迎我，我的逻辑是：与其把生命交托给他人，不如握在自己的手里。学了七小时后，考到了驾驶执照。发那张硬卡给我的美国警察说："公路是你的了，别忘了，命也是你的。"

奇妙的方向盘，转动时世界便绕着你转动，静止时，公路便平直如一条分发线。前面的风景为你剖开，后面的背景呢，便在反光镜中缩成微小，更微小的幻影。时速上了七十英里，反光镜中分巷的白虚线便疾射而去如空战时机枪连闪的子弹，万水千山，记忆里，漫漫的长途远征全被魔幻的反光镜收了进去，再也不放出来了。"欢迎进入内布拉斯加""欢迎来加利福尼亚""欢迎来内华达"，闯州穿郡，记不清越过多少条边界，多少道税关。高速令人兴奋，因为那纯是一个动的世界，挡风玻璃是一望无餍的窗子，光景不息，视域无限，油门大开时，直线的超级大道变成一条巨长的拉链，拉开前面的远景蜃楼摩天绝壁拔地倏忽都削面而逝成为车尾的背景被拉链又拉拢。高速，使整座雪山簇簇的白峰尽为你回头，千顷平畴旋成车轮滚滚的辐辏。春去秋来，多变的气象在挡风窗上展示着神的容颜：风沙雨露和冰雪，烈日和冷月，沙漠里的飞蓬，草原夏夜密密麻麻的虫尸，扑面踹来大卡车轮隙踢起的卵石，这一切，都由那·方弧形的大玻璃共同承受。

从海岸到海岸，从极东的森林洞（Woods Hole）浸在大西洋的寒碧到太平洋暖潮里浴着的长堤，不断的是我的轮印横贯新大陆。坦荡荡四巷并驱的大道自天边伸来又没向天边，美利坚，卷不尽展不绝一幅横轴的山水只为方向盘后面的远眺之目而舒放。现代的徐霞客坐游异域的烟景，为我配音的不是古典的马蹄嘚嘚风帆飘飘，是八汽缸引擎轻快的低吟。

二十轮轰轰地翻滚，体格修长而魁梧的铝壳大卡车，身长数倍于一辆小轿车，超它时全身的神经紧缩如猛收一张网，胃部隐隐地痉挛，两车并驰，就像在狭长的悬崖上和一匹犀牛赛跑，真是疯狂。一时小车惊窜于左，重吨的货柜车奔腾而咆哮于右，右耳太浅，怎盛得下那样一旋涡的骚音？一九六五年初，一个苦寒凛冽的早晨，灰白迷蒙的天色像一块毛玻璃，道奇小车载我自芝加哥出发，碾着满地的残雪碎冰，一日七百英里的长征，要赶回葛底斯堡去。出城的州际公路上，遇上了重载的大货车队，首尾相衔，长可半英里，像一道绝壁蔽天水声震耳的大峡谷，不由分说，将我夹在缝里，挟持而去。就这样一直对峙到印第安纳州境，车行渐稀，才放我出峡。

后来驶车日久，这样的超车也不知经历过多少次了，浑不觉二十轮卡车有多威武，直到前几天，在香港的电视上看到了斯皮尔伯格导演的悚栗片《决斗》（Duel）。一位急于回家的归客，在野公路上超越一辆庞然巨物的油车，激怒了高踞驾驶座上的隐身司机，油车变成了金属的恐龙怪兽，挟其邪恶的暴力盲目地冲刺，一路上天崩地塌火杂杂衔尾追来。反光镜里，惊瞥赫现那油车的车头已经是一头狂兽，而一进隧道，车灯亮起，可骇目光灼灼黑凛凛一尊妖牛。看过斯皮尔伯格后期作品《大白鲨》，就知道在《决斗》里，他是把那辆大油车当作一匹猛兽来处理的，但它比大白鲨更凶顽更神秘，更令人分泌肾上腺素。

香港是一个弯曲如爪的半岛，身旁错落着许多小岛，地形分割而公路狭险，最高的时速不过五十英里，一般时速都在四十英里以下，再好的车再强大的马力也不能放足驰骤。低速的大埔路上，蜗步在一串慢车的背影之后，常想念美国中西部大平原和西南部沙漠里，天高路邈，一车绝尘，那样无阻的开阔空旷。虽说能源的荒年，美国把超级公路的速限降为每小时五十五英里，去年八月我驶车在南加州，时速七十英里，也未闻警笛长啸来追逐。

更念烟波相接，一座多雨的岛上，多少现代的愚公，亚热带小阳春的艳阳下在移山开道，开路机的履带轧轧，铲土机的巨鳌孔武地举起，起重机碌碌地滚着辘轳，为了铺一条巨毡从基隆到高雄，迎接一个新时代的驶来。那样壮阔的气象，四衢无阻，千车齐毂并驰的路景，郑成功、吴凤没有梦过，阿眉族、泰耶鲁族的民谣从不曾唱过。我要拣一个秋晴的日子，左窗亮着金艳艳的晨曦，从台北出发，穿过牧神最绿最翠的辖区，腾跃在世界最美丽的岛上；而当晚从高雄驰回台北，我要驰速限甚至纵一点超速，在亢奋的脉搏中，写一首现代诗歌咏带一点汽油味的牧神，像陶潜和王维从未梦过的那样。

更大的愿望，是在更古老更多回声的土地上驰骋。中国最浪漫的一条古驿道，应该在西北。最好是细雨霏霏的黎明，从渭城出发，收音机天线上系着依依的柳枝。挡风窗上犹浥着轻尘，而渭城已渐远，波声渐渺。甘州曲，凉州词，阳关三叠的节拍里车向西北，琴音诗韵的河西孔道，右边是古长城的雉堞隐隐，左边是青海的雪峰簇簇，白耀天际，我以七十英里高速驰入张骞的梦，高适、岑参的世界，轮印下重重叠叠多少古英雄长征的蹄印。

一九七七年元月

## 思台北，念台北

———

———

　　隐地从台北寄来他的新书《欧游随笔》，并在扉页上写道："尔雅也在厦门街一一三巷，每天，我走您走过的脚步。"一句话，撩起我多少乡愁。龙尾蛇头，接到多少张圣诞卡贺年片，没有一句话更撼动我的心弦。

　　如果脚步是秋天的落叶，年复一年，季复一季，则最下面的一层该都是我的履印与足音，然后一层层，重重叠叠，旧印之上覆盖着新印，千层下，少年的屐迹车辙，只能在仿佛之间去翻寻。每次回到台北，重踏那条深长的巷子，隐隐，总踏起满巷的回音，那是旧足音醒来，在响应新的足音？厦门街，水源路那一带的弯街斜巷，拭也拭不尽的，是我的脚印和指纹。每一条窄弄都通向记忆，深深的厦门街，是我的回声谷。也无怪隐地走过，难逃我的联想。

　　那一带的市井街坊，已成为我的"背景"甚至"腹地"。去年夏天在西雅图，和叶珊谈起台湾诗选之滥，令人穷于应付，成了"选灾"。叶珊笑说，这么发展下去，总有一天我该编一本《古亭诗选》，他呢，则要编一本《大安诗选》。其实叶珊在大安区的脚印，寥落可数，他的乡井当然在水之湄，在花莲。他只能算是"半山"的乡下诗人，我，才是城里的诗人。十年一觉扬州梦，醒来时，我已是一位台北人。

当然不止十年了。清明尾，端午头，中秋月后又重九，春去秋来，远方盆地里那一座岛城，算起来，竟已住了二十六年了。这期间，就算减去旅美的五年，来港的两年，也有十九年之久。北起淡水，南迄乌来，半辈子的岁月便在那里边攘攘度过，一任红尘困我，车声震我，限时信，电话和门铃催我促我，一任杜鹃媚我于暮春，莲塘迷我于仲夏，雨季霉我，溽暑蒸我，地震和台风撼我摇我。四分之一的世纪，我眼见台北长高又长大，脚踏车三轮车把大街小巷让给了电单车计程车，半田园风的小省城变成了国际化的现代立体大都市。镜头一转，前文提要一样的跳速，台北也惊见我，如何从一个寂寞而迷惘的流亡少年变成大四的学生、少尉编译官、新郎、父亲，然后是留学生、新来的讲师、老去的教授、毁誉交加的诗人，左颊掌声右颊是嘘声。二十六年后，台北恐已不识我，霜发的中年人，正如我也有点近乡情怯，机翼斜斜，海关扰扰，出得松山，迎面那一丛丛陌生的楼影。

曾在那岛上，浅浅的淡水河边，遥听嘉陵江滔滔的水声，曾在芝加哥的楼影下，没遮没拦的密歇根湖岸，念江南的草长莺飞，花发蝶忙。乡愁一缕，恒与扬子江东流水竞长。前半生，早如断了线的风筝落在海峡的对面，手里兀自牵一缕旧线。每次填表，"永久地址"那一栏总教人临表踟蹰，好生为难。一若四海之大，天地之宽，竟有一处是稳如磐石，固如根底，世世代代归于自己，生命深深植于其中，海啸山崩都休想将它拔走似的。面对着天灾人祸，世局无常，竟要填表人肯定说出自己的"永久地址"，真是一大幽默，带一点智力测验的意味。尽管如此，表却不能不填。二十世纪原是填表的时代，从出生纸到死亡证书，一个人一辈子要填的表，叠起来不会薄于一部大字典。除非你住在乌托邦，表是非填不可的。于是"永久地址"栏下，我暂且填上"台北市厦门街一一三巷八号"。这一暂且，就暂且了二十多年，比起许多永久来，还永久得多。

　　正如路是人走出来的，地址，也是人住出来的。生而为闽南人、南京人，也曾经自命为半个江南人、四川人，现在，有谁称我为台北人，我一定欣然接受，引以为荣。有那么一座城，多少熟悉的面孔，由你的朋友，你的同学、同事、学生所组成，你的粉笔灰成雨，落湿了多少讲台，你的蓝墨水成渠，灌溉了多少亩报纸杂志。四个女孩都生在那城里，母亲的慈骨埋在近郊，父亲和岳母皆成了常青的乔木，植物一般植根在那条巷里。有那么一座城，锦盒一般珍藏着你半生的脚印和指纹，光荣和愤怒，温柔和伤心，珍藏着你一颗颗一粒粒不朽的记忆。家，便是那么一座城。

　　把一座陌生的城住成了家，把一个临时地址拥抱成永久地址，我成了想家的台北人，在和中国母体土接壤连的一角小半岛上，隔着南海的青烟蓝水，竟然转头东望，思念的，是二十多年来餐我以蓬莱的蓬莱岛城。我的阳台向北，当然，也尽多北望的黄昏。奈何公无渡河，从对河来客的口中，听到的种种切切，陌生的，严厉的，迷惑的，伤感的，几已难认后土的慈颜，唉，久已难认。正如刘皂的七绝所言：

> 客舍并州已十霜，归心日夜忆咸阳。
>
> 无端更渡桑干水，却望并州是故乡。

如果十霜已足成故乡，则我的二十霜啊多情又何逊唐朝一孤僧？

未回台北，忽焉又一年有半了。一小时的飞程，隔水原同比邻，但一道海关多重表格横在中间，便感烟波之阔了。愿台北长大长壮但不要长得太快，愿我记忆中的岛城在开路机铲土机的挺进下保留一角半隅的旧区让我循那些曲折而玄秘的窄弄幽巷步入六十年代五十年代。下次见面时，愿相看妩媚如昔，城如此，唉，人亦如此。

祖籍闽南，说来也巧，偌大一座台北城，二十多年来只住过两条闽南风味的小街：同安街和厦门街。同安街只住了两年半，后来的二十四年就一直在厦门街。如果台北是我的"家城"（英文有这种说法），厦门街就是我的"家街"了。这家，是住出来的，也是写出来的。八千多个日子，二十几番夏至和秋分，即连是一片沙漠，也早已住成家了。多少篇诗和散文，多少部书，都是在临巷的那个窗口，披一身重重叠叠深深浅浅的绿荫，吟哦而成。我的作品既在那一带的巷间孕化而成，那条小街，那些曲巷也不时浮现在我的字里行间，成为现代文学里的一个地理名词。萤塘里、网溪里，久已育我以灵感，希望掌管那一带的地灵土仙能知晓，我的灵感也荣耀过他们。厦门街的名字，在我的香港读者之间，也不算陌生。

　　有意无意之间，在台北，总觉得自己是"城南人"，不但住在城南，工作也在城南。台湾最具规模的三座学府全在城南，甚至南郊；北起丽水街，南迄指南山麓，我的金黄岁月都挥霍其中。思潮文风，在杜鹃花簇的迷锦炫绣间起伏回荡。当时年少，曾餍过多少稚美的青睐青眼，西去取经，分不清，身是唐吉诃德或唐僧。对我而言，古亭区该是中国文化最高的地区，记忆也最密。即连那"家巷"的左邻右舍，前翁后媪，也在植物一般悠久而迟缓的默契里，相习而相忘，相近相亲。出得巷去，左首是裁缝铺子、理发店、豆浆店，然后是电料行，右首是西药行、杂货店、花店、照相馆……闭着眼睛，我可以一家家数过去，梦游一般直数到汀州街口。前年夏天从香港回台北，一天晚上，去巷口那家药行买药。胖胖的老板娘在柜台后面招呼我，还是二十年来那一口潮州国语。不见老板，我问她老板可好。"过身了——今年春天。"说着她眼睛一阵湿，便流下了泪来。我也为之黯然神伤，一时之间，不知怎么安慰才好，默默相对了片刻，也就走开了。回家的路上，我很是感动，心里满溢着温暖的乡情，一问一答之间，那妇人激动的表情，显示她已经把我当成了亲人。二十年来，我是她店里的常客，和她丈夫当然也是稔熟的。我更想起十八年前母亲去世，那时是她问我答，流泪的是我，嗫嚅相慰的是她。久邻为亲，那一切一切，城南人怎会忘记？

　　对我而言，城北是商业区，新社区，无论它有多繁华，我的台北仍旧在城南。台北是愈长愈高了，长得好快，七八十年代在城的东北，在松山机场那一带喊他。未来在召唤，好多城南人经不起那诱惑，像何凡、林海音那一家，便迁去了城北，一窝蜂一窝鸟似的，住在高高的大公寓里，和下面的世界来往，完全靠按钮。等到高速公路打通，桃园的国际机场建好，大台北无阻的步伐，该又向西方迈进了。

该来的，什么也挡不住。已去的，也无处可招魂。当最后一位按摩女的笛声隐隐，那一夜在巷底消逝，有一个时代便随她去了。留下的是古色的月光，情人、诗人的月光，仍祟着城南那一带的灰瓦屋，矮围墙，弯弯绕绕的斜街窄巷。以南方为名的那些街道——晋江街、韶安街、金华街、云和街、泉州街、潮州街、温州街、青田街，当然，还有厦门街——全都有小巷纵横，奇径暗通，而门牌之纷乱，编号排次之无轨可循，使人逡巡其间，迷路时惶惑如智穷的白鼠，豁然时又自得如天才的侦探。几乎家家都有围墙，很少巷子能一目了然，巷头固然望不见巷腰，到了巷腰，也往往看不出巷底要通往何处。那一盘盘交缠错综的羊肠迷宫，当时陷身其中，固曾苦于寻寻觅觅，但风晨雨夜，或是奇幻的月光婆娑的树影下走过，也赋给了我多少灵感。于今隔海想来，那些巷子在奥秘中寓有亲切，原是最耐人咀嚼的。黄昏的长巷里，家家围墙飘出的饭香，吟一首民谣在召归途的行人：有什么，比这更令人低回的呢？

最耐人寻味的小巷，是同安街东北行，穿过南昌街后，通向罗斯福路的那一段。长只五六十码，狭处只容两辆脚踏车蠕行相交。上面晾着未干的衣裳，两旁总排着一些脚踏车手推车，晒些家常腌味，最挤处还有些小孩子在嬉游。砖墙石壁半已剥蚀，颓败的纹理伸手可触。近罗斯福路出口处还有个小小的土地祠，简陋可笑的装饰也无损其香火不绝，供果长青。那恐怕是世界上最短最窄的一条陋巷了。从师大回家的途中，不记得已蜿穿过几千次了，对于我，那是世界上最滑稽、最迷人、最市井风的一段街景。电视天线接管了日窄的天空，古台北正在退缩。撼地压来的开路机啊，能绕道而行放过这几座历史的残堡吗？

在《蒲公英的岁月》里，曾说过喜欢的是那岛，不是那城。台北啊我怎能那样说，对你那样不公平？隔着南中国海的烟波，向香港的电视幕上，收看邻区都市的气象，汉城和东京之后总是台北，是阴是晴是变冷是转热是风前或雨后，都令我特别关心。台风自海上来，将掠台湾而西，扑向厦门和汕头，那气象报告员说，不然便是寒流凛凛自华中南下，气温要普遍下降，明天莫忘多加衣。只有在那一刹那，才幻觉这一切风云雨雾原本是一体，拆也拆不开的。

香港有一种常绿的树，黄花长叶，属刺槐科，据说是移植自台湾，叫"台湾相思"。那样美的名字，似乎是为我而取。

一九七七年三月

海
缘

———

一

曹操横槊赋诗，曾有"山不厌高，海不厌深"之句。这意思，李斯在《谏逐客书》里也说过。尽管如此，山高与海深还是有其极限的。世界上的最高峰，圣母峰（通称珠穆朗玛峰——编者注），海拔是二万九千零二十八英尺，但是最深的海沟，所谓马利安纳海渊（Mariana Trench），却低陷三万五千七百六十英尺。把世上蟠蜿的山脉全部浸在海里，没有一座显赫的峰头，能出得了头。

其实也不必这么费事了。就算所有的横岭侧峰都穿云出雾，昂其孤高，在众神或太空人看来，也无非一钵蓝水里供了几簇青绿的假山而已。在我们这水陆大球的表面，陆地只得十分之三，而且四面是水，看开一点，也无非是几个岛罢了。当然，地球本身也只是一丸太空孤岛，注定要永久漂泊。

话说回来，在我们这仅有的硕果上，海洋，仍然是一片伟大非凡的空间，大得几乎有与天相匹的幻觉。害得曹操又说："日月之行，若出其中。星汉灿烂，若出其里。"也难怪《圣经》里的先知要叹道："千川万河都奔流入海，却没有注满海洋。"豪斯曼更说："滂沱雨入海，不改波涛咸。"

无论文明如何进步，迄今人类仍然只能安于陆栖，除了少数科学家之外，面对大海，我们仍然像古人一样，只能徒然叹其敻辽，羡其博大，却无法学鱼类的摇鳍摆尾，深入湛蓝，去探海里的宝藏，更无缘迎风振翅，学海鸥的逐波巡浪。退而求其次，望洋兴叹也不失为一种安慰：不能入乎其中，又不能凌乎其上，那么，能观乎其旁也不错了。虽然世界上水多陆少，真能住在海边的人毕竟不多。就算住在水城港市的人也不见得就能举头见海，所以在高雄这样的城市，一到黄昏，西子湾头的石栏杆上，就倚满了、坐满了看海的人。对于那一片汪洋而言，目光再犀利的人也不过是近视，但是望海的兴趣不因此稍减。全世界的码头、沙滩、岩岸，都是如此。

中国的海岸线颇长，加上台湾和海南岛，就更可观。我们这民族，望海也不知望了多少年了，甚至出海、讨海，也不知多少代了。奇怪的是，海在我们的文学里并不占什么分量。虽然孔子在失望的时候总爱放出空气，说什么"道不行，乘桴浮于海"，害得子路空欢喜一场，结果师徒两人当然都没有浮过海去。庄子一开卷就说到南溟，用意也只是在寓言。中国文学里简直没有海洋。像曹操《观沧海》那样的短制已经罕见了，其他的作品多如李白所说：

"海客谈瀛洲，烟涛微茫信难求。"甚至《镜花缘》专写海外之游，真正写到海的地方，也都草草带过。

西方文学的情况大不相同，早如希腊罗马的史诗，晚至康拉德的小说，处处都听得见海涛的声音。英国文学一开始，就嗅得到咸水的气味，从《贝奥武甫》和《航海者》里面吹来。中国文学里，没有一首诗写海能像梅斯菲尔德的《拙画家》（*Dauber*）那么生动，更没有一部小说写海能比拟《白鲸记》那么壮观。这种差距，在绘画上也不例外。像热里科（Théodore Jéricault）、德拉克洛瓦、透纳等人作品中的壮阔海景，在中国画中根本不可思议。为什么我们的文艺在这方面只能望洋兴叹呢？

二

我这一生，不但与山投机，而且与海有缘，造化待我也可谓不薄了。我的少年时代，达七年之久在四川度过，住的地方在铁轨、公路、电话线以外，虽非桃源，也几乎是世外了。白居易的诗句"蜀江水碧蜀山青"，七个字里容得下我当时的整个世界。蜀中天地是我梦里的青山，也是我记忆深处的"腹地"。没有那七年的山影，我的"自然教育"就失去了根基。可是当时那少年的心情却向往海洋，每次翻开地图，一看到海岸线就感到兴奋，更不论群岛与列屿。

海的呼唤终于由远而近。抗战结束，我从千叠百嶂的巴山里出来，回到南京。大陆剧变的前夕，我从金陵大学转学到厦门大学，读了一学期后，又随家庭迁去香港，在那海城足足做了一年难民。

在厦门那半年，骑单车上学途中，有两三里路是沿着海边，黄沙碧水，飞轮而过，令我享受每一寸的风程。在香港那一年，住在陋隘的木屋里，并不好受，却幸近在海边，码头旁的大小船艇，高低桅樯，尽在望中。当时自然不会知道：这正是此生海缘的开始。隔着台湾海峡和南中国海的北域，厦门、香港、高雄，布成了我和海的三角关系。厦门，是过去式了。香港，已成了现在完成式，却保有视觉暂留的鲜明。高雄呢，正是现在进行式。

至于台北，住了几乎半辈子，却陷在四围山色里，与海无缘。住在台北的日子，偶因郊游去北海岸，或是乘火车途经海线，就算是打一个蓝汪汪的照面吧，也会令人激动半天。那水蓝的世界，自给自足，宏美博大而又起伏不休，每一次意外地出现，都令人猛吸一口气，一惊，一喜，若有天启，却又说不出究竟。

## 三

现在每出远门，都非乘飞机不可了。想起坐船的时代，水拍天涯，日月悠悠，不胜其老派旅行的风味。我一生的航海经验不多，至少不如我希望的那么丰富。抗战的第二年，随母亲从上海乘船过香港而去安南。大陆剧变那年，先从上海去厦门，再从厦门去香港，也是乘船。从香港第一次来台湾，也是由水路在基隆登陆。最长的一程航行，是留美归来时横渡太平洋，从旧金山经日本、琉球，沿台湾东岸，绕过鹅銮鼻而抵达高雄，历时约为一月。在日本外海，我们的船，招商局的海健号，遇上了台风，在波上俯仰了三天。过鹅銮鼻的时候，正如水手所说，海水果然判分二色：太平洋的一面墨蓝而深，台湾海峡的一面柔蓝而浅。所谓海流，当真是各流各的。

那已是近三十年前的事，后来长途旅行，就多半靠飞而不靠浮了。记得只有从美国大陆去南太基岛，从香港去澳门，以及往返英法两国越过多佛尔海峡，是坐的渡船。

要是不赶时间，我宁坐火车而不坐飞机。要是更从容呢，就宁可坐船。一切交通工具里面，造形最美，最有气派的该是越洋的大船了，怪不得丁尼生要说 the stately ships。要是你不拘形貌，就会觉得一艘海船，尤其是漆得皎白的那种，凌波而来的闲稳神态，真是一只天鹅。

站在甲板上或倚着船舷看海，空阔无碍，四周的风景伸展成一幅无始无终的宏观壁画，却又比壁画更加壮丽、生动，云飞浪涌，顷刻间变化无休。海上看晚霞夕烧全部的历程，等于用颜色来写的抽象史诗。至于日月双球，升落相追，更令人怀疑有一只手在天外抛接。而无论有风或无风，迎面而来的海气，总是全世界最清纯可口的空气吧。海水咸腥的气味，被风浪抛起，会令人莫名其妙地兴奋。机房深处沿着全船筋骨传来的共振，也有点催眠的作用。而其实，船行波上，不论是左右摆动，或者是前后起伏，本身就是一只具体而巨的摇篮。

晕船，是最煞风景的事了。这是海神在开陆栖者的小小玩笑，其来有如水上的地震，虽然慢些，却要长些，真令海客无所遁于风浪之间。我曾把起浪的海叫作"多峰驼"，骑起来可不简单。有时候，浪间的船就像西部牛仔胯下的蛮牛顽马，腾跳不驯，要把人抛下背来。

# 四

海的呼唤愈远愈清晰。爱海的人，只要有机会，总想与海亲近。今年夏天，我在汉堡开会既毕，租了一辆车要游西德。当地的中国朋友异口同声，都说北部没有看头，要游，就要南下，只为莱茵河、黑森林之类都在低纬的方向。我在南游之前，却先转过车头去探北方，因为波罗的海吸引了我。当初不晓得是谁心血来潮，把Baltic Sea译成了波罗的海，真是妙绝。这名字令人想到林亨泰的名句："然而海，以及波的罗列。"似乎真眺见了风吹浪起，海叠千层的美景。当晚果然投宿在路边的人家，次晨便去卡佩恩（Kappeln）的沙岸看海。当然什么也没有，只有蓝茫茫的一片，反晃着初日的金光，水平线上像是浮着两朵方矗，白得影影绰绰的，该是钻油台吧。更远处，有几只船影疏疏地布在水面，像在下一盘玄妙的慢棋。近处泊着一艘渡轮，专通丹麦，船身白得令人艳羡。这，就是波罗的海吗？

去年五月，带了妻女从西雅图驶车南下去旧金山，不取内陆的坦途，却取沿海的曲道，为的也是观海。左面总是挺直的杉林张着翠屏，右面，就是一眼难尽的，啊，太平洋了。长风吹阔水，层浪千折又万折，要折多少折才到亚洲的海岸呢？中间是什么也没有，只有难以捉摸，唉，永远也近不了的水平线其实不平也不是线。那样空旷的水面，再大的越洋货柜轮，再密的船队也莫非可怜的小甲虫在疏疏的经纬网上蠕蠕地爬行，等暴风雨的黑蜘蛛扑过来一一捕杀。从此地到亚洲，好大的一弧凸镜鼓着半个地球，像眼球横剖面的水晶体与玻璃体，休要小觑了它，里面摆得下十九个中国。这么浩渺，令人不胜其，乡愁吗，不是的，不胜其惘惘。

第一夜我们投宿在俄勒冈州的林肯村。村小而长，我们找到那家暮投卧（motel），在风涛声里走下三段栈道似的梯级，才到我们那一层楼。原来小客栈的正面背海向陆，斜叠的层楼依坡而下，一直落到坡底的沙滩。开门进房，迎面一股又霉又潮的海气，赶快扭开暖气来驱寒。落地的长窗外，是空寂的沙，沙外，是更空寂的海，潮水一阵阵地向沙地卷过来，声撼十方。就这么，梦里梦外，听了一夜的海。全家四人像一窝寄生蟹，住在一只满是回音的海螺里。

第二夜进入加州，天已经暗下来了，就在边境的新月镇（Crescent City）歇了下来。那小镇只有三两条街，南北走向，与涛声平行。我们在一家有楼座的海鲜馆临窗而坐，一面嚼食蟹甲和海扇壳里剥出来的嫩肉，一面看海岸守卫队的巡逻艇驶回港来，桅灯在波上随势起伏。天上有毛边的月亮，淡淡地，在蓬松的灰云层里出没。海风吹到衣领里来，已经是初夏了，仍阴寒逼人。回到客栈，准备睡了，才发觉外面竟有蛙声，这在我的美国经验里，却是罕有，倒令人想起中国的水塘来了。远处的岬角有灯塔，那一道光间歇地向我们窗口激射过来，令人不安。最祟人的，却是深沉而悲凄的雾号，也是时作时歇，越过空阔的水面，一直传到海客的枕前。这新月镇不但孤悬在北加州的边境，距俄勒冈只有十英里，而且背负着巨人族参天的红木森林，面对着太平洋，正当海陆之交，可谓双重的边镇。这样的边陲感，加上轮转的塔光与升沉的雾号，使我梦魂惊扰，真的是"一宿行人自可愁"了。

次日清早被涛声撼起，开门出去，一条公路从南方绕过千重的湾岬伸来，把我们领出这小小的海驿。

# 五

仁者乐山，智者乐水，圣人曾经说过。爱水的人果真是智者吗？那么，爱海的人岂非大智？其实攀山与航海的人更是勇者，因为那都是冒险的探索，那种喜悦往往会以身殉。在爱海人里，我只是一个陆栖的旁观者，颇像西方人对猫的嘲笑："性爱戏水，却怕把脚爪弄潮。"水手和渔夫在咸风咸浪里讨生活，才是真正下水的爱海人。真正的爱海人吗？也许是爱恨交加吧？譬如爱情，也可分作两类：深入的一类该也是爱恨交加的，另一类虽未必深入，却不妨其为自作多情。我正是对海单相思的这一类。

十二年来我一直住在海边，前十一年在香港，这一年来在高雄。对于单恋海洋的陆栖者，也就是四川人嘲笑的旱鸭子而言，这真是至福与奇缘。世界上再繁华的内陆都市，比起就算是较次的什么海港来，总似乎少了一点退步，一点可供远望与遐思的空间。住在海边，就像做了无限（Infinity）的邻居，一切都会看得远些看得开些吧。海，是不计其宽的路，不闭之门，常开之窗。再小的港城，有了一整幅海天为背景，就算剧台本身小些，观众少些，也显得变化多姿，生动了起来，就像写诗和绘画都需要留点空白一样。有水，风景才显得灵活。所以中国画里，明明四围山色，眼看无计可施了，却凭空落下来一泻瀑布，于是群山解颜。巴黎之美，要是没有塞纳河一以贯之，萦回而变化之，也会逊色许多。台北本来有一条河可以串起市景，却不成其为河了。高雄幸而有海。

海是一大空间，一大体积，一个伟大的存在。海里的珍珠与珊瑚，水藻与水族，遗宝与沉舟，太奢富了，非陆栖者所能探取。单恋海的人能做一个"观于海者"，像孟轲所说的那样，也就不错了。不过所谓观于海当然也不限于观；海之为物，在感性上可以观、可以听、可以嗅、可以触，一步近似一步。

香港的地形百转千回，无非是岛与半岛，不要说地面上看不清楚了，就连在飞机上观者也应接不暇。最大的一块面积在新界，其状有如不规则的螃蟹，所有的半岛都是它伸爪入海的姿势。半岛既多，更有远岛近矶呼应之胜，海景自然大有可观。就这一点说来，香港的海景看不胜看，因为每转一个弯，山海洲矶的相对关系就变了，没有谁推开自己的窗子便能纵览香港的全貌。

锺玲在香港大学的宿舍面西朝海，阳台下面就是汪洋，远航南洋和西欧的巨舶，都在她门前路过。我在中文大学的栖居面对的却是内湾，叫吐露港，要从东北的峡口出去，才能汇入南中国海。所以我窗外的那一片潋滟水镜，虽然是海的婴孩，却更像湖的表亲。除非是起风的日子，吐露港上总是波平浪静，潮汐不惊。青山不断，把世界隔在外面，把满满的十里水光围在里面，自成一个天地。我就在那里看渡船来去，麻鹰飞回，北岸的小半岛蜿蜒入水，又冒出水面来浮成苍苍的四个岛丘，更远处是一线长堤，里面关着一潭水库。

## 六

去年九月，我从香港迁来高雄，幸而海缘未断，仍然是住在一个港城。开始的半年住在市区的太平洋大厦，距海岸还有两三公里，所以跟住在内陆都市并无不同。可是台湾"中山大学"在西子湾的校园却海阔天空，日月无碍。文学院是红砖砌成的一座空心四方城，我的办公室在顶层的四楼，朝西的一整排长窗正对着台湾海峡，目光尽处只见一条渺渺的水平线，天和海就在那里交界，云和浪就在那里汇合了。那水平线常因气候而变化。在阴天，灰云沉沉地压在海上，波涛的颜色黯浊，更无反光，根本指不出天和水在哪里接缝。要等大晴的日子，空气彻彻透明，碧海与青天之间才会判然划出一道界线，又横又长，极尽抽象之美，令人相信柏拉图所说的"天行几何之道"（God always geometrizes）。其实水平线不过是海的轮廓，并没有那么一条线，要是你真去追逐，将永无接近的可能，更不提捉到手了。可是别小觑了那一道欺眼的幻线，因为远方的来船全是它无中生有变出来的，而出海的船只，无论是轩昂的货柜巨轮，或是匍行波上的舴艋小艇，也一一被它拐去而消磨于无形。

水平线太玄了，令人迷惑；也太远了，不如近观拍岸的海潮。孟子不就说过吗，"观水有术，必观其澜"。世界上所有的江河都奔流入海，而所有的海潮都扑向岸来，不知究竟要向大地索讨些什么。对于观海的人，惊涛拍岸是水陆之间千古不休的一场激辩，岸说："到此为止了，你回去吧。"浪说："即使粉身碎骨，我还是要回来！"于是一排排一列列的浪头昂然向岸上卷来，起起落落，一面长鬣翻白，口沫飞溅，最后是绝命的一撞之后喷成了半天的水花，转眼就落回了海里，重新归队而开始再次的轮回。这过程又像是单调而重复，又像是变化无穷，总之有一点催眠，所以看海的眼睛都含着几分玄想。

西子湾的海潮，从旗津北端的防波堤一直到柴山脚下的那一堆石矶，浪花相接，约莫有一里长，十分壮观。起风的日子，汹涌的来势尤其可惊，满岸都是哗变的嚣嚣。外海的剧浪，捣打在防波堤上，碎沫飞花喷溅过堤来，像一株株旋生旋灭的水晶树，那是海神在放烟火吗？

## 七

西子湾的落日是海景的焦点。要观赏完整无缺的落日，必须有一条长而无阻的水平线，而且朝西。沙滩由南向北的西子湾，正好具备这条件。月有望期，不能夜夜都见满月。但是只要天晴，一轮"满日"就会不偏不倚正对着我的西窗落下，从西斜到入海，整个壮烈的仪式都在我面前举行。先是白热的午日开始西斜，变成一只灿灿的金球，光威仍然不容人逼视，而海面迎日的方向，起伏的波涛已经摇晃着十里的碎金。这么一路西倾下来，到了仰角三十度的时候，金球就开始转红，火势大减，我们就可以定睛熟视了。那红，有时是橙红，有时是洋红，有时是赤红，要看天色而定。暮霭重时，那颓然的火球难施光焰，未及水面就渐渐褪色，变成一影迟滞的淡橙红色，再回顾时，竟已隐身暮后。若是海气上下澄明，水平线平直如切，酡红的落日就毫不含糊地直掉入海，一寸接一寸被海的硬边切去。观者骇目而视，忽然，宇宙的大靶失去了红心。

我在沙田住了十一年，这样水遁而逝的落日却未见过，因为沙田山重水复，我栖居朝西的方向有巍然的山影横空，根本看不见水上的落日。西子湾的落日像是为美满的晴天下一个结论，不但盖了一颗豪赫红印，还用晚霞签了半边天的名。

半年后我们从市区的闹街迁来寿山，住进台湾"中山大学"的学人宿舍。新居也在红砖楼房的四楼，书房朝着西南，窗外就是高雄港。我坐在窗内，举头便可见百码的坡下有街巷纵横，车辆来去。再出去便是高雄港的北端，可以眺览停泊港中的大小船舶，桅樯密举，锚链斜入水中。旗津长岛屏于港西，岛上的街沿着海岸从西北直伸东南，正与我的视线垂直而交，虽然远在两三里外，岛上的排楼和庙宇却历历可以指认。岛的外面，你看，就是渺渺的海峡了。

高雄之为海港，扼台湾海峡、巴士海峡和南中国海的要冲，吞吐量之大，也不必去翻统计数字，只要站在我四楼的阳台上，倚着白漆的栏杆，朝南一望就知道了。高雄东纳爱河与前镇溪之水，西得长洲旗津之障，从旗津北头的第一港口到南尾的第二港口，波涵浪蓄，纵长在八公里以上。货柜进出此港，分量之重，已经居世界第四。从清晨到午夜，有时还更晚，万吨以上的货轮，扬着各种旗号，漆着各种颜色、各种文字的船名横排于舷身，不计其数，都在我阳台的栏杆外驶过。有时还有军舰，铁灰色的舷首有三位数的编号，横着炮管的侧影，扁长而剽悍，自然与众不同。不过都太远了，有时因为背光，或是雾霭低沉，加以空气污染的关系，无论是船形舰影，在茫茫的烟水里连魁梧的轮廓都浑沦了，更不说辨认船名。

甚至不必倚遍十二栏杆，甚至也无须抬头望远，只听水上传来的汽笛，此起彼落，间歇而作，就会意识到脚下那长港有多繁忙。而造船、拆船、修船、上货、卸货、领航……缉私、走私……都绕着这无休无止的船来船去团团转。这水陆两个世界之间的港口自成一个天地，一方面忙乱而喧嚣，另一方面却又生气蓬勃，令码头上看海的人感到兴奋，因为这一片咸水通向全世界的波涛，在这一片咸水里下锚的舳舻巨舟曾经泊过各国的名港。高雄，正是当代的扬州。

每当我灯下夜读，孤醒于这世界同鼾的梦外，念天上地下只剩我一人，只剩下自己一人了，不是被逐于世界之梦外，而是自放于无寐之境。那许多知己都何处去了呢，此刻，也都成了梦的俘虏，还是各守着一盏灯呢？忽然从下面的港口一声汽笛传来，接着是满港的回声，渐荡渐远，似乎终于要沉寂了，却又再鸣一声。据说这是因为常有渔船在港里非法捕鱼，需要鸣笛示警，但是夜读人在孤寂里听来，却感到倍加温暖，体会到世界之大总还是有人陪他醒着，分担他自命的寂寞，体会到同样是醒着，有人是远从天涯，从风里浪里一路闯回来的，连夜读的遐思与玄想都不可能。我抬起头来，只见灯火零落的港上，桅灯通明，几排起重机的长臂斜斜举着，船首和船尾的灯号掠过两岸灯光的背景，保持不变的距离稳稳地向前滑行，又是一艘货柜巨轮进港了。

以前在香港，九广铁路就在我山居的坡底蜿蜒而过，深宵写诗，万籁都遗我而去，却有北上的列车轮声铿然，鸣笛而去。听惯了之后，已成为火车汽笛的知音，觉得世界虽大，万物却仍然有情，不管是谁的安排，总感激长夜的孤苦中那一声有意无意的召唤与慰问。当时曾经担忧，将来回去台湾，不再有深宵火车的那一声晚安，该怎样排遣独醒的寂寞呢？没想到冥冥中另有安排：火车的长啸，换了货轮的低鸣。

造化无私而山水有情，生命里注定有海。失去了香港而得到了高雄，回头依然是岸，依然是一所叫"中大"的大学，依然是背山面海的楼居。走下了吐露港的那座柔灰色迷楼，到此岸，又上了西子湾这座砖砌的红楼，依然是临风望海，登楼作赋。看来我的海缘还未绝，水蓝的世界依然认我。所以我的窗也都朝西或西南偏向，正对着海峡，而落日的方向正是香港，晚霞的下方正是大陆。

一九八六年十月十三日

（本文略有删改——编者注）

第二章

车轮与路

九月间，到半山去看白杨林子，在风里炫耀黄金，回来的途中，系一枝白杨在汽车的天线上，算是俘虏了几片秋色。

世界在走，我坐着

# 塔阿尔湖

————

　　一过大雅台（Tagaytay），山那边的世界倏地向我扑来。数百里阔的风景，七十五厘米银幕一般，迎眸舒展着。一瞬间，万顷的蓝——天的柔蓝，湖的深蓝——要求我盈寸的眼睛容纳它们。这种感觉，若非启示，便无以名之了。如果你此刻拧我的睫毛，一定会拧落几滴蓝色。不，除了蓝，还有白，珍珠背光一面的那种银灰的白。那是属于颇具芭蕾舞姿但略带性感的热带的云的。还有绿，那是属于湖这面山坡上的草地、椰林和木瓜树的。椰林并不美，任何椰树都不美；美的是木瓜树，挺直的淡褐色的树干，顶着疏疏的几片叶子，只要略加变形，丹锋说，便成为甚具几何美的现代画了。还有紫，迷惘得近乎感伤的紫，那自然属于湖那边的一带远山，在距离的魅力下，制造着神秘。还有黄，全裸于上午十时半热带阳光下的那种略带棕色的亮晃晃的艳黄，而那，是属于塔阿尔湖（Taal

Lake）心的几座小岛的。

如果你以为我在用莫奈的笔画印象派的风景，那你就误会我的意思了。此刻偃伏于我脚下的美，是原始而性感的，并非莫奈那种七色缤纷的妩媚。它之异于塞纳河，正如高庚的大溪地裸女之异于巴黎的少妇。这是北纬十四度的热带风景，正如菲律宾的女人所具的美，是北纬十四度的热带阳光鬃漆而成的一样。不知你注意过她们的肤色没有？喏，我怎么说呢，那种褐中带黑，深而不暗，沃而不腻，细得有点反光的皮肤，实在令我嘴馋。比起这种丰富而且强调的深棕色，白种女人的那种白皙反而有点做作、贫血、浮泛、平淡，且带点户内的沉闷感。

说起高庚，丹锋的手势更戏剧化了。他是现代画家，对于这些自然比我敏感。指着路边椰林荫里的那些小茅屋，他煽动地说：

"看见那些茅屋了吗？竹编的地板总是离地三四尺高，架空在地上，搭一把竹梯走上去，凉快，简洁。你应该来这儿住一夜，听夜间丛林中的万籁，做一个海明威式的梦。或者便长住在这里，不，不要住在这里，向南方走，住在更南的岛上，娶一个棕色皮肤亮眼睛的土女，好像高庚那样，告别文明，告别霓虹灯和警察，告别四面白墙形成的那种精神分裂症和失眠。"

"像高庚那样，像高庚那样……"我不禁喃喃了，"来到这里，我才了解高庚为什么要把他那高高的颧骨埋在大溪地岛上，而且抛掉那位丹麦太太，把整个情欲倾入棕色的肉体里……是吗？……不要再诱惑我了，You Satan！我有一个很美的妻，两个很乖的女儿，我准备回到她们的身边！"

游览车上的女孩们笑成了一个很好听的合唱队。到了车站，我们跃下草地，在斜斜的山坡上像滑雪者一般半滑行着。凉爽得带点薄荷味的南风迎面拂来，气温在华氏七十度左右。马尼拉热得像火城，或者，更恰当地说，像死海，马尼拉的市民是一百万条咸鱼，周身结着薄薄的一层盐花。而此地，在海拔二千米的大雅台山顶，去马尼拉虽仅二小时路程，气候却似夏末秋初之际。阳光落在皮肤上，温而不炙，大家都感到头脑清新，肺部松散。

在很潇洒的三角草亭下，各觅长凳坐定，我们开始野餐，野餐可口可乐、橘汁、椰汁、葡萄、烤鸡、面包，也野餐塔阿尔湖的蓝色。画家们也开始调颜料，支画架，各自向画纸上捕捉塔阿尔湖的灵魂。在围观者目光的焦点上，丹锋，这位现代画家，姑妄画之地画者，他本来是反对写生的。洪洪原是水彩画的能手，他捕捉的过程似乎最短。蓝哥戴着梵高在阿尔戴的那种毛边草帽，一直在埋怨，塔阿尔湖强烈的色彩属于油画，不是抒情的水彩所能表现。有趣的是，画家们巴巴地从马尼拉赶来就湖，湖却闲逸而固执地卧在二千米下，丝毫不肯来就画家。出现在画纸上的只是塔阿尔湖的贫弱的模仿。而女孩子们窃语着，咻咻地笑着，很有耐心地看着。我想的是高庚的木屐和史蒂文森的《安魂曲》，以及土人究竟用哪种刀杀死麦哲伦。

然而这是假日。空中嗅得到星期日的懒惰，热带植物混合的体香。杧果、香蕉、椰子、木瓜、金合欢、榴梿和女孩们的发与裙。每一阵风自百里外吹来，都以那么优美的手势掀起她们的发。对着这一切跳动的丰富和豪华，我闭上了眼。一过巴士海峡，生命乃呈异样的色彩。一个月前，我在台湾的北部，坐在一扇朝北的窗下写一首忧郁的长诗。俯视我完成那苦修的工作的，是北极星，那有着长髯的北极星。现在，我发现自己踩的是高庚的世界，黎刹的世界，曼纳萨拉与贺赛·贺雅的世界——被西班牙混血种的大眼睛和马尼拉湾水平线上的桃色云照亮的一个世界。

几天前的夜间，诗人本予带我们去Guernica。那是一间西班牙风的酒店。节奏统治着那世界。弹吉他的菲律宾人唱着安达路西亚的民歌，台下和着，有节奏地顿足而且拍手，人们都回到自己当初出发的地方。唐吉诃德们遂哭得很浪漫主义。幽幽的壁灯映着戈雅的斗牛图和鲁本斯的贵族妇女。我们的脸开始做毕加索式的遁形。在狂热的 hurrah 声中，每个人都向冰威士忌杯中溺毙忧烦。

另一个夜里，我发现自己成为苏子的宾客。那是马尼拉有数的豪华酒店之一。（本予说，他没有一次进去不先检查自己的钱夹，这话我每次想起都好笑。）壁灯的柔光自天花板上淡淡地反映下来，人们的脸朦胧如古老的浮雕。少焉，白衣黑裤的侍役为我们上烛。乳白的烛，昏黄的光，雕空的精致的烛罩与古典的烛台，增加了室内的清幽和窗外的深邃。苏子愀然，客亦愀然。大家似乎在倾听，听流星落在马尼拉湾里，而海水不减其咸。夜很缄默，如在构思一首抒情诗，孵着一个神秘的蛋。终于苏子开口了。苏子说，夜还很年轻，这酒店不到半夜是不会热闹的。可是我们在热闹之前来此。黑人琴师的黑指在分外皎白的琴键上挥开了一阶旋律。空气振荡着。萧邦开始自言自语。这是欧洲，欧洲的夜与烛。于是苏子恢复愀然，客亦愀然。

"看哪，诗人又在写诗了！"美美的呼声使我落回吕宋岛上。我从她手中接过椰子，恍惚地吸着椰汁。"我是一只具有复生命的巫猫，一瞬间维持着重叠的悲剧。"在那首阴郁的长诗中，我曾如此写过。我的生命从来没有完整过。黄用离开的前夕，我对他说："现在你可以经验五马分尸了。"黄用以为说中了他的感觉。翻开嘉陵江边的任何卵石，你可以看见我振翼飞去。同样地，你也可以翻开淡水河边、艾奥瓦河边，或是温哥华海滨的任何石块。正如一过巴士海峡，我将发现自己曾蜕皮于南吕宋的海岸。

两小时后，我们的车绕湖半周，在一座颇现代化的建筑物前气咻咻停下。我们坐在那餐馆的大幅玻璃窗内，看另一角度的塔阿尔湖，而且以银匙挖食剖成半圆的椰壳中盛着的冰淇淋。将近下午五点的光景，树影延长着。地平线上，暮云叆叇，迤逦如带，可百余里。俯视湖心，三座小岛迎着斜日依次而立。最前面的那座最小，顶端陷入如盆，那便是有名的塔阿尔火山。山色介于橙黄与茶褐之间，在阳光下，特别浓艳耀眼，宜于拍彩色片。土人叫它作"造云者"或"恐怖的东西"，它一怒吼，菲律宾人的烦恼便开始了。诗人颖洲与亚薇告诉我说，在十八世纪，它曾爆发过几次，毁了附近好几座镇市。最近的一次在一九一一年一月三十日，先是喷烟且流溢熔浆，继以轰然爆炸，溶液、泥块与灰烬摧毁了九十平方英里的面积，威力所及，甚至远达八百平方英里的范围。遭难村庄甚多，死者共一千三百余人。痉挛性的震动持续了一个星期，到二月八日才恢复常态。此刻它悄悄地梦寐在下午的静谧中，像未断奶的婴孩。谁能断定下一刻它不会变成愤怒的巨人？塔阿尔湖长十七英里，宽十英里半，深十米许，湖面高出海面仅二米半。大雅台海拔二千尺，因此俯瞰湖面，下临涵虚，视域开阔，两岸山峰奇而秀，嶙峋入湖，犹如五指，十分壮观。他们都说，塔阿尔湖之美，犹稍逊日月潭。我没见过日月潭，无从比较，但我想，日月潭无此豁然开朗的远景。

归途上，看魁梧的大雅台渐渐立起，遮住山后的另一世界。风在我们鬓边潺潺泻过，凉意从肘弯袭向腋下，我们从秋天驰回夏天。不久我们便将奔驰于平原，去加入死海中那百万条咸鱼群了。

一九六一年五月七日于马尼拉

（本文略有删改——编者注）

# 落枫城

作客枫城，竟然也有一个半月了。秋色如焚，照亮了近处人家白漆的三角墙和远处的森林。日暖云轻的星期日上午，十月的尾巴晒得懒洋洋的，垂下来，成为人家廊上贪睡的花猫。小阳春的北美，尤其是伊利诺伊毗连艾奥瓦的大平原上，所谓秋老虎，并不可怕，因为它斑斓而且柔顺，更近乎一只向阳的花猫。虽说不可怕，柔驯的晌午到了傍晚，也会伸出渐利的猫爪，凌晨的霜齿也会深深陷进乔木，将枯叶咬出斑斑的血迹。秋色之来，莫之能御。红得剖心滴血的是盐肤木，赤中带黑的是擎天拔地的巨橡，金黄爽脆日色欲透的则是满街的枫树了。说到枫树，中年的读者当会忆起大陆的红叶，唐诗的读者当会吟起"红叶晚萧萧，长亭酒一瓢"的名句。美国中西部的枫树，却是黄叶。风起时，枫城枫落，落无边无际的枫叶，下一季的黄雨。人行秋色之中，脚下踩的，发上戴的，肩上似有意似无意飘坠的，莫非明艳的金黄与黄金。秋色之来，充塞乎天地之间。中秋节后，万圣节前，秋色一层浓似一层。到万圣节秋已可怜，不久女巫的扫帚，将打尽遍地的落枫，圣诞老人的白髯，遂遮暗一九六四的冬阳了。

而此际，秋色犹深，从大西洋到太平洋，从纽约到西雅图，纵你以七十英里的时速在超级公路上疾驶而去，也突不破重重的秋色了。枫城当然不叫枫城。伊利诺伊州的第二大城，皮奥里亚是密西西比支流伊利诺伊河畔一个古老而繁荣的城市。说它古老，是因为它建基于一六七三年，开镇史上，数伊州第一。说它繁荣，是因为世界闻名的毛虫（Caterpillar）履带开路机，总厂在此。然而这些与我无关。与我有关的，是枫城的一些人物，一些可能出现在马斯特斯的《匙河集》（*Spoon River Anthology*）中的人物。

在"亚洲教授计划"之下，我于中秋之夕，飞来枫城，成为此地布莱德利大学（Bradley University）的所谓客座教授。这是三四年级的一年选修课，总名"东亚研究"，在我之后，还有尼泊尔、印度和韩国的客座教授各一，各任半学期的讲授。我的部分自然是中国文学。班上一共有三十八个同学。由于选课异常自由，各系的同学都有，系别差异，从英国文学到历史，从家政到新闻，从数学到政治地理俱全。本来听说——听别人警告说——美国的大学生最好发问，且勇于和老师辩论。我的经验稍有不同。大致上，班上的学生都很注意听讲，有问必答，可是并不紧紧追诘。也许由于缺乏东方历史和语文的背景，谈到中国的问题，他们反而有些羞愧之色。最能引起普遍的兴趣的，恐怕是中国的文字，尤其是六书的象形和书法的篆隶行草。从中国的文字开始，我将他们的兴趣带向《诗经》、《楚辞》、汉赋、乐府和唐诗。每读一首诗，我都为他们准备一篇颇饶英诗意趣甚且合乎英诗格律的所谓"意译"，一篇逐字逐句追摹原文的所谓"直译"，最后还有一篇罗马拼音的音译。这样绕着原文打转，自然比仅读粗枝大叶的"意译"较近真相。最令他们好奇而又困惑的，是四声平仄之类。无论如何努力，他们总不能把四声读准，尤其是阳平和上声。尽管如此，他们最感兴趣的，却是古典诗的朗吟。

讲解每一首诗，我必用现代的（我的江南）国语读一遍，然后用老派名士的腔调朗吟一遍。虽然我的吟法，父亲听了，会说非闽非粤，死去的舅舅听了，会皱起长眉说念走了腔，而我的四川国文老师（科举时的拔贡）会放下嘴边的旱烟筒直摇头，我自吟自听，倒觉得蛮过瘾的，大有"余亦能高咏"之概。至少安格尔教授听了，说过 marvellous 之类的字眼，布莱德利班上的同学们，似乎也有同感。因为千言万语，苦口婆心，曾不能使他们进入诗的意境，而朗吟的节奏与音色，却是超意境且直接诉诸听觉的。

可是面对满座的金发与碧瞳，面对玛丽亚和维纳斯的儿女们，吟起"人人尽说江南好，游人只合江南老，春水碧于天，画船听雨眠"，那又是怎样的滋味？伊利诺伊的大平原上，偶尔也见垂杨，但美国的垂杨不知六朝，也未闻台城，美国的枫树更不解何为吴江。"遥怜小儿女，未解忆长安"，眼前这些美国的小儿女，更不解长安的意义了。

可是美国的青年，也有很可爱的。大致上，我班上的学生都很用功，且认真阅读指定的参考书。给我印象最深的，是南喜（Nancy Ann Kelley），因为她总是考第一，而且读完了《红楼梦》。伶俐而且娇小，颇有一点拉丁女娃的风味，绾得高高的棕色长发，垂得低低的眼睫，应该上雷诺阿或是莫迪里阿尼的画面。她的答案总是清晰而中肯，显示她认真地了解那些问题。她将贾谊的《鹏鸟赋》和坡的《大鸦》对比，分析得非常得体。在"校友回校"期间，她曾参加 Homecoming Queen 的竞选，结果虽然落选，却赢得不少注意。

某日秋雾弥漫，方进早膳，发现班上的施路哈（Adam Szluha）端了咖啡过来同坐。感觉他的英语有些异样，追问下，始吐露他是匈牙利人。和他谈起李斯特和巴尔托克的音乐，眉宇间渐展喜色，说两人的作曲多受匈牙利民歌的影响。最后他才告诉我，离开匈牙利已经八年了。……经不起旅途的折磨和乡愁的呼唤，许多同伴只到了巴黎，便纷纷回去匈牙利。只有施路哈和他的弟弟横渡大西洋，到了美国。可是在美国，施路哈说，两兄弟并不能经常见面。忙于生活，他们总是在不同的城市工作。最近施路哈的父母将从匈牙利来美国，看两个久别的男孩子。说到这里，施路哈的眼眶都红了。

班上另一个男孩，也曾有类似的经验。那是巴尔纳比（Stephen Barnabee）。瘦长而秀逸，尖尖的鼻子，灵活而湛蓝的眼眸，披一头漂亮的棕发。有一次小考，他最后交卷，说那天是他的生日，我竟然送他——指着试题——这样棘手的礼物。当天中午，我请他在学生中心的自助餐厅吃炸鸡。那天巴尔纳比刚满二十一岁，算是成人了，一团高兴。原来美国的小伙子有两个大生日，值得大庆特庆。那是十六岁生日和二十一岁生日——十六岁是可以开车的年龄；而二十一岁是成年，到这一天，你可以去投票选高华德或是詹森，更重要的是，你可以堂然步入酒肆，向酒保大呼："一杯威士忌！"那天我当然没请巴尔纳比喝酒，可是在可口可乐与炸鸡之间，巴尔纳比告诉我他在西德做钢铁锯工的生活，说他怎么喜欢慕尼黑，怎么从西柏林乘火车去东德，看东德无欢的市民和冷落的街道，看东德的警察手持冲锋枪戒备的情况。

高大、英挺、整齐的平头，浓黑的眉下闪动着热切的眼睛和微笑的齿光，那是克尼尔（William Kneer），我叫他比尔。他是新闻系二年级的学生，皮奥里亚本地人。我来了没多久，比尔便代表校刊《布莱德利侦探》（*The Bradley Scout*）来采访，之后便在十月一日的那一期发表了一篇访问记。不久，当地日销十万份的《皮奥里亚星报》（*The Peoria Journal Star*）派了一个记者叫菲利普的，来访问我，指明要我谈中国大陆的文学问题。我即就鲁迅和胡风的悲剧解析文学和宣传的不能相容，并阐明我在台湾从事现代中国文学的立场。这篇访问记长两千多字，曾在十月二十二日晚刊和二十三日的晨刊上连载两天。正是美国大选的前夕，两党竞选的热潮，冲击着大学的红楼……

我的讲课，原不囿于中国的古典诗。接着唐诗，我讲到中国的散文——先秦诸子的散文、史记的散文、六朝的骈文和韩愈的古文运动。之后便是中国的小说，限于时间，只能以《红楼梦》为中心。最后的两个礼拜，我便集中在现代文学，谈到梁启超的新文体，王国维的文学批评，林琴南的翻译小说，谈到胡适和陈独秀的文学革命……最后谈到台湾现代文艺的运动，现代诗和抽象画的高度发展，并且放映七十多幅抽象画与二百多幅古典画的彩色幻灯片。此外，我更应邀在当地美以美教会概述中国的宗教，在宗教系的班上谈中国的文字，并在英文系的班上诵读中国的古典诗与现代诗。

居停主人，美以美教会的牧师杜伦夫妇（Rev. & Mrs. F. Roy Doland），待我异常亲切，使我远适域外，仍得分享家庭乐趣。由于他们的向导，我有机会瞻仰民主巨人林肯在新萨伦（New Salem）的遗迹，和他在斯普林菲尔德（Springfield）的纪念碑与故居。那是十月下旬，响朗朗的一个晴日下午，小阳春的天气，宛若回光一瞥，欲去还留。方向盘在杜伦先生阔厚的掌中，指挥一九六四的雪翡瑙瓦，饕餮多少英里的秋色。高速的观览中，成熟的风景慷慨地展现她的多姿，地平线和纵游之目在天地难解处捉迷藏，反正伊利诺伊州有足够的平原，让你驰车，驰目，驰骋幻想。没有什么比春秋佳日坐在疾行的车中更能放纵幻想的了。七十英里，七十五英里，八十五英里，速度快得似乎可以逸出悲哀的常轨，而不知名的国度似乎即在面前涌起。毕竟秋季已经成长到饱和，橡叶已经红得发焦，枫叶已经黄得伤眼，然而映在这季节最后的残照里，犹堪支撑一个美的宇宙，在雾后雪前，暂驻奇迹。四车并驶的公路，截过好几片鹿苑，路边的交通牌上，注着 Deer Crossing，虽然不见鹿迹，已增多少仙意。据说游鹿来去自如，有时撞上汽车，会造成车破鹿亡。更据说，群兽目无交通规则，每有野兔和臭鼬之类的小可怜，碾毙轮下，因为超级公路上面，最低时速且限于四十五英里。时速到六十英里时，从起念刹车到戛然车停，已然滑行了三百六十六英尺。像王维夫子那种"清川带长薄，车马去闲闲"的温暾劲儿，准给人家的喇叭大轰特轰了。据说碾死臭鼬最为倒霉，因为其臭黏附轮胎，历久不衰，虽力拭亦不去。

在新萨伦的林肯遗迹徘徊了两个小时，回顾当日林肯村居的种种情况。一切停顿在十九世纪中叶的表面。泥糊石砌的老木屋中，笨重的桌椅和高架床，方花格子的桌布，犹闻唧唧的纺机，纵横可数的木条地板，一切都似乎停顿在马克·吐温作品的插图里，给人一种拨不开的时间之幻觉。到斯普林菲尔德已欲黄昏。斜阳自州府大厦高耸的塔尖上滑下来，余温已然敌不住薄暮的锋芒。在斜晖中，看到落锁的林肯旧宅。此中人已进入历史，住在永恒，犹有十几个游人，徘徊宅前，似欲逆泳而上时间之流。等我们攀上林肯纪念碑的大理石阶，落日颓然西下，夜色忽已连环。在寒气渐侵的苍茫中，辨认建墓时三十七州的古朴石徽。州各一石，重大如碑，而石分九型，据说是从明尼苏达、密苏里、马萨诸塞、阿肯色、犹他、意大利、西班牙、法兰西和比利时的大理石矿中采来。衬在黑蓝的夜空上，一百一十七英尺的方尖塔犹兀自矗起民主的意志，下面的四只角上，为自由而斗的英雄们仍然在进行南北战争——步兵群、骑兵队、海军和炮兵的青铜像座，似仍在抢夺一个铿锵的胜利。林肯死于一八六五年四月十五日，明年正是百周年纪念。百年后，民主的道路仍未平坦，且似乎更加崎岖。

　　归途，阔大的平原罩上了渺茫的神秘。平直的公路，无声地伸入未知，如梦的车首灯光，拓开了一片黑暗，又被吞入另一片黑暗。我们平稳地向前游弋，从一个未知向一个未知，看夜在车窗外设计的几何图形，且忙于变换星的坐标，绕着青兮兮的北极星。黄灯眨着诡谲。红灯瞪着无礼的警告。白灯交换着匆匆的眼色，朝相反的方向投入黑暗。三百六十度的黑暗。黑暗在黑暗中泛滥着黑暗在黑暗中染黑了黑暗。鲸鱼在南方巨伟地泅泳，偶尔喷出一粒流星。终于，夜决定是缺少了一个半圆形。于是初七的半月从车窗的右后侧追了过来，把好几品脱的清光拨在我们的发上。如果这时此身在中国。如果这时中国在汉朝。如果我的古典情人在汉朝等我，在汉朝冰肌的月光中，在眼前这般恍悠悠的青白色的月光中洗她乌黑的长发，黑得晶亮的长发，如果。而忘了如梦的车首灯不过是指向皮奥里亚，指向枫城。忘了车外，万圣节渐近的夜空中，骑帚的女巫们，都不用点灯的。

一九六四年十一月于皮奥里亚·布莱德利大学

（《文星》第八十七期）

（本文略有删改——编者注）

# 四月，在古战场

———

　　熄了引擎，旋下左侧的玻璃窗，早春的空气遂漫进窗来。岑寂中，前面的橡树林传来低沉而嘶哑的鸟声，在这一带的山里，荡起幽幽的回声。是老鸦呢，他想。他将头向后靠去，闭起眼睛，仔细听了一会儿，直到他感到自己已经属于这片荒废。然后他推开车门，跨出驾驶座，投入四月的料峭之中。

　　水仙花的四月啊，残酷的四月。已经是四月了，怎么还是这样冷峻，他想，同时翻起大衣的领子。湿甸甸阴凄凄的天气，风向飘忽不定，但风自东南吹来时，潮潮的，嗅得到黛青翻白的海水气味。他果然站定，嗅了一阵，像一头临风昂首的海豹，直到他幻想，海藻的腥气翻动了他的胃。这是斜向大西洋岸的山坡地带，也是他来东部后体验的第一个春天。美国孩子们告诉他，春天来齐的时候，这一带的花树将盛放如放烟火，古战场将佩戴多彩的美丽。

文苣告诉他说，再过一个星期，华盛顿的三千株樱花，即将喷洒出来。文苣又说，鲈鱼和曹白鱼正溯波托马克河与塞斯奎汉娜河而上，来淡水中产卵，奇娃妮湖上已然有天鹅在游泳，黑天鹅也出现过两只了。你怎么知道这些的？有一次他问她。文苣笑了，笑得像一枝洋水仙。我怎么不知道，她说，我在兰开斯特长大的嘛。你是一个乡下女娃娃，他说。

在一座巍然的雕像前站定，他仰起面来，目光扫马背骑士的轮廓而上，止于他翘然的须尖。他踏着有裂纹的大理石，拾级而上。他伸手抚摸石座上的马蹄，青铜的冷意浸冰他的手心，似乎说，这还不是春天。他缩回手，辨认刻在石座上的文字。塞吉维克少将，一八一三年生，一八六四年殁，阵亡于弗吉尼亚州，伟大的战士，光荣的公民，可敬的长官。已经一百年了，他想。忽然他涌起一股莫名的冲动，欲攀马尾而跃上马背，欲坐在塞吉维克将军的背后，看十九世纪的短兵相接。毕竟这是一座庞伟的雕塑，马鞍距石座几乎有六英尺，而马尾奋张，青铜凛然，苔藓滑不留手。他几度从马臀上溜了下来，终于疲极而放弃。他颓然跳下大理石座，就势卧倒在草地上。一阵草香袅袅升起，袭向他的鼻孔。他闭上眼睛，贪馋地深深呼吸，直到清爽的草香似乎染碧了他的肺叶。他知道，不久太阳会吸干去冬的潮湿，芳草将占据春的每一个角落。不久，他将独自去抵抗一季豪华的寂寞，在异国，冷眼看热花，看热得可以蒸云煮雾的桃花哪桃花，冷眼看情人们十指交缠的约会。他想象得到，自己将如何浪费昂贵的晴日，独自坐在夕照里，数那边哥特式塔楼的钟声，敲奏又一个下午的死亡。然而春天，史前而又年轻的春天，是不可抗拒的。知更说，春从空中来。鲈鱼说，春从海底来。土拨鼠说，春是从地底冒上来的，不信，我掘给你看。伏在已软而犹寒的地上，他相信土拨鼠是对的。把饕餮的鼻子浸在草香里，他静静地匍匐着，久久不敢动弹，为了看成群的麻雀，从那边橡树林和桦木顶上啾啾旋舞而下，在墓碑上，在铜像上，在废炮口上做试探性的小憩，终于散落在他四周的草地上，觅食泥中的小虫。他屏息看着，希望有一双柔细而凉的脚爪会误憩在他的背上。不知道那么多青铜的幽灵，是不是和我一样感觉，喜欢春天又畏惧春天，因为春天不属于我们，他想。我的春天啊，我自己的春天在哪里呢？我的春天在淡水河的上游，观音山的对岸。不，我的春天在急湍险滩的嘉陵江上，拉纤的船夫们和春潮争夺寸土，在舵手的鼓声中曼声而唱，插秧的农夫们也在春水田里一呼百应地唱，溜啊溜连溜哟，咿呀呀得喂，海棠花。他霍然记起，菜花黄得晃眼，茶花红得害初恋，嘤嘤的蜂吟中，菜花田的浓香熏人欲醉。更美，更美的是江南，江南的春天，江南春。春水碧于天，画船听雨眠。一次在中国诗班上吟到这首词，他的眼泪忍不住滚了出来。他分析给自己听，他的怀乡病中的中国，不在台湾海峡的这边，也不在海峡的那边，而在抗战的歌谣里，在穿草鞋踏过的土地上，在战前朦胧的记忆里，也在古典诗悠扬的韵尾。他对自己说，西北公司的回程票，夹在绿色的护照里，护照放在棕色的箱中。十四小时的喷射云，他便可以重见中国。然而那不是害他生病害他梦游的中国。他的中国不是地理的，是历史的。他的中国已经永远逝去，凄楚地，他凄楚地想。

　　四月的太阳，清清冷冷地照在他的颈背上，若亡母成灰的手。他想。他想。他想。他永远只能一个人想。他不能对那些无忧的美国孩子说，因为他们不懂，因为中国的一年等于美国的一世纪，因为黄河饮过的血扬子江饮过的泪多于他们饮过的牛奶、饮过的可口可乐，因为中国的孩子被烽火的烟熏成早熟的熏鱼，周幽王的烽火，卢沟桥的烽火。他只能独咽五十个世纪乘一千万平方公里的凄凉。中秋前夕的月光中，像一只孤单的鸥鸟，他飞来太平洋的东岸。从那时起，他曾经驶过八千多英里，越过九个州界，闯过芝加哥的湖滨大道，纽约的四十二街和百老汇，穿过大风雪和死亡的雾。然而无论去何处，他总是在演独角的哑剧。在漫长而无红灯的四线超级公路上，七十英里时速的疾驶，可以超庞然而长的二十轮卡车，太保式的野豹，雍容华贵的凯地拉克，但永远摆不脱寂寞的尾巴。十四小时，哈姆雷特的喃喃独白，东半球可有人为他烧耳朵，打喷嚏？偶或驶出冰雪的险境，太阳迎他于邻州的上空，也会逸兴遄飞，豪气干云，朗吟李白的辞白帝或杜甫的下襄阳，但大半总是低吟"西北望长安，可怜无数山"！八千英里路的云和月。八千英里路的柏油和水泥。红灯，停。绿灯，行。南北是 avenue，东西是 street，方的是 square，圆的是 circle。他咽下每一英里的紧张与寂寞，他自己一人。他一直盼望，有一对柔美的眼眸，照在他的脸上，有一个圆熟可口的女体，在他的右手的座位，迷路时，为他解地图的蛛网，出险时，为他庆幸，为他笑。

　　为他笑，他出神地想，且为他流泪，这么一双奇异的眼睛。一只鹰在顶空飞过，幢然的黑影扫他的脸颊。他这才感到，风已息，太阳已出现了好一会儿了。他想起宓宓，肥沃而多产的宓宓。最肥沃的地方，只要轻轻一挤，就会挤出杏仁汁来。他不禁自得地笑出声来。以前，他时常这么取笑她的。可怜的女孩，他爱惜而歉疚地想。先是一搦纤细而多情的表妹，如是其江南风，一朵瘦瘦的水仙，在江南的风中。然后是知己的女友，缠绵的情人，文学的助手，诗的第一位读者。然后是蜜月伤风的新娘，套的是他的指环，用的是他的名字，醒时，在他的双人床上。然后是小袋鼠的母亲，然后是两个，三个，以至于一窝雌白鼠的妈妈。昔日的女孩已经蜕变成今日的妇人了，曾经是袅娜飘逸的，现在变得丰腴而富足，曾经是羞赧而闪烁的，现在变得自如而安详。她已经向雷诺阿画中的女人看齐了，他不断地调侃她。而在他的印象中，她仍是昔日的那个女孩，苍白而且柔弱，抵抗着令人早熟的肺病，梦想着爱情和文学，无依无助，孤注一掷地向他走来，而他不得不张开他的欢迎，且说，我是你的起点和终点，我的名字是你的名字，我的孩子是你的孩子，我会将你的处女地耕耘成幼稚园，我会喂你以爱情，我的桂冠将为你而编！他仍记得，敬义说的，车票和邮票，象征爱情的频率。他仍记得，一个秋末的晴日下午，他送她到台北车站。蓝色长巴士已经曳烟待发。不能吻别，她只能说，假如我的手背是你的上唇，掌心是你的下唇。于是隔着车窗，隔着一幅透明的莫可奈何，她吻自己的手背，又吻自己的掌心。手背。掌心。掌心。这些吻不曾落在他唇上，但深深种在他的意象里，他被这些空中的唇瓣落花了眼睛。

太阳晒得草地蒸出恍惚的热气，鸟雀的翅膀扑打着中午。不久，塞吉维克将军的剑影向他指来。他感到有点胃痛，然后他发现自己伏身在草上已太久，而且有点饿了。已经是晌午了呢，他想。他从草地上站起来，抚摸压上了草印的手掌，并且拍打满身的碎草和破叶。忽然他感到非常饿了，早春的处女空气使他呼吸畅顺，肺叶张翕自如，使他的头脑清醒，身体轻松。一刹那间，他幻想自己一张臂成了一尾潇洒的燕子，剪四月的云于风中，以违警的超速飞回国去。一阵风迎面吹来，他的发扬了起来，新修过的下颔感到一抹清凉。他果然举起两臂，迅步向那边的瞭望塔奔去，直到他稍稍领略到羽族滑翔的快感。然后他俯倚在灰石雉堞上，等待剧喘退潮。松枝的清香沛然注入他腔中，他更饿，但同时感到四肢富于弹性，腹中空得异常灵利。

　　如果此刻宓宓在塔下向他挥手且奔来，他一定纵下去迎她，迎她雌性胴体全部的冲量。在温燠的阳光中，他幻想她的淡褐之发有一千尺长，让他将整个脸浴在波动的褐流之中。他希望自己永远年轻，永远做她的情人。又要不朽，又要年轻，绝望地，他想。李白已经一千二百六十四岁了。活着，呼吸着，爱着，是好的。爱着，用唇，用臂，用床，用全身的毛孔和血管，不是用韵脚或隐喻。肉体的节奏美于文字的节奏。他对塔下辽阔的古战场大呼，宓宓！宓宓！宓——宓！呼声在万年松之间颤动、回旋，激起一群山鸟，纷纷惊惶地拍响黑翼，而二千座铜像和石碑，而四百门黝青的铁炮，而迤逦二十多英里的石堆和木栅，都不能应他的呼声。他们已经死了一个多世纪，一百多个春天都喊他们不应，何况他微弱的呼声。

　　不朽啊。年轻啊。如果要他作一个抉择，他想，他宁取春天。这是春天。这是古战场。古战场的四月，黑眼眶中开一朵白蔷，碧血灌溉的鲜黄苜蓿。宁为春季的一只蜂，不为历史的一尊塑像。让缪斯嫁给李贺或者嘉尔西亚·洛尔卡，可是你要嫁给我，他想。让冰手的石碑说，这是诗人某某之墓，但是让柔软的床说，现在他是情人。站在瞭望塔的雉堞后，站在浩浩乎复不见人的古沙场顶点，站在李将军落泪、米德将军仰天祈祷的顶点，新大陆的河山匍匐在他的脚下，四月发育着，在他的脚下，发育着、放射着、流着、爬着、歌着。茫茫的风景，茫茫的眼眸。茫茫的中国啊，茫茫的江南和黄河。三百六十度的，立体大壁画的风景啊，如果你在她的眸里，如果她在我的眸里，他想。中午已经垂直，阳光下，一层淡淡的烟霭自草上自树间漾漾蒸起。成群的鸟雀向远方飞去，向梅荪·狄克生线以南。收回徒然追随的目光，惘然，怅然，他感到非常，非常饥饿。他想起古战场那边的石桥，桥那边的小镇，镇上的林肯方场，方场上，一座三层七瓴的老屋。他的公寓就在顶层，适宜住一个东方的隐士，一个客座教授，一个怀乡的诗人，而更重要的是，冰箱里有烤鸡和香肠，还有半瓶德国啤酒。

一九六五年四月三日于葛底斯堡·古战场

附识：文葩（Barbara Wenger），班上一女孩，日耳曼后裔，德国文学系，宾州兰开斯特人，常和另一同学贾翠霞（Patricia Carey）来看作者，并赠以兰开斯特的双黄蛋和新泽西州海边的连翘花。

一九六五年四月
（《文星》第九十一期）

# 丹佛城

## ——新西域的阳关

————

城，是一片孤城。山，是万仞石山。城在新的西域。西域在新的大陆。新大陆在一九六九年的初秋。你问：谁是张骞？所有的白杨都在风中摇头，萧萧。但即使新大陆也不太新了。四百年前，还是红番各族出没之地，侠隐和阿拉帕火的武士纵马扬戈，呼啸而过。然后来了西班牙人。然后来了联邦的骑兵。忽然发一声喊："黄金，黄金，黄金！"便召来汹涌的淘金潮，喊热了荒冷的西部。于是凭空蠢起了奥马哈、丹佛、雷诺。最后来的是我，来教淘金人的后人如何淘如何采公元前东方的文学——另一种金矿，更贵，更深。这件事，不想就不想，一想，就教人好生蹊跷。

一想起西域，就觉得好远，好空。新西域也是这样。科罗拉多的面积七倍于台湾，人口不到台湾的七分之一。所以西出阳关，不，我是说西出丹佛，立刻车少人稀。事实上，新西域四巷竞走的现代驿道，只是千里漫漫的水泥荒原，只能行车，不可行人。往往，驶了好几十里，夐不见人，鹿、兔、臭鼬之类倒不时掠过车前。西出阳关，何止不见故人，连红人也见不到了。

只见山。在左。在右。在前。在后。在脚下。在额顶。只有山永远在那里，红人搬不走，淘金人也淘它不空。在丹佛城内，沿任何平行的街道向西，远景尽处永远是山。西出丹佛，方觉地势渐险，已惊怪石当道，才一分神，早陷入众峰的重围了。于是蔽天塞地的落基大山连嶂竞起，交苍接黛，一似岩石在玩叠罗汉的游戏。而要判断最后是哪一尊罗汉最高，简直是不可能的。因为三盘九弯之后，你以为这下子总该登峰造极了吧，等到再转一个坡顶，才发现后面，不，上面还有一峰，在一切借口之外傲然拔起，耸一座新的挑战。这样，山外生山，石上擎石，逼得天空也让无可让了。因为这是科罗拉多，新西域的大石帝国，在这里，石是一切。落基山是史前巨恐龙的化石，蟠蟠蜿蜿，矫乎千里，龙头在科罗拉多，犹有回首攫天吐气成云之势，龙尾一摆，伸出加拿大之外，昂成阿拉斯加。对于大石帝国而言，美利坚合众国只是两面山坡拼成，因为所谓"大陆分水岭"（Continental Divide），鼻梁一样，不偏不颇切过科罗拉多的州境。我说这是大石帝国，因为石中最崇高的一些贵族都簇拥在这里，成为永不退朝的宫廷。海拔一万四千英尺以上的雪峰，科罗拉多境内，就拥有五十四座，郁郁垒垒，亿万兆吨的花岗岩片麻岩在重重叠叠的青苍黯黮之上，擎起炫人眼眸的皑皑，似乎有一个冷冷的声音在上面说：最白的即是最高。也就难怪丹佛的落日落得特别地早，四点半钟出门，天就黑下来了。西望落基诸峰，横障着多少重多少重的翠屏风啊！西行的车辆，上下盘旋为劳，一过下午三点，就落进一层深似一层的山影中了。

树，是一种爱攀山的生命，可是山太高时，树也会爬不上去的。秋天的白杨，千树成林，在熟得不能再熟的艳阳下，迎着已寒的山风翻动千层的黄金，映入眉眼，使灿烂的秋色维持一种动态美。世彭戏呼之为"摇钱树"，化俗为雅，且饶谐趣。譬如白杨，爬到八千多英尺，就集体停在那里，再也爬不上去了。再高，就只有针叶直干的松杉之类能够攀登。可是一旦高逾万二三千英尺，越过了所谓"森林线"（timber line），即高贵挺拔的柏树也不胜苦寒，有时整座森林竟会秃毙在岭上，苍白的树干平行戟立得触目惊心，车过时，像检阅一长列死犹不仆的僵尸。

入山一深，感觉就显得有点异样。空气稀薄，呼吸为难，好像整座落基山脉就压在你胸口。同时耳鸣口干，头晕目涩，暂时产生一种所谓"高眩"（vertigo）的症状。圣诞之次日，叶珊从西岸飞来山城，饮酒论诗，谈天说地，相与周旋了七夕才飞去。一下喷射机，他就百症俱发，不胜晕山之苦。他在柏克莱住了三年，那里的海拔只有七十五英尺，一听我说丹佛的高度是五千二百八十，他立刻心乱意迷，以后数日，一直眼花落井，有若梦游。乃知枕霞餐露、骑鹤听松等等传说，也许可以期之费长房、王子乔之属，像我们这种既抛不掉身份证又缺不了特效药的凡人，实在是难可与等期啊。费长房、王子乔渺不可追，倒也罢了。来到大石帝国之后，竟常常想念两位亦仙亦凡的人物：一位是李白，另一位是米芾。不提苏轼，当然有欠公平，可是高处不胜寒的人，显然是不宜上落基山的。至于韩愈那样"小鸡"气，上华山而不敢下，竟觳觫坐地大哭，"恐高症"显然进入三期，不来科罗拉多也罢。李白每次登高，都兴奋得很可笑也很可爱。在峨眉山顶，"余亦能高咏"的狂士，居然"不敢高声语，恐惊天上人"，真是憨得要命吧。只是跟这样的人一起驾车，安全实在可忧。我来丹佛，驾车违警的传票已经拿过四张。换了李白，斗酒应得传票百张。至于米芾那石癫，见奇石必衣冠而拜，也是心理分析的特佳对象。我想他可能患有一种"岩石意结"（rock complex），就像屈原可能患有"花狂"（floramania）一样。石奇必拜，究竟是什么用意呢？拜它的清奇高古呢，还是拜它的头角峥嵘，拜它的坚贞不移呢，还是拜它的神骨仙姿？总之这样的石痴石癖，与登落基大山，一定大有可观，说不定真会伏地不起，蝉蜕而成拜石教主呢。

说来说去，登高之际，生理的不适还在其次，心理的不安恐怕更难排除。人之为物，卑琐自囿得实在可悯。上了山后，于天为近，于人为远，一面兴奋莫名，飘飘自赏，一面又惶恐难喻，悚然以惊，怅然以疑。这是因为登高凌绝，灵魂便无所逃于赤裸的自然之前，而人接受伟大和美的容量是有限的，一次竟超过这限度，他就有不胜重负之感。将一握畏怯的自我，毫无保留地掷入大化，是可惧的。一滴水落入海中，是加入，还是被并吞？是加入的喜悦，还是被吞的恐惧？这种不胜之感，恐怕是所谓"恐闭症"的倒置吧。也许这种感觉，竟是放大了的"恐闭症"也说不定，因为入山既深，便成山囚，四望莫非怪石危壁，可堪一惊。因为人实在已经被文明娇养惯了，一旦拔出红尘十丈，市声四面，那种奇异的静便使他不安。所以现代人的狼狈是双重的：在工业社会里，他感到孤绝无援，但是一旦投入自然，他照样难以欣然神会。

而无论入山见山或者入山浑不见山，山总在那里是一件事实。

也许踏破名山反而不如悠然见南山。时常，在丹佛市的闹街驶行，一脉青山，在车窗的一角悠然浮现，最能动人清兴。我在寺钟女子学院的办公室在崔德堂四楼。斜落而下的鳞鳞红瓦上，不时走动三五只灰鸽子，嘀嘀咕咕一下午的慵倦和温柔。偶尔，越过高高的橡树顶，越过风中的联邦星条旗和那边惠德丽教堂的联鸣钟楼，落基诸峰起伏的山势，似真似幻地涌进窗来。在那样的距离下，雄浑的山势只呈现一勾幽渺的轮廓，若隐若现若一弦琴音。最最壮丽是雪后，晚秋的太阳分外灿明，反映在五十英里外的雪峰上，皎白之上晃荡着金红的霞光，那种精巧灵致的形象，使一切神话显得可能。

每到周末，我的车首总指向西北，因为世彭在丹佛西北二十五英里的科罗拉多大学教书，他家就在落基山黛青的影下。那个山城就叫波德（Boulder），也就是庞然大石之义。一下了超级大道，才进市区，嵯峨峻峭的山势，就逼在街道的尽头，举起那样沉重的苍青黛绿，俯临在市镇的上空，压得你抬不起眼睫。愈行愈近，山势愈益耸起，相对地，天空也愈益缩小，终于巨岩争立，绝壁削面而上，你完完全全暴露在眈眈的巉崄之中。每次进波德市，我都要猛吸一口气，而且坐得直些。

到了山脚下的杨宅，就像到了家里一样，不是和世彭饮酒论戏（他是科大的戏剧教授），便是和他好客的夫人惟全摊开楚河汉界，下一盘象棋。晚餐后，至少还有两顿宵夜，最后总是以鬼故事结束。子夜后，市镇和山都沉沉睡去，三人才在幢幢魅影之中，怵然上楼就寝。他们在楼上的小书房里，特为我置了一张床，我戏呼之为"陈蕃之榻"。戏剧教授的书房，不免挂满各式面具。京戏的一些，虽然怒目横眉，倒不怎么吓人，唯有一张歌舞伎的脸谱，石灰白的粉面上，一对似笑非笑的细眼，红唇之间嚼着一抹非齿非舌的墨黑的什么，妖媚之中隐隐含着狰狞。只要一进门，她的眼睛就停在我的脸上，眯得我背脊发麻。所以第一件事就是把她取下来，关到抽屉里去。然后在落基山隐隐的鼾息里，告诉自己这已经够安全了，才勉强裹紧了毛毡入睡。第二天清晨，拉开窗帷，一大半是山，一小半是天空。而把天挤到一边去的，是屹屹于众山之上和白雾之上的奥都本峰，那样逼人眉睫，好像一伸臂，就染得你满手的草碧苔青。从波德出发，我们常常深入落基山区。九月间，到半山去看白杨林子，在风里炫耀黄金，回来的途中，系一枝白杨在汽车的天线上，算是俘虏了几片秋色。中秋节的午夜，我们一直开到山顶，在盈耳的松涛中，俯瞰三千英尺下波德的夜市。也许是心理作用，那夜的月色特别清亮，好像一抖大衣，便能抖落一地的水银。山的背后是平原是沙漠是海，海的那边是岛，岛的那边是大陆，旧大陆上是长城是汉时关秦时月。但除了寂寂的清辉之外，头顶的月什么也没说。抵抗不住高处的冷风，我们终于躲回车中，盘盘旋旋，开下山来。

月下的山峰，景色的奇幻，只有雪中的山峰可以媲美。先是世彭说了一个多月，下雪天一定要去他家，围着火锅饮酒听戏，然后踏雪上山，看结满坚冰的湖和山涧。他早就准备了酒、花生和一大锅下酒菜，偏偏天不下雪。然后十月初旬的一个早晨，在异样的寂静中醒来，觉得室内有一种奇幻的光。然后发现那只是一种反射，一层流动的白光浮漾在天花板上。四周阒阒寞寞，下面的街上更无一点车声。心知有异，立刻披衣起床。一拉窗帷，那样一大幅皎白迎面给我一捆，打得我猛抽一口气。好像是谁在一挥杖之间，将这座钢铁为筋水泥为骨的丹佛城吹成了童话的魔境，白天白地，冷冷的温柔覆盖着一切。所有的树都枝柯倒悬如垂柳，不胜白天鹅绒的重负。而除了几缕灰烟从人家烟囱的白烟斗里袅袅升起之外，茫然的白毫无遗憾的白将一切的一切网在一片惘然的忘记之中，目光尽处，落基山峰已把它重吨的沉雄和苍古羽化为几两重的一盘奶油蛋糕，好像一只花猫一舔就可以舔净那样。白。白。白。白外仍然是白外仍然是不分郡界不分州界的无疵的白，那样六角的结晶体那样小心翼翼的精灵图案一英寸一英寸地接过去接成千英里的虚无什么也不是的美丽，而新的雪花如亿万张降落伞似的继续在降落，降落在落基山的蛋糕上那边教堂的钟楼上，降落在人家电视的天线上，最后降落在我没戴帽子的发上，当我冲上街去张开双臂几乎想大嚷一声结果只喃喃地说：冬啊冬啊你真的来了我要抱一大捧回去装在航空信封里寄给她一种温柔的思念美丽的求救信号说我已经成为山之囚后又成为雪之囚白色正将我围困。雪花继续降落，蹑手蹑脚，无声地依附在我的大衣上。雪花继续降落，像一群伶俐的精灵在跟我捉迷藏，当我发动汽车，用雨刷子来回驱逐挡风玻璃上的积雪。

最过瘾是在第二天，当积雪的皑皑重负压弯了枫榆和黑橡的枝丫，且造成许多断柯。每条街上都多少纵横着一些折枝，汽车迂回绕行其间，另有一种雅趣。行过两线分驶的林荫大道，下面溅起吱吱响的雪水，上面不时有零落的雪块自高高的枝丫上滑下，砰然落在车顶，或坠在挡风玻璃上，扬起一阵飞旋的白霰。这种美丽的奇袭最能激人豪兴，于是在加速的驶行中我吆喝起来，亢奋如一个马背的牧人。也曾在五湖平原的密歇根冻过两个冰封的冬季，那里的雪更深，冰更厚，却没有这种奇袭的现象，因为中西部下雪，总在感恩节的附近，到那时秋色已老，叶落殆尽，但余残枝，因此雪的负荷不大。丹佛城高一英里，所谓高处不胜寒，一到九月底十月初，就开始下起雪来，有的树黄叶未落，有的树绿叶犹繁，乃有折枝满林断柯横道的异景。等到第三天，积雪成冰，枝枝丫丫就变成一丛丛水晶的珊瑚，风起处，琅琅相击有声。冰柱从人家的屋檐上倒垂下来，扬杖一挥，乒乒乓乓便落满一地的碎水晶。我的白车车首也悬满冰柱，看去像一只乱髭髯鬈的大号白猫，狼狈而可笑。

高处不胜寒，孤峙在新西域屋顶上的丹佛城，入秋以来，已然受到九次风雪的袭击。雪大的时候，丹佛城瑟缩在零下的气温里，如临大敌，有人换上雪胎，有人在车胎上加上铁链，辚辚辘辘，有一种重坦克压境的声威。州公路局的扫雪车全部出动，对空降的冬之白旅展开防卫战，在除雪之外，还要向路面的顽雪坚冰喷沙撒盐，维持数十万辆汽车的交通。我既不换雪胎，更不能忍受铁链铿铿对耳神经的迫害，因此几度陷在雪泥深处，不得不借路人之力，或者招来庞然如巨型螳螂的拖车，克服美丽而危险的"白祸"。当然，这种不设防的汽车，只能绕着丹佛打转。上了万英尺的雪山，没有雪胎铁链，守关人就要阻止你前进。真正大风雪来袭的时候，地面积雪数英尺，空中雪扬成雾，百里茫茫，公路局就要在险隘的关口封山，于是一切车辆，从横行的黄貂鱼到猛烈的美洲豹到排天动地而来体魄修伟像一节火车车厢的重吨大卡车，都只能偃然冬蛰了。

就在第九次风雪围攻丹佛的开始，叶珊从西海岸越过万仞石峰飞来这孤城。可以说，他是骑在雪背上来的，因为从丹佛国际机场接他出来不到两分钟，那样轻巧的白雨就那样优优雅雅、舒舒缓缓地下来了。叶珊大为动容，说自从别了艾奥瓦，已经有三年不见雪了。我说艾奥瓦的那些往事提它做什么，现在来了山国雪乡，让我们好好聊一聊吧。当晚锺玲从威斯康星飞来，我们又去接她，在我的楼上谈到半夜，才冒着大雪送她回旅店。那时正是圣诞期间，"现代语文协会"在丹佛开年会，英文、法文、德文、意大利文、西班牙文，甚至中文日文的各种语文学者，来开会的多到八千人，一时咬牙切齿，喃喃喊喊，好像到了拜波之塔一样。第二天，叶珊正待去开会，我说："八千学者，不缺你一个，你不去，就像南极少了一头企鹅，谁晓得！"叶珊为他的疏懒找到一个遁词，心安理得，果然不甚出动，每天只是和我孵在一起，到了晚上，便燃起锺玲送我的茉莉蜡烛，一更，二更，三更，直聊到舌花谢尽眼花灿烂才各自爬回床去。临走前夕，为了及时送他去乘次晨七时的飞机，我特地买了一架华美无比的西德闹钟，放在他枕边。不料到时它完全不闹，只好延到第二天走。凭空多出来的一天，雪霁云开，碧空金阳的晴冷气候，爽朗得像一个北欧佳人。我载叶珊南下珂泉，去瞻仰有名的"众神乐园"。车过梁实秋、闻一多的母校，叶珊动议何不去翻查两位前贤的"底细"，我笑笑说："你算了吧。"第二天清晨，闹钟响了，我的客人也走了。地上一排空酒瓶子，是他七夕的成绩。而雪，仍然在下着。

等到刘国松挟四十幅日月云烟也越过大哉落基飞落丹佛时，第九场雪已近尾声了。身为画家，国松既不吸烟，也不饮酒，甚至不胜啤酒，比我更清教。我常笑他不云不雨，不成气候。可是说到饕饕，他又胜我许多。于是风自西北来，吹来世彭灶上的饭香，下一刻，我们的白车便在丹佛波德间的公路上疾驶了。到波德正是半下午的光景，云翳寒日，已然西倾。先是前几天世彭和我踹着新雪上山，在皓皓照人的绝壁下，说这样的雪景，国松应该来膜拜一次才对。现在画家来了，我们就推他入画。车在势蟠龙蛇黛黑纠缠着皎白的山道上盘旋上升，两侧的冰壁上淡淡反映冷冷的落晖。寂天寞地之中，千山万山都陷入一种清癯而古远的冷梦，像在追忆冰河期的一些事情。也许白发的朗斯峰和劳伦斯峰都在回忆，六千万年以前，究竟是怎样孔武的一双手，怎样肌腱勃怒地一引一推，就把它们拧得这样皱成一堆，鸟在其中，兔和松鼠和红狐和山羊在其中，松柏和针枞和白杨在其中，科罗拉多河阿肯色河诞生在其中。道旁的乱石中，山涧都已结冰，偶然，从一个冰窟窿底，可以隐隐窥见，还没有完全冻死的涧水在下面玎玎玱玱地奔流，向暖洋洋的海。一个戴遮耳皮帽的红衣人正危立在悬崖上，向乱石堆中的几只啤酒瓶练靶，枪声瑟瑟，似乎炸不响凝冻的寒气，只擦出一条尖细的颤音。

转过一个石岗子，眼前豁然一亮，万顷皑皑将风景推拓到极远极长，那样空阔的白颤颤地刷你的眼睛。在猛吸的冷气中，一瞬间，你幻觉自己的睫毛都冻成了冰柱。下面，三百英尺下平砌着一面冰湖，从此岸到彼岸，一抚十英里的湖面是虚无的冰，冰，冰上是空幻的雪，此外一无所有，没有天鹅，也没有舞者。只有冷然的音乐，因为风在说，这里是千山啊万山的心脏，一片冰心，浸在白玉的壶里。如此而已，更无其他。忽然，国松和世彭发一声喊，挥臂狂呼像叫阵的印第安人，齐向湖面奔去。雪，还在下着。我立在湖岸，把两臂张到不可能的长度，就在那样空无的冰空下，一刹间，不知道究竟要拥抱天，拥抱湖，拥抱落日，还是要拥抱一些更远更空的什么，像中国。

一九七〇年一月于丹佛

# 南半球的冬天

飞行袋鼠"旷达士"（Qantas）才一展翅，偌大的新几内亚，怎么竟缩成两只青螺，大的一只，是维多利亚峰，那么小的一只，该就是塞克林峰了吧。都是海拔万英尺以上的高峰，此刻，在"旷达士"的翼下，却纤小可玩，一簇黛青，娇不盈握，虚虚幻幻浮动在水波不兴一碧千里的"南溟"之上。不是水波不兴，是"旷达士"太旷达了，俯仰之间，忽已睥睨八荒，游戏云表，遂无视于海涛的起起伏伏了。不到一杯橙汁的工夫，新几内亚的郁郁苍苍，倏已陆沉，我们的老地球，所有故乡的故乡，一切国恨家愁的所依所托，顷刻之间都已消逝。所谓地球，变成了一只水球，好蓝好美的一只水球，在好不真实的空间好缓好慢地旋转，昼转成夜，春转成秋，青青的少年转成白头。故国神游，多情应笑我早生华发。水汪汪的一只蓝眼睛，造物的水族馆，下面泳多少鲨多少鲸，多少亿兆的鱼虾在暖洋洋的热带海中悠然摆尾，多少岛多少屿在高庚的梦、史蒂文森的记忆里午寐，鼾声均匀。只是我的想象罢了，那澄蓝的大眼睛笑得很含蓄，可是什么秘密也没有说。古往今来，她的眼里该只有日起月落，星出星没，映现一些最原始的抽象图形。留下我，上扪无天，下临无地，一只"旷达士"鹤一般地骑着，虚悬在中间。头等舱的邻座，不是李白，不是苏轼，是双下巴大肚皮的西方绅士。一杯酒握着，不知该邀谁对饮。

有一种叫作云的骗子，什么人都骗，就是骗不了"旷达士"。"旷达士"，一飞冲天的现代鹏鸟，经纬线织成密密的网，再也网它不住。北半球飞来南半球，我骑在"旷达士"的背上，"旷达士"骑在云的背上。飞上三万英尺的高空，云便留在下面，制造它骗人的气候去了。有时它层层叠起，雪峰竞拔，冰崖争高，一望无尽的皑皑，疑是西藏高原雄踞在世界之脊。有时它皎如白莲，幻开千朵，无风的岑寂中，"旷达士"翩翩飞翔，入莲出莲，像一只恋莲的蜻蜓。仰望白云，是人。俯玩白云，是仙。仙在常中观变，在阴晴之外观阴晴，仙是我。哪怕是幻觉，哪怕仅仅是几个时辰。

"旷达士"从北半球飞来，五千英里的云驿，只在新几内亚的南岸息一息羽毛。莫尔斯比（Port Moresby）浸在温暖的海水里，刚从热带的夜里醒来，机场四周的青山和遍山的丛林，晓色中，显得生机郁勃，绵延不尽。机场上见到好多巴布亚的土人，肤色深棕近黑，阔鼻，厚唇，凹陷的眼眶中，眸光炯炯探人，很是可畏。

从新几内亚向南飞，下面便是美丽的珊瑚海（Coral Sea）了。太平洋水，澈澈澄澄清清，浮云开处，一望见底，见到有名的珊瑚礁，绰号"屏藩大礁"（Great Barrier Reef），迤迤逦逦，零零落

落，系住澳洲大陆的东北海岸，好精巧的一条珊瑚带子。珊瑚是浅
红色，珊瑚礁呢，说也奇怪，却是青绿色。开始我简直看不懂。双
层玻璃的机窗下，奇迹一般浮现一块小岛，四周湖绿，托出中央的
一方翠青。正觉这小岛好漂亮、好有意思，前面似真似幻，竟又浮
来一块，形状不同，青绿色泽的配合则大致相同。猜疑未定，远方
海上又出现了，不是一个，而是一群，长的长，短的短，不规不则
得乖乖巧巧，玲玲珑珑，那样讨人喜欢的图案层出不穷，令人简直
不暇目迎目送。诗人赫伯特（George Herbert）说：

色泽鲜丽
令仓促的观者拭目重看

惊愕间，我真的揉揉眼睛，被香港的红尘吹翳了的眼睛，仔细
再看一遍。不是岛！青绿色的图形是平铺在水底，不是突出在水
面。啊，我知道了，这就是闻名世界的所谓"屏藩大礁"了。透明
的柔蓝中漾现变化无穷的青绿群礁，三种凉凉的颜色配合得那么谐
美而典雅，织成海神最豪华的地毯。数百丛的珊瑚礁，检阅了一个
多小时才看完。

如果我是人鱼，一定和我的雌人鱼，选这些珊瑚为家。风平浪
静的日子，和她并坐在最小的一丛礁上，用一只大海螺吹起杜布西
袅袅的曲子，使所有的船都迷了路。可是我不是人鱼，甚至也不是
飞鱼，因为"旷达士"要载我去袋鼠之邦，食火鸡之国，访问七个
星期，去会见澳洲的作家、画家、学者，参观澳洲的学府、画廊、
音乐厅、博物馆。不，我是一位访问的作家，不是人鱼。正如普鲁

夫洛克所说，我不是尤利西斯，女神和雌人鱼不为我歌唱。

越过童话的珊瑚海，便是浅褐土红相间的荒地，澳大利亚庞然的体魄在望。最后我看见一个港，港口我看见一座城，一座铁桥黑虹一般架在港上，对海的大歌剧院蚌壳一般张着复瓣的白屋顶，像在听珊瑚海人鱼的歌吟。"旷达士"盘旋扑下，倾侧中，我看见一排排整齐的红砖屋，和碧湛湛的海水对照好鲜明。然后是玩具的车队，在四巷的高速公路上流来流去。然后机身辘辘，"旷达士"放下它蜷起的脚爪，触地一震，雪梨（通译悉尼——编者注）到了。

但是雪梨不是我的主人，澳大利亚的外交部，在西南方二百英里外的山区等我。"旷达士"把我交给一架小飞机，半小时后，我到了澳洲的京城堪培拉。堪培拉是一个计划都市，人口目前只有十四万，但是建筑物分布得既稀且广，发展的空间非常宽大。圆阔的草地，整洁的车道，富于线条美的白色建筑，把曲折多姿回环成趣的柏丽·格里芬湖围在中央。神造的全是绿色，人造的全是白色。堪培拉是我见过的都市中，最清洁整齐的一座白城。白色的迷宫、国会大厦、水电公司、国防大厦、联鸣钟楼、国立图书馆，无一不白。感觉中，堪培拉像是用积木，不，用方糖砌成的理想之城。在我五天的居留中，街上从未见到一片垃圾。

我住在澳洲国立大学的招待所，五天的访问，日程排得很满。感觉中，许多手向我伸来，许多脸绽开笑容，许多名字轻叩我的耳朵，缤缤纷纷坠落如花。我接受了沈锜先生及夫人、章德惠先生、澳洲外交部、澳洲国立大学亚洲研究所、澳洲作家协会、堪培拉高等教育学院等等的宴会；会见了名诗人侯普（A. D.Hope）、康波（David Campbell）、道布森（Rosemary Dobson）和布礼盛顿（R. F.

Brissenden）；接受了澳洲总督海斯勒克爵士（Sir Paul Hasluck）、沈锜先生、诗人侯普、诗人布礼盛顿及柳存仁教授的赠书，也将自己的全部译著赠送了一套给澳洲国立图书馆，由东方部主任王省吾代表接受；聆听了堪培拉交响乐队；接受了《堪培拉时报》的访问；并且先后在澳洲国立大学的东方学会与英文系发表演说。这一切，当在较为正式的《澳洲访问记》一文中，详加分述，不想在这里多说了。

"旷达士"猛一展翼，十小时的风云，便将我抖落在南半球的冬季。堪培拉的冷静、高亢，和香港是两个世界，和台湾是两个世界。堪培拉在南半球的纬度，相当于济南之在北半球。中国的诗人很少这么深入"南蛮"的。《大招》的诗人早就警告过："魂乎无南！南有炎火千里，蝮蛇蜒只。山林险隘，虎豹蜿只。鰅鳙短狐，王虺骞只。魂乎无南，蜮伤躬只！"柳宗元才到柳州，已有万死投荒之叹。韩愈到潮州，苏轼到海南岛，歌哭一番，也就北返中原去了。谁会想到，深入南荒，越过赤道的炎火千里而南，越过南回归线更南，天气竟会寒冷起来，赤火炎炎，会变成白雪凛凛，虎豹蜿只，会变成食火鸡、袋鼠和攀树的醉熊？

从堪培拉再向南行，科西阿斯科大山便擎起须发尽白的雪峰，矗立天际。我从北半球的盛夏火鸟一般飞来，一下子便投入了科西阿斯科北麓的阴影里。第一口气才注入胸中，便将我涤得神清气爽，豁然通畅。欣然，我呼出台北的烟火，香港的红尘。我走下寂静宽敞的林荫大道，白干的尤加利树叶落殆尽，枫树在冷风里摇响炫目的艳红和鲜黄，刹那间，我有在美国街上独行的感觉，不经意翻起大衣的领子。一只红冠翠羽对比明丽无伦的考克图大鹦鹉，从树上倏地飞下来，在人家的草地上略一迟疑，忽又翼翻七色，翩翩飞走。半下午的冬阳里，空气在淡淡的暖意中兀自挟带一股醒人的阴凉之感。下午四点以后，天色很快暗了下来。太阳才一下山，落霞犹金光未定，一股凛冽的寒意早已逡巡在两肘，伺机噬人，躲得慢些，冬夕的冰爪子就会探颈而下，伸向行人的背脊了。究竟是南纬高地的冬季，来得迟去得早的太阳，好不容易把中午烘到华氏五十几度，夜色一降，就落回冰风刺骨的四十度了。中国大陆上一到冬天，太阳便垂垂倾向南方的地平，所以美宅良厦，讲究的是朝南。在南半球，冬日却贴着北天冷冷寂寂无声无臭地旋转，夕阳没处，竟是西北。到堪培拉的第一天，茫然站在澳洲国立大学校园的草地上，暮寒中，看夕阳坠向西北的乱山丛中。那方向，不正是中国的大陆，乱山外，不正是崦嵫的神话？西北望长安，可怜无数山。无数山。无数海。无数无数的岛。

到了夜里，乡愁就更深了。堪培拉地势高亢，大气清明，正好饱览星空。吐气成雾的寒战中，我仰起脸来读夜。竟然全读不懂！不，这张脸我不认得！那些眼睛啊怎么那样陌生而又诡异，闪着全然不解的光芒好可怕！那些密码奥秘的密码是谁在拍打？北斗呢？金牛呢？天狼呢？怎么全躲起来了，我高贵而显赫的朋友啊？踏的，是陌生的土地，戴的，是更陌生的天空，莫非我误闯到一颗新的星球上来了？

当然，那只是一瞬间的惊诧罢了。我一拭眼睛。南半球的夜空，怎么看得见北斗七星呢？此刻，我站在南十字星座的下面，戴的是一顶簇新的星冕，南十字，古舟子航行在珊瑚海塔斯曼海上，无不仰天顶礼的赫赫华胄，闪闪徽章，澳大利亚人升旗，就把它升在自己的旗上。可惜没有带星谱来，面对这么奥秘幽美的夜，只能赞叹赞叹扉页。

我该去新西兰吗？塔斯曼冰冷的海水对面，白人的世界还有一片土。澳洲已自在天涯，新西兰，更在天涯之外之外。庞然而阔的新大陆，澳大利亚，从此地一直延伸，连连绵绵，延伸到珀斯和达尔文，南岸，对着塔斯曼的冰海，北岸浸在暖脚的南太平洋里。澳洲人自己诉苦，说，无论去什么国家都太远太遥，往往，向北方飞，骑"旷达士"的风云飞驰了四个小时，还没有跨出澳洲的大门。

美国也是这样。一飞入寒冷干爽的气候，就有一种重践北美大陆的幻觉。记忆，重重叠叠的复瓣花朵，在寒战的星空下反而一瓣瓣绽开了，展开了每次初抵美国的记忆，枫叶和橡叶，混合着街上淡淡汽油的那种嗅觉，那么强烈，几乎忘了童年，十几岁的孩子，自己也曾经拥有一片大陆，和直径千英里的大陆性冬季，只是那时，祖国覆盖我像一条旧棉被，四万万人挤在一张大床上，一点也没有冷的感觉。现在，站在南十字架下，背负着茫茫的海和天，企鹅为近，铜驼为远，那样立着，引颈企望着企望着长安、洛阳、金陵，将自己也立成一头企鹅。只是别的企鹅都不怕冷，不像这一头啊这么怕冷。

怕冷。怕冷。旭日怎么还不升起？霜的牙齿已经在咬我的耳朵。怕冷。三次去美国，昼夜倒轮。南来澳洲。寒暑互易。同样用一枚老太阳，怎么有人要打伞，有人整天用来烘手都烘不暖？而用十字星来烘脚，是一夜也烘不成梦的啊。

一九七二年七月十四日于雪梨

# 凭一张地图

一百八十年前，苏格兰的文豪卡莱尔从家乡艾克雷夫城（Ecclefechan）徒步去爱丁堡上大学，八十四英里的路程，足足走了三天。七月底我在英国驾车旅行，循着卡莱尔古老的足印，他跋涉三天的长途，我三小时就到了。凡在那一带开过山路的人都知道，那一条路，三天就徒步走完，绝非易事，不由得我不佩服卡莱尔的体力与毅力。凭那样的毅力，也难怪他能在《法国革命》一书的原稿被焚之后，竟然再写一次。

出国旅行，最便捷的方式当然是乘飞机，但是机票太贵，机窗外面只见云来雾去，而各国的机场也都大同小异。飞机只是蜻蜓点水，要看一个国家，最好的办法还是乘火车、汽车、单车。不过火车只停大站，而且受制于时间表，单车呢，又怕风雨，而且不堪重载。我最喜欢的还是自己开车，只要公路网所及之处，凭一张精确而美丽的地图，凭着旁座读地图的伴侣，我总爱开车去游历。只要神奇的方向盘在手，天涯海角的名胜古迹都可以召来车前。

十三年前的仲夏我在澳洲，想从沙漠中央的孤城爱丽丝泉（Alice Springs）租车去看红岩奇景。那时我驾驶的经验只限于美国，但是澳洲和英国一样，驾驶座是在右边。一坐上租来的车子，左右相反，顿觉天旋地转，无所适从，只好退车。在香港开车八年，久已习于右座驾驶，所以今夏去西欧开车，时左时右，再也难不倒我。

飞去巴黎之前，我在香港买了西欧的火车月票。凭了这种颇贵的长期车票（Eurail pass），我可以在西欧各国随时搭车，坐的是头等车厢，而且不计路程的远近。二十六岁以下的青年也可以买这种长期票，价格较低，但是只能坐二等。所以在西班牙和法国旅行时，我尽量搭乘火车。火车不便的地方，就租车来开，因此不少偏僻的村镇，我都去过。英国没有加入西欧这种长期票的组织，我在英国旅行，就完全自己开车。

在西欧租车，相当昂贵，租费不但按日计算，还要按照里数。且以两千毫升的中型车为例，在西班牙每天租金是五千西币（peseta，每二十西币值港币一元），每开一公里再收四十五西币，加上保险和汽油，就很贵了。在法国租这样一辆车，每天收二百法郎（约合一百七十港币），每公里再收二法郎，比西班牙稍为便宜。问题在于：按里收费，就开不痛快。如果像美国人那样长途开车，平均每天三百英里，即四百八十公里，单以里程来计，每天就接近一千法郎了。

幸好英国跟美国一样大方，租车只计日数，不计里数，所以我在英国开车，不计山长水远，最是意气风发。路远，当然多耗汽油，可是比起按里收费来，简直不算什么。伦敦的租车业真是洋洋大观，电话簿的"黄页"一连百多家车行。你可以连车带司机一起租，那车，当然是极奢华的劳斯莱斯或者丹姆勒。你也可以把车开去西欧各国。甚至你可以预先租好，一下飞机，就有车可开。我在英国租了一辆快意（Fiat Regata），八天内开了一千三百英里，只收二百三十英镑，比在西班牙和法国便宜得多。

伦敦租车行的漂亮小姐威胁我说："你开车出伦敦，最好有人带路，收费五镑。"我不服气道："纽约也好，芝加哥也好，我都随便进进出出，怕什么伦敦？"她把伦敦市街的详图向我一折又一折地摊开，盖没了整个大桌面，咬字清晰地说道："呐，这是伦敦！大街小巷两千多条，弯的多，直的少，好多还是单行道。至于路牌嘛，只告诉你怎么进城，不告诉你怎么出城。你瞧着办吧，开不出城把车丢在半路的顾客，多的是。"

我怔住了，心想这伦敦恐怕真是难缠，便沉吟起来。第二天车行派人来交车，我果然请她带我出城，在去牛津的路边停下车来，从我手上接过五镑钞票，告别而去。我没有说错，来交车的是一个"她"，不是"他"。我在旅馆的大厅上站了足足十分钟，等一个彪形的司机出现。最后那司机开口了："你是余先生吗？"竟是一位清秀的中年太太。我冲口说："没想到是一位女士。"她笑道："应该是男士吗？"

在西欧开车，许多地方不如在美国那么舒服。西欧纬度高，夏季短，汽车大半没有冷气，只能吹风，太阳一出来，车厢里就觉得燠热。公路两旁的休息站很少，加油也不太方便。路牌矮而小，往往是白底黑字，字体细瘦，不像美国的那样横空而起，当顶而过，巨如牌坊。英国公路上两道相交，不像美国那么豪华，大造其四叶苜蓿（Clover-leaf）的立体花桥，只用一个圆环来分道，车势就缓多了。长途之上绝少广告牌，固然山水清明，游目无碍，久之却也感到寂寥，好像已经驶出了人间。等到暮色起时，也找不到美式的汽车客栈。

一九八五年九月一日

# 德国之声

———

一

德国的音乐曾经是西方之最。从巴赫到贝多芬，从瓦格纳到施特劳斯，那样宏大的音乐，哪一个国家发得出来？人杰，是因为地灵吗？该邦的最高峰楚格峰（Zugspitze）还不到三千米。莱茵河静静地流，并不怎么雄伟，反而有几分秀气。黑森林的名气大得吓人，连我常吃的一种蛋糕也借重其大名，真令人骇怪，那一带不知该怎样地暗无天日，出没龙妖。到了跟前，那满山的杜松黛绿盈眸，针叶之密，果然是如鬖如鬘，平行拔竖的树干，又密又齐，像是一排排的梳齿。但是要比壮硕修伟，怎么高攀得上加州巨杉的大巫身材呢？

莱茵河虽然不怎么浩荡，但是《齐格菲莱茵之旅》却写得那样壮烈，每天听到，我都会身不由己地热血翻滚而英雄气盛。只可惜史诗已成绝响了。我在西德租车旅行，曾向寻常的人家投宿。这种路旁人家总有空房三两，丈夫多已退休，太太反正闲着，便接待过路车客，提供当晚一宿，次晨一餐，收费之廉，只有一般大旅馆的三分或四分之一。在西德的乡道上开车，看见路旁竖一小牌，写着 Zimmer frei 的，便是这种人家了。在巴登巴登（Baden-Baden）南郊，我们住在格洛斯家。第二天早餐的时候，格洛斯太太的厨房里正放着收音机，德文唱的流行曲似曾相识；侧耳再听，竟然学美国流行曲的曼妙吟叹，又有点像披头的咕咕调。巴赫的后人每天就听这样的曲调吗？尼采听了会怎么说呢？

二

我在西德驾车漫游，从北端的波罗的海一直到南端的博登湖（Bodensee），两千四百公里都驰在寂天寞地。西德的四线高速公路所谓 Autobahn 者，对于爱开快车如杨世彭那样的人，真不妨叫作乌托邦。这种路上没有速限，不言而喻，是表示德国的车好，路好，而更重要的是：交通秩序好。超车，一定用左线。要是你挡住左线，后面的快车就会迅疾钉人，一声不出，把你逼出局去。反光镜中后车由小变大，甚至无中生有，只在一眨眼之间。我开一九○E的宾士，时速常在一百三十公里，超我的车往往在左侧一啸而过，速度至少一百五十。正愕视间，它早已落荒而逃，被迫退右，让一辆更急的快车飞掠而逝。尽管如此，我在这样的乌托邦上开了八天，却未见一桩车祸，甚至也未见有人违规。至于喇叭，一天也难得听到两声。

三

西德的计程车像英国的一样，开得很规矩，而且不放音乐。火车、电车、游览车上也绝无音乐。法国也是如此。西班牙的火车上，就爱乱播流行曲，与台湾地区同工。西德的公共场所，包括车站、机场、餐厅，甚至街头，例皆十分清静。烟客罕见，喧哗的人几乎没有，至于吵架就更未遇到。除了机场和车站，我也从未听人用过扩音器。这种生活品质，不是国民所得和外汇存底所能标示。一个安安静静的社会，听觉透明的邻里街坊，是文化修炼的结果。所谓默化，先得静修才行。音乐大师辈出之地，正是最安宁的国家。

血色饱满体格健壮的日耳曼民族，当然也爱热闹，不过他们会选择场合，不会平白扰人。要看德国生活热闹豪放的一面，该去他们的啤酒屋。有名的 Hofbrauhaus 大堂上坐满了一桌接一桌的酒客，男女老少都有，那么不拘形迹地畅饮着史帕登、皮尔森、卢恩布劳。一面畅饮，一面阔谈，更兴奋的就推杯而起，一对对摆头扬臂，跳起巴伐利亚的土风舞来。那样亲切开怀的大场面，让人把日间的忧烦都在深长的啤酒杯里涤尽，真是下班生活的安全瓣了。不说别的，单看那些特大号的"咕噜嗝"（Krug）酒杯，就已令人馋肠蠕蠢。最值得称道的，是那样欢娱的谑浪仍保有乡土的亲善，并不闹事，而酒客虽然众多，堂屋却够深广，里面的喧哗不致外溢。这情形正如西欧各国的宗教活动，大半在教堂里举行，不像在台湾地区的节庆，动辄吹吹打打，一路招摇过市，惊扰街邻。

我在西德投宿，却有一夜惊于噪音。那是在海德堡北郊的小镇达森海姆（Dossenheim），我们住在三楼，不懂对街的人家何以入夜后叫嚷未定，不时还有噼啪之声传来。我说这一带看来是中下层的住宅区，品质不高。我存则猜想那噼啪阵阵是在练靶。一夜狐疑，次晨到了早餐桌上，才知悉昨晚是西德跟阿根廷在争夺足球世界杯的冠军，想必全德国的人都守在电视机前观战，西德每进一球，便放炮仗庆祝。那样的嚣闹倒也难怪了。

## 四

西德战败那一晚，我们虽然睡得迟些，第二天却一早就给吵醒了。说吵醒，其实不对。我们是给教堂的钟声从梦里悠悠摇醒的。醒于音乐当然不同醒于噪音，何况那音乐来自钟声，一波波摇漾着舒缓与恬静，给人中世纪的幻觉。一天就那样开始，总是令人欣喜的。德国许多小城的钟楼，每过一刻钟就铿铿鞳鞳声震四邻地播告光阴之易逝。时间的节奏要动用那样隆重的标点，总不免令人惊心，且有点伤感。就算是中世纪之长吧，也经不起它一遍遍地敲打。

那样的钟声，在德国到处可闻。印象最深的，除了达森海姆之外，还有巴登巴登的边镇史坦巴赫（Steinbach，石溪之意）。北欧的仲夏，黄昏特别悠长，要等九点半以后落日才隐去，西天留下半壁霞光，把一片赤艳艳烧成断断续续的沉紫与滞苍。那是断肠人在天涯的时刻，和我存在车少人稀的长街上闲闲散步，合夫妻两心之密切，竟也难抵暮色四起的凄凉。好像一切都陷落了，只留下一些红瓦渐暗的屋顶在向着晚空。最后只留下教堂的钟楼，灰红的钟面上闪着金色的罗马数字，余霞之中分外地幻异。忽然钟响了起来，吓了两人一跳。万籁皆寂，只听那老钟楼喉音沉洪地、郑重而笃实地敲出节奏分明的十记。之后，全镇都告陷落。这一切，当时有一颗青星，冷眼旁证。

最壮丽的一次是在科隆。那天开车进城，远远就眺见那威赫的双塔，一对巨灵似的镇守着科隆的天空，塔尖锋芒毕露，塔脊棱角峥嵘。那气凌西欧的大教堂，我存听我夸过不晓多少次了，终于带她一同来瞻仰，在露天茶座上正面仰望了一番，颈也酸了，气也促了，便绕到南侧面，隔着一片空荡荡的广场，以较为舒徐的斜度从容观览它的横体。要把那一派钩心斗角的峻桥陡楼看出个系统来，不是三眼两眼的事。正是星期六将尽的下午，黄昏欲来不来，天光欲歪不歪，家家的晚餐都该上桌了。忽然之间——总是突如其来的——巨灵在半空开腔了。又吓了我们一跳。先是一钟独鸣，从容不迫而悠然自得。毕竟是欧洲赫赫有名的大教堂，晚钟锵锵在上界宣布些什么，全城高高低低远远近近的塔楼和窗子都仰面聆听，所有的云都转过了脸来。不久有其他的钟闻声响应，一问一答，一唱一和，直到钟楼上所有的洪钟都加入晚祷，众响成潮，卷起一波波的声浪，金属高亢而阳刚的和鸣相荡相激，汇成势不可当的滔滔狂澜，一下子就使全城没了顶。我们的耳神经在钟阵里惊悸而又喜悦地震慑着，如一束回旋的水草。钟声是金属坚贞的祷告，铜喉铜舌的信仰，一记记，全向高处叩奏。高潮处竟似有长颈的铜号成排吹起，有军容鼎盛之势。

"号声？"我存仔细再听，然后笑道，"没有啊，是你的幻觉。你累了。"

"开了一天车，本来是累了。这钟声太壮观了，令我又兴奋，又安慰，像有所启示——"

"你说什么？"她在洪流的海啸里用手掌托着耳朵，恍惚地说。

两人相对傻笑。广大而立体的空间激动着骚音，我们的心却一片澄静。二十分钟后，钟潮才渐渐退去，把科隆古城还给现代的七月之夜。我们从中世纪的沉酣中醒来，鸽群像音符一般，纷纷落回地面。莱茵河仍然向北流着，人在他乡，已经是吃晚饭的时候了。

## 五

德国的钟声是音乐摇篮，处处摇我们入梦。现代的空间愈来愈窄，能在时间上往返古今，多一点弹性，还是好的。钟声是一程回顾之旅。但德国还有一种声音令人回头。从巴登巴登去佛洛伊登希塔特（Freudenstadt，欢乐城之意），我们穿越了整座黑森林，一路寻找有名的梦寐湖（Mummelsee）。过了霍尼斯格林德峰，才发现已过了头。原来梦寐湖是黑森林私有的一面小镜子，以杉树丛为墨绿的宝盒，人不知鬼不觉地藏在浓荫的深处，现代骑士们策其宾士与宝马一掠而过，怎会注意到呢？

我们在如幻如惑的湖光里迷了一阵，才带了一片冰心重上南征之路。临去前，在湖边的小店里买了两件会发声的东西。一件是三尺多长的一条浅绿色塑胶管子，上面印着一圈圈的凹纹，舞动如轮的时候会咿嘤作声，清雅可听。我还以为是谁这么好兴致，竟然在湖边吹笛。于是以四马克买了一条，一路上停车在林间，拿出来挥弄一番，淡淡的音韵，几乎召来牧神和树精，两人相顾而笑，浑不知身在何处。

另一件却是一匣录音带。我问店员有没有 Volksmusik，她就拿这一匣给我。名叫 *Deutschland Schöne Heimat*，正是《德意志，美丽的家园》。我们一路南行，就在车上听了起来。第二面的歌最有特色，咏叹的尽是南方的风土。手风琴悠扬的韵律里，深邃而沉洪的男低音徐徐唱出"从阿尔卑斯山地到北海边"，那声音，富足之中潜藏着磁性，令人庆幸这十块马克花得值得。《黑森林谷地的磨坊》《古老的海德堡》《博登湖上的好日子》……一首又一首，满足了我们的期待。我们的车头一路向南，正指着水光潋滟的博登湖，听着 *Lustige Tage am Bodensee* 飞扬的调子，更增壮游的逸兴，加速中，黑森林的黛绿变成了波涛汹涌而来。是因为产生贝多芬与瓦格纳的国度吗？为什么连江湖上的民谣也扬起激越的号声与鼓声呢？最后一首鼓号交鸣的《横越德国》更动人豪情，而林木开处，佛洛伊登希塔特的红顶白墙，渐已琳琅可望了。

## 六

德国还有一种声音令人忘忧，鸟声。粉墙红瓦，有人家的地方一定有花，姹紫嫣红，不是在盆里，便是在架上。花外便是树了。野栗树、菩提树、枫树、橡树、杉树、苹果树、梨树……很少看见屋宇鲜整的人家有这么多树，用这么浓密的嘉荫来祝福。有树就有鸟。树是无言的祝福，鸟，百啭千啾，便是有声的颂词了。绝对的寂静未免单调，若添三两声鸣禽，便脉脉有情起来。

听鸟，有两种情境。一种是浑然之境，听觉一片通明流畅，若有若无地意识到没有什么东西在逆耳忤心，却未刻意去追寻是什么在歌颂寂静。另一种是专注之境，在悦耳的快意之中，仰向头顶的翠影去寻找长尾细爪的飞踪。若是找到了那"声源"，瞥见它转头鼓舌的姿态，就更叫人高兴。或是在绿荫里侧耳静待，等近处的啁啾弄舌告一段落，远处的枝头便有一只同族用相似的节奏来回答。我们当然不知道是谁在问，谁在答，甚至有没有问答，可是那样一来一往再参也不透的"高谈"，却真能令人忘机。

在汉堡的湖边，在莱茵河与内卡（Neckar）河畔，在巴登巴登的天堂泉（Paradies）旁，在迈瑙岛（Mainau）的锦绣花园里，在那许多静境里，我们成了百禽的知音，不知其名的知音。至于一入黑森林，那更是大饱耳福，应接不暇了。

## 七

鸟声令人忘忧，德国却有一种声音令人难以释怀。在汉堡举行的国际笔会上，东德与西德之间，近年虽然渐趋缓和，仍然摩擦有声。这次去汉堡出席笔会的东德作家多达十三人，颇出我的意外。其中有一位叫汉姆林（Stephan Hermlin，1915—1997）的诗人，颇有名气，最近更当选为国际笔会的副会长。他在叙述东德文坛时，告诉各国作家说，东德前十名的作家没有一位阿谀当局，也没有一位不满现政。此语一出，听众愕然，地主国西德的作家尤其不甘接受。许多人表示异议，而说得最坦率的，是小说家格拉斯（Günter Grass）。汉姆林并不服气，在第二天上午的文学会里再度登台答辩。

德文本来就不是一种柔驯的语言，而用来争论的时候，就更显得锋芒逼人了。德国人自己也觉得德文太刚，歌德就说："谁用德文来说客气话，一定是在说谎。"外国人听德文，当然更辛苦了。法国文豪伏尔泰去腓特烈大帝宫中做客，曾想学说德语，却几乎给呛住了。他说但愿德国人多一点头脑，少一点子音。

跟法文相比，德文的子音当然是太多了。例如"黑"吧，英文叫 black，头尾都是爆发的所谓塞音，听来有点刚强。西班牙文叫 negra，用大开口的母音收尾，就和缓许多。法文叫 noir，更加圆转开放。到了德文，竟然成为 schwarz，读如"希勿阿尔茨"，前面有四个子音，后面有两个子音，而且都是摩擦生风，就显得有点威风了。在德文里，S开头的字都以Z起音，齿舌之间的摩擦音由无声落实为有声，刺耳多了。另一方面，Z开头的字在英文里绝少，在德文里却是大宗，约为英文的五十倍；非但如此，其读音更变成英文的ts，于是充耳平添了一片刺刺擦擦之声。例如英文的成语 from time to time，到了德文里却成了 von Zeit zu Zeit，不但切磋有声，而且峨然大写，真是派头十足。

德文不但子音参差，令人读来咬牙切齿，而且好长喜大，虚张声势，真把人唬得一愣一愣。例如"黑森林"吧，英文不过是 Black Forest，德文就接青叠翠地连成一气，成了 Schwarzwald，叫人无法小觑。从这个字延伸开来，巴登巴登到佛洛伊登希特塔之间的山道，可以畅览黑森林风景的，英文不过叫 Black Forest Way，德国人自己却叫作 Schwarzwaldhohestrasse。我们住在巴登巴登的那三天，每天开车找路，左兜右转目眩计穷之际，这可怕的"千字文"常会闪现在一瞥即逝的路牌上，更令人惶惶不知所措。原来巴登巴登在这条"黑森林道"的北端，多少车辆寻幽探胜，南下驰驱，都要靠这长名来指引。这当然是我后来才弄清楚了的，当时瞥见，不过直觉它一定来头不小而已。在德国的街上开车找路，哪里容得你细看路牌？那么密而长的地名，目光还没扫描完毕，早已过了，"视觉暂留"之中，谁能确定中间有没有 sch，而结尾那一截究竟是 bach、berg 还是 burg 呢？

尼采在《善恶之外》里就这么说："一切沉闷，黏滞，笨拙得似乎隆重的东西，一切冗长而可厌的架势，千变万化而层出不穷，都是德国人搞出来的。"尼采自己是德国人，尚且如此不耐烦。马克·吐温说得更绝："每当德国的文人跳水似的一头钻进句子里去，你就别想见到他了，一直要等他从大西洋的那一边再冒出来，嘴里衔着他的动词。"尽管如此，德文还是令我兴奋的，因为它听来是那么阳刚，看来是那么浩浩荡荡，而所有的名词又都那么高冠崔巍，啊，真有派头！

## 八

在德国，我还去过两个地方，两个以声音闻名于世的地方，却没有听到声音，或者可以说，无声之声胜于有声，更令人为之低回。

其一是在巴登巴登的南郊里赫登塔尔（Lichtental），临街的一个小山坡上，石级的尽头把我们带到一座三层白漆楼房的门前。墙上的纪念铜牌在时光的侵略下，仍然看得出刻着两行字：

"一八六五年至一八七四年约翰尼斯·勃拉姆斯曾居此屋。"这正是巴城有名的 Brahmshaus。

勃拉姆斯屋要下午三点才开放，我们进得门去，只见三五游客。楼梯和二楼的地板都吱吱有声，当年，在大师的脚下，也是这样的不谐和碎音陪衬他宏大而回旋的交响乐吗？后期浪漫主义最敏感的心灵，果真在这空寂的楼上，看着窗外的菩提树叶九度绿了又黄，一直到四十一岁吗？白纱轻掩着半窗仲夏，深深浅浅的树荫，曾经是最音乐的楼屋里，只传来细碎的鸟声。

我们沿着莱茵河的东岸一路南下，只为了追寻传说里那一缕蛊人的歌声。过了马克司古堡，那一袅女妖之歌就暗暗地袭人而来，平静的莱茵河水，青绿世界里蜿蜒北去的一湾褐流，似乎也藏着一涡危机了。幸好我们是驾车而来，不是行船，否则，又要抵抗水上的歌声袅袅，又要提防发上的金梳耀耀，怎么躲得过漩涡里布下的乱石呢？

莱茵河滚滚向北，向现代流来。我们的车轮滚滚向南，深入传说，沿着海涅迷幻的音韵。过了圣瓜豪森，山路盘盘，把我们接上坡去。到了山顶，又有一座小小的看台，把我们推到悬崖的额际。莱茵河流到脚下，转了一个大弯，俯眺中，回沫翻涡，果然是舟楫的畏途，几只平底货船过处，也都小心回避。正惊疑间，一艘白舷平顶的游舫顺流而下，虽在千尺脚底，满船河客的悠扬歌声，仍隐约可闻，唱的正是洛丽莱（*Lorelei*）：

> 她的金发梳闪闪发光；
>
> 她一面还曼唱着歌曲，

令听见的人心神恍恍：

甜甜的调子无法抗拒。

徘徊了一阵，意犹未尽。再下山去，沿着一道半里长的河堤走到尽头，就为了花岗石砌成的一台像座上坐着那河妖的背影。铜雕的洛丽莱漆成黑色，从后面，只见到水藻与长发披肩而下，一直缠绕到腰间。转到正面，才在半疑半惧的忐忑之中仰瞻到一对赤露的饱乳，圆软的小腹下，一腿夷然而贴地，一腿则昂然弓起，膝头上倚着右手，那姿势，野性之中带着妖媚。她半垂着头，在午日下不容易细读表情。我举起相机，在调整距离和角度。忽然，她的眼睛半开，向我无声地转来，似嗔似笑，流露出一棱暗蓝的寒光。烈日下，我心神恍恍，不由自主地一阵摇颤。她的歌唱些什么呢，你问。我不能告诉你，因为这是德意志的禁忌，莱茵河千古之谜，危险而且哀丽。

一九八六年七月二十三日

（本文略有删改——编者注）

# 山色满城

一

第一次看见开普敦，是在明信片上。吸住我惊异的眼光的，不是海蓝镶边的城市，而是她后面，不，上面的那一列山。因为那山势太阳刚，太奇特了，镇得下面的海市觳觫匍匐，罗拜了一地。那山势，密实而高，厚积而重，全由赤露的磐石叠成，才是风景的主体。开普敦不过是他脚下的前景，他，却非开普敦的背景。

再看见开普敦，已经身在非洲了。一出马朗机场，那山势苍郁就已斜迤在望。高速道上，车流很畅，那石体的轮廓一路向我们展开，到得市中心，一组山势，终于正对着我们：居中而较远、顶平而延长，有如天造的石城者，是桌山（Table Mountain）；耸于其左前方、地势较近、主峰峭拔而棱骨高傲者，是魔鬼峰（Devil's

Peak）；升于其右前方、坡势较缓、山也较低、峰头却不失其轩昂者，是狮子头（Lion's Head）。三位一体，就这么主宰了开普敦的天地，几乎不留什么余地，我们车行虽速，也只是绕着坡底打转而已。

不久我们的车道左转，沿着狮子的左坡驶行。狮首在前昂起，近逼着我们的是狮臀，叫信号山（Signal Hill），海拔三百五十米。狮首则高六百六十九米，当然也不算高。但是高度可分绝对与相对两种：绝对高度属于科学，无可争论；相对高度却属于感觉，甚至幻觉。山要感觉其高，周围必须平坦低下，才显得其孤绝独尊。如果旁边尽是连峰叠嶂，要出人头地，就太难了。所以最理想的立场便是海边，好教每一寸的海拔都不白拔。开普敦的山势显得如此顶天立地，正由于大西洋来捧场。

从狮臀曲折西南行，也有两公里多路，才到狮首坡下。左转东行，再一公里半，高松荫下，停了一排车，爬满青藤的方方石屋，就是缆车站了。

我们满怀兴奋，排队入站，等在陡斜的小月台上。仰望中，衬着千层横积的粗大方石，灰沉沉的背景上，近顶处的一个小红点飘飘而下，渐可辨认。五分钟后，红顶缆车停在我们面前。我们，"中山大学"访非交流团的二十位师生，和其他四五位乘客都跨了上去。

由于仰度太高，对山的一面尽是峥峥石颜，却难见其巅，有如面壁。所以最好的景观是对海的一面。才一起步，我们这辆小缆车已将山道与车站轻轻推开，把自己交托给四十六点五厘米粗的钢缆，悠悠忽忽，凌虚而起。桌山嶙峋突兀的绝壁变成一棱棱惊险的悬崖，从背后扑来我们脚边，一转眼，又纷纷向坡底退下。而远处，开普敦平坦的市区正为我们的方便渐渐倾侧过来，更远处的桌湾（Table Bay）与湾外渺漫的大西洋，也一起牵带来了。整个世界为一辆小缆车回过脸来。再看狮子头时，已经俯首在我们脚底，露出背后更开阔的大西洋水域。

桌山的缆车自一九二九年启用以来，每年平均载客二十九万人，从无意外。从山下到山顶，两站之间完全悬空曳吊，中途没有任何支柱，这么长而陡的单吊（single span）工程由挪威工程师史从索（Trygve Strömsoe）设计，为世界之首创。全程一千二百二十米，六分钟就到了山顶站。

开普敦的屋宇，不论高低远近，都像拜山教徒一般，伏了一地，从桌湾的码头和西北方的大西洋岸，一直罗拜到桌山脚下。但桌山毕竟通体岩壁，太陡峻了，开普敦爬不上来，只好向坡势较缓的狮山那边围了过去。俯视之中，除了正对着邓肯码头，沿着阿德里（Adderley）与雅士道（Heerengracht）那一带的摩天楼簇之外，就百万以上人口的大城说来，开普敦的高厦实在不多。当然不是因为盖不起，而是因为地大，向东，向南，一直到福尔斯湾岸尽是平原，根本无须向空发展。

开普敦在南非有"母城"（Mother City）之称，而桌山的绰号是"白发老父"（Grey Father）。这花岗石为骨，沙岩为肌的老父，地质的年龄已高达三亿五千万岁，但是南非各城之母迄今不过三百多岁，也可见神工之长，人工之短。

雅士道的广场上有一座铜像，阔边毡帽盖着披肩长发，右手扶剑支地。有铜牌告诉我们，说是纪念荷兰人梵利别克（Van

Riebeek）于一六五二年四月六日建立开普敦城。当年从荷兰航行到非洲南岸，要足足四个月。他领了三船人从一六五一年圣诞前夕起锚，才三个半月便在桌湾落锚。第二天他便在桌湾上岸，选择建堡与垦种的地点。在他经营之后，远航过路的水手终于能在此地补给休息，开普敦也成了"海上客栈"。梵利别克领辖这片新辟地，凡十年之久，才奉调远去爪哇，后来死在东方，官至印度评议会秘书。他自觉位不够高，不甚得志，身后却被尊为开普敦开埠之父，甚至印上南非的大小四色钞票，成为南非钱上唯一的人头。

十八世纪初年，脚下这母城经过半世纪的经营，还只有两百户人家。美国独立战争期间，英军曾拟攻占，却被法国捷取，与荷兰共守。一七九五年，陷于英军，八年后，被荷兰夺回。一八〇六年，再被英军所占。十四年后，四千名英国人更移民来此，逼得梵利别克当年带来的荷裔，所谓波尔人（Boer）者，纷纷退入内地，终于激起一八八〇年及一八九九年至一九〇二年的两次英荷战争（Anglo-Boer War），简称波尔战争，又称南非战争。结果是波尔人战败，在一九一〇年成立南非联邦。一九六一年，经全国白人投票复决，仅以百分之五十二的多数决定改制为南非共和国，并且脱离大英联邦。

这种英荷对立的历史背景，一直保留到今日。例如英文与荷文（Afrikaans 即南非荷裔使用的本地化了的变体荷文）并为南非的公用文字：四百五十万白人里，用英文的有一百七十万人，用荷文的有二百六十万。在印度后裔的八十万所谓亚洲人中，说英语的占了六十万。南非所谓的有色人种（The Coloureds）并不包括印度人及黑人，而是专指异族通婚的混血种，所混之血则来自早期的土人哈腾塔次（Hottentots）、荷兰东印度公司从亚洲输入的奴工，再加上早期的白人移民与后期的黑人。有色人种多达两百六十万人，其中说荷语的占两百二十多万，而说英语的只有二十八万。南非的二十一所大学里，教学所用的语文也颇分歧。例如创校已有七十三年的开普敦大学，就是用英语教学，而我们"中山大学"的姐妹校斯泰伦巴希大学（Stellenbosch），则使用南非荷语。

政治上也是如此。荷裔开发的北方二省，一名奥兰治自由邦（Orange Free State），一名德兰士瓦（Transvaal），两省之名都与波尔人北迁所渡之河有关。奥兰治乃南非最长之河，横越北境而西注大西洋；越河而得自由。瓦尔（Vaal）为其主要支流：德兰士瓦，意即瓦尔对岸，也是北渡心态。

甚至首都也有两个：德兰士瓦的省会比勒陀利亚（Pretoria）是行政首都，好望角的省会开普敦则是立法首都。一北一南，也是白人间的一种平衡。

## 二

我们走到缆车站后面的小餐馆去，等吃午餐。那店的三角墙用干洁的花岗石砌成，白里带赭，还竖着一支烟囱，店名叫作鹰巢。我们索性坐到店外的露天阳台上去，虽然风大了一点，阳光却颇旺盛，海气吹袭，令人开胃。我坐得最近石栏，灰黑的石面布满花花的白苔，朝外一望，才明白为什么要叫鹰巢了。原来整个店就岌岌可危地栖在桌山西台的悬崖边上，不安的目光失足一般，顺着沙岩最西端的陡坡一路落啊落下去，一直落到大西洋岸的克利夫敦镇，被一片暖红的屋顶和前赴后继的白浪所托住。再向南看去，尽管天色晴明，只见山海相缪，峰峦交错，蜿蜒南去的大半岛节外生枝，又不知伸出多少小半岛和海岬，彼此相掩，岂是一望能尽？毕竟，我只是危栖在鹰巢上而不是鹰，否则将腾身而起，鼓翅而飞，而逐飞行的荷兰人之怨魂于长风与远浪之间。

"你的咖喱牛肉来了。"淡巧克力肤色的女侍端来了热腾腾的午餐。

大家也真饿了，便大嚼起来。坐在这么岌岌而高的露台上，在四围的山色与海气之中，虽然吃的是馆店的菜，却有野餐的豪兴。这是南半球盛夏的午晴时光，太阳照在身上，温暖而不燠燥，不过二十五六摄氏度的光景。风拂在脸上，清劲而脆爽，令人飘然欲举，有远扬之意。这感觉，满山的高松和银树（Silver tree）似乎都同意。不知从哪里飞来了两只燕八哥，黑羽像缎一般亮，径自停在我肘边的宽石栏上，啄起面包屑来。

三

"你看，山顶在起云了。"我存指着远处说。

这时正是黄昏，我们已经回到旅馆。房间在二十七楼，巨幅的玻璃长窗正对着的，仍是那天荒地老永不磨灭的桌山。那山的庞沛体魄，密实肌理，从平地无端端地崛起，到了半空又无端端地向横里一切，削成一片三公里长的平台，把南天郑重顶住，尽管远在五公里外，仍然把我的窗子整个填满。要是我离窗稍远，就只见山色，不见天色了。

我们在开普敦住了三天，最令我心动而目随的，就是这屏山。虽然绝对的海拔只有一千零八十七米，却因凭空涌起，一无依傍，而东西横行的山势端端正正地对着下面蜷伏的海城，具有独当一面之尊，更因魔鬼峰盘踞在右，狮头山镇守在左，更添气势。最壮人心目的，当然还是桌山的大平顶，那奇特的轮廓与任何名山迥不相同，令人一瞥不忘。那形象，一切路过的水手在两百公里外都能眺见。

熟悉开普敦的人都认为：没有桌山就没有开普敦，他矗立在海天之间，若一道神造的巨石屏风，为脚底这小婴城挡住两大洋的风雨。中国人把山的北面叫作山阴，开普敦在南半球，纬度相当于徐州与西安，日照的关系却正好倒过来，等于在山之阳，有这座巨壁来蔽风留日，气候自然大不相同。他俯庇着开普敦，太显赫，太重要了，绝非什么 background，而是一大 presence，抬头，永在那上面，实为一大君临，一大父佑。他矗起在半空，领受开普敦人的瞻仰崇拜，每年且以两名山难者来祭山，简直成了一尊图腾，啊不，一尊爱康。若说开普敦是七海投宿的客栈，那桌山，正是无人不识的顶天店招。

八亿年前，桌山的前身原为海底的层层页岩，由远古大陆的原始河水冲入海中，沉淀累积而成。两亿年后，其中侵入花岗岩火热的熔浆，包藏不住，天长地久的层积便涌出海来。历经多次的地质变动，一亿八千万年以前，叫作冈瓦纳兰（Gondwanaland）的超级大陆，发生板块移动，或许就是南美洲与非洲耆耆分裂吧，桌山的前世因地壳变形弯曲，升出海面六公里之高，而表面也裂了开来，经过气候的侵蚀，变成了今日东西台之间的峭峡（Platteclip

Gorge）。

比起这些太古史来，梵利别克三百年前在山脚建城，简直像是新闻了。人类对这尊石神一般的父山，破坏之剧不下于万古的风雨。锡矿与金矿曾在山上开采。为了建五座水坝并通缆车，也多次炸山。而损害尤烈的，是五十年来一直难以控制的频仍山火。尽管如此，桌山上能开的花，包括紫红的蒂莎（disa）、艳红的火石南（fire heath）和号称南非国花而状在昙花与葵花之间的千面花（protea），品种达一千五百以上，据说比英伦三岛还要繁富。我国古代崇拜名山，帝王时常登山祭天祀地，谓之封禅。南非的古迹委员会（Historical Monuments Commission）也在一九五七年尊封此山为自然古迹（natural monument）。

"你看哪，云越来越多了！"我存在窗口兴奋地叫我。

"赶快准备相机！"我也叫起来。

轻纱薄罗似的白云，原来在山头窥探的，此刻旺盛起来，纷从山后冉冉上升。大股的云潮从桌山和魔鬼峰的连肩凹处沸沸扬扬地汹涌而来。几分钟后，来势更猛，有如决堤一般。大举来犯的云阵，翻翻滚滚，一下子就淹没了整座桌山的平顶。可以想见，在这晴艳艳的黄昏，开普敦所有的眼睛都转向南天仰望。

"这就是有名的铺桌布了。"我说。

"真是一大奇景。普通的云海哪有这种动态？简直像山背后有一只大香炉！"

"而且有仙人在扇烟，"我笑说，"真正的大香炉其实是印度洋。"

"印度洋？"我存笑问。

　　"对啊，这种铺桌布的景象要凑合许多条件，才能形成。"说着，我把海岬半岛的地图向她摊开，"因为地球自转的关系，南半球三十五度到四十度的纬度之间，以反时针的方向吹着强烈的东南风。在非洲南端，这东南风就是从印度洋吹向南非的东南海岸。可是南非的山脉沿海不断，东南风受阻，一路向西寻找缺口，到了开普敦东南方，终于绕过跟好望角隔海相对的汉克立普角，浩浩荡荡刮进了福尔斯湾——"

　　"福尔斯湾在哪里？"她问。

　　"这里，"我指着好望角右边那一片亮蓝，"风到此地，湿度大增。再向西北吹，越过半岛东北部一带的平原，又被阻于桌山系列，只好沿着南边的坡势上升。升到山顶，空气骤然变冷，印度洋又暖又潮的水汽收缩成大团大团的白云，一下子就把山头罩住了。"

　　"为什么偏偏罩在这桌山头上呢？"她转向长窗，乘云势正盛，拍起幻灯片来。

　　"因为桌山是东西行，正好垂直当风。要是南北行，就聚不了风了，加以山形如壁，横长三公里多，偏偏又是平顶，所以就铺起桌布来了。"

　　"而且布边还垂挂下来，真有意思。"她停下相机，若有所思，"那又为什么不像瀑布，一路泻下山来呢？你看，还没到半坡，就不再往下垂了。"

　　"风起云涌，是因为碰上山顶的冷空气。你知道，海拔每升高一千英尺，气温就下降——"

　　"四度吧？"她说。

"——下降华氏五度半。相反地，云下降到半山，气温升高，就化掉了。所以，桌布不掉下来。"

"今天我们在山顶午餐，风倒不怎么大。"她放下相机说。

"据说上午风势暂歇，猛吹，是在下午。开普敦名列世界三大风城，反而冬天风小，夏天风大。夏天的东南风发起狠来，可以猛到时速一百二十公里，简直像高速路上开车一样了。从十月到三月，是此地的风季。本地人据说都怕吹这狂放的东南风，叫它作south-easter，但是另一方面，又叫它作 Cape Doctor——"

"海岬医生？什么意思？"

"因为风大，又常起风，蚊蚋苍蝇之类都给吹跑了，乌烟瘴气也全给驱散。所以开普敦的空气十分干净。"

"又能变化风景，又能促进健康，太妙了。"她高兴地说。

"真是名副其实的'风景'了，"我笑指桌山，"你看，桌布既然铺好，我们也该下楼去吃晚饭了吧。"

## 四

饭后，回到二十七楼的房间，两人同时一声惊诧。

长窗外壮观的夜景，与刚才黄昏的风景，简直是两个世界。下面的千街万户，灯火灿明错密，一大盘珍珠里闪着多少冷翡翠、热玛瑙，啊，看得人眼花。上面，啊，那横陈数里一览难尽的幻象，深沉的黛绿上间或泛着虚青。有一种磷光幽昧的感觉，美得诡秘，隐隐然令人不安。像一幅宏大得不可能的壁画，又像是天地间悬着的一幅巨毯，下临无地，崇现在半空，跟下面的灯火繁华之间隔着渊面，一片黑暗，全脱了节。

我们把房里的灯全熄掉，惊愕无言地立在窗口，做一场瞠目的壮丽梦魇。非洲之夜就是这样的吗？等到眼睛定下神来，习于窗外的天地，乃发现山腰有好几盏强光的脚灯，五盏吧，正背着城市，举目向上炯炯地探照。光的效果异常可惊，因为所有的悬崖突壁都向更高处的岩面投影，愈显得夸大而曳长。就这么一路错叠上去，愈高愈暗，要注目细察，才认出朦胧的平顶如何与夜天相接，而平顶的极右端，像一闪淡星似的，原来是与人间一线交通的缆车顶站。后来才知道，那一排脚灯的亮度是一千六百万烛光。

半夜起来小便，无意间跟那幻景猛一照面，总会再吃一惊。也许是因为全开普敦都睡着了，而桌山，那三亿五千万岁的巨灵，却正在半空，啊，醒着。

一九九一年二月

下　编

我看见风的去处

第一章

# 没有尽头的歌

时常在冬日的深宵，诗写到一半，正独对天地之悠悠，寒战的汽笛声会一路沿着小巷呜呜传来，凄清之中有其温婉，好像在说：全台北都睡了，我也要回站去了，你，还要独撑这倾斜的世界吗？

世界在走，我坐着

# 逍遥游

———

　　如果你有逸兴作太清的逍遥游行，如果你想在十二宫中缘黄道而散步，如果在蓝石英的幻境中你欲冉冉升起，蝉蜕蝶化，遗忘不快的自己，总而言之，如果你何幸患上，如果你不幸患了"观星癖"的话，则今夕，偏偏是今夕，你竟不能与我并观神话之墟，实在是太可惜、太可惜了。

　　我的观星，信目所之，纯然是无为的。两睫交瞬之顷，一瞥往返大千，御风而行，泠然善也，泠然善也。原非古代的太史，若有什么冒失的客星，将毛足加诸皇帝的隆腹，也不用我来烦心。也不是原始的舟子，无须在雾气弥漫的海上，裂眦辨认北极的天蒂。更非现代的天文学家或太空人，无须分析光谱或驾驶卫星。科学向太空看，看人类的未来，看月球的新殖民地，看地球人与火星人不可思议的星际战争。我向太空看，看人类的过去，看占星学与天宫图，祭司的梦，酋长的迷信。

于是大度山从平地涌起，将我举向星际，向万籁之上，霓虹之上。太阳统治了钟表的世界。但此地，夜犹未央，光族在钟表之外闪烁。亿兆部落的光族，在令人目眩的距离，交射如是微渺的清辉。半克拉的孔雀石。七分之一的黄玉扇坠。千分之一克拉的血胎玛瑙。盘古斧下的金刚石矿，天文学采不完万分之一。天河蜿蜒着敏感的神经，首尾相衔，传播高速而精致的触觉，南天穹的星阀热烈而显赫地张着光帜，一等星、二等星、三等星，争相炫耀他们的家谱，从 Alpha 到 Beta 到 Zeta 到 Omega，串起如是的辉煌，迤逦而下，尾扫南方的地平。亘古不散的假面舞会，除倜傥不羁的彗星，除爱放烟火的陨星，除垂下黑面纱的朔月之外，星图上的姓名全部亮起。后羿的逃妻所见如此。自大狂的李白、自虐狂的李贺所见如此。利玛窦和徐光启所见亦莫不如此。星象是一种最晦涩的灿烂。

北天的星貌森严而冷峻，若阳光不及的冰柱。最壮丽的是北斗七星。这局棋下得令人目摇心悸，大惑不解。自有八卦以来，任谁也挪不动一只棋子，从天枢到瑶光，永恒的颜面亿代不移。棋局未终，观棋的人类一代代死去。维北有斗，不可以抱酒浆。圣人以前，诗人早有这狂想。想你在平旷的北方，峨巍地升起，阔大的斗魁上斜着偌长的斗柄，但不能酌一滴饮早期的诗人。那是天真的时代，圣人未生，青牛未西行。那是青铜时代，云梦的瘴疠未开，鱼龙遵守大禹的秩序，吴市的吹箫客白发未白。那是多神的时代，汉族会唱歌的时代，摽有梅野有蔓草，自由恋爱的时代。快乐的 Pre-Confucian 的时代。

百仞下，台中的灯网交织现代的夜。湿红流碧，林荫道的彼端，霓虹茎连的繁华。脚下是，不快乐的 Post-Confucian 的时代。凤凰不至，麒麟绝迹，龙只是观光事业的商标。八佾在龙山寺凄凉地舞着。圣裔饕餮着国家的俸禄。龙种流落在海外。《诗经》蟹行成英文。谁谓河广，一苇杭之。招商局的吨位何止一苇，奈何河广如是，浅浅的海峡隔绝如是！人人尽说江南好，游人只合江南老。今人竟羡古人能老于江南。江南可哀，可哀的江南。唯庾信头白在江南之北，我们头白在江南之南。嘉陵江上，听了八年的鹧鸪，想了八年的后湖，后湖的黄鹂。过了十五个台风季，淡水河上，并蜀江的鹧鸪亦不可闻。帝遣巫阳招魂，在海南岛上，招北宋的诗人。"魂兮归来，南方不可以止些！"这里已是中国的至南，雁阵惊寒，也不越浅浅的海峡。雁阵向衡山南下。逃亡潮冲击着香港。留学女生向东北飞，成群的孔雀向东北飞，向新大陆。有一种候鸟只去不回。

"怒而飞，其翼若垂天之云……抟扶摇而上者九万里"。喷射机在云上滑雪，多逍遥的游行！曾经，我们也是泱泱的上国，万邦来朝，皓首的苏武典多少属国。长安蟲第八世纪的纽约，西来的驼队，风沙的软蹄踏大汉的红尘。曾几何时，五陵少年竟亦洗碟子，端菜盘，背负摩天楼沉重的阴影。而那些长安的丽人，不去长堤，便深陷书城之中，将自己的青春编进洋装书的目录。当你的情人已改名玛丽，你怎能送她一首《菩萨蛮》？历史健忘，难为情的，是患了历史感的个人。三十六岁，常怀千岁的忧愁。千岁前，宋朝第一任天子刚登基，黄袍犹新，一朵芬芳的文化欲绽放。欧洲在深邃的中世纪深处冬眠，拉丁文的祈祷有若梦呓。知晦朔的朝菌最可悲。八股文。裹脚巾。阿Q的辫子。鸦片的毒氛。租界流满了惨案流满了租界。大国的青睐翻成了白眼。小国反复着排华运动。朝菌死去，留下更阴湿的朝菌，而晦朔犹长，夜犹未央。东方的大帝国纷纷死去。巴比伦死去。波斯和印度死去。亚洲横陈史前兽的遗骸，考古学家的乐园是废墟。南有冥灵，以五百岁为春，五百岁为秋。蟪蛄啊蟪蛄，我们是阅历春秋的蟪蛄。不，我们阅历的，是战国，是军阀，是太阳旗……

夜凉如浸。虫吟如泣。星子的神经系统上，挣扎着许多折翅的光源，如果你使劲拧天蝎的毒尾，所有的星子都会呼痛。但那只是一瞬间的幻觉罢了。天苍苍何高也，绝望的手臂岂得而扪之？永恒仍然在拍打密码，不可改不可解的密码，自补天自屠日以来，就写在那上面，那种磷质的形象！似乎在说：就是这个意思。不周山倾时天柱倾时是这个意思。长城下，运河边是这个意思。扬州和嘉定的大屠城是这个意思。卢沟桥上，重庆的山洞里，莫非是这个意思。然则御风飞行，泠然善乎，泠然善乎？然则孔雀东北飞，是逍遥游乎，是行路难乎？曾经，也在密西西比的岸边，一座典型的大学城里，面对无欢的西餐，停杯投叉，不能卒食。曾经，立在密歇根湖岸的风中，看冷冷的日色下，钢铁的芝城森寒而黛青。日近，长安远。迷失的五陵少年，鼻酸如四川的泡菜。曾经啊，无寐的冬夕，立在雪霁的星空下，流泪想刚死的母亲，想初出世的孩子。但不曾想到，死去的不是母亲，是古中国，初生的不是女婴，是"五四"。喷射云两日的航程，感情上飞越半个世纪。总是这样。松山之后是东京之后是阿拉斯加是西雅图。上有青冥之长天，下有渌水之波澜。长风破浪，云帆可济沧海。行路难。行路难。沧海的彼岸，是雪封的思乡症，是冷冷清清的圣诞，空空洞洞的信箱，和更空洞的学位。

是的，这是行路难的时代。逍遥游，只是范蠡的传说。东行不易，北归更加艰难。兵燹过后，江南江北，可以想见有多荒凉。第二度离家的前夕，曾去佛寺的塔影下祭告先人的骨灰。锈铜钟敲醒的记忆里，二百根骨骼重历六年前的痛楚。六年了！前半生的我陪葬在这小木匣里。我生在王国维投水的次年。封闭在此中的，是沦陷区的岁月，抗战的岁月，仓皇南奔的岁月，行路难的记忆，逍遥游的幻想。十岁的男孩，已经咽下国破的苦涩。高淳古刹的香案下，听一夜妇孺的惊呼和悲啼。太阳旗和游击队拉锯战的地区，白昼匿太湖的芦苇丛中，日落后才摇橹归岸，始免于锯齿之噬。舟沉太湖，母与子抱宝丹桥础始免于溺死。然后是上海的法租界。然后是香港海上的新年。滇越路的火车上，览富良江岸的桃花。高亢的昆明。险峻的山路。母子颠簸成两只黄鱼。然后是海棠溪的渡船，重庆的团圆。月圆时的空袭，迫人疏散。于是六年的中学生活开始，草鞋磨穿，在悦来场的青石板路。令人涕下的抗战歌谣。令人近视的教科书和油灯。桐油灯的昏焰下，背新诵的古文，向鬓犹未斑的父亲，向扎鞋底的母亲，伴着瓦上急骤的秋雨急骤地灌肥巴山的秋池……钟声的余里里，黄昏已到寺，黑僧衣的蝙蝠从逝去的日子里神经质地飞来。这是台北的郊外，观音山已经卧下来休憩。

栩栩然蝴蝶。蘧蘧然庄周。巴山雨。台北钟。巴山夜雨。拭目再看时，已经有三个小女孩喊我父亲。熟悉的陌生，陌生的变成熟悉。千级的云梯下，未完的外出手续待我去完成。将有远游。将经历更多的关山难越，在异域。又是松山机场的挥别，东京御河的天鹅，太平洋的云层，芝加哥的黄叶。六年后，北太平洋的卷云，犹卷着六年前乳色的轻罗。初秋的天一天比一天高。初秋的云，一片比一片白净比一片轻。裁下来，宜绘唐寅的扇面，题杜牧的七绝。且任它飞去，且任它羽化飞去。想这已是秋天了，内陆的蓝空把地平都牧得很辽很远。北方的黄土平原上，正是驰马射雕的季节。雕落下。雁落下。萧萧的红叶红叶啊落下，自枫林。于是下面是冷碧零丁的吴江。于是上面，只剩下白寥寥的无限长的楚天。怎么又是九月，又是九月了呢？木兰舟中，该有楚客扣舷而歌，"悲哉秋之为气也，憭栗兮若在远行"！

远行。远行。念此际，另一个大陆的秋天，成熟得多美丽。碧云天。黄叶地。艾奥瓦的黑土沃原上，所有的瓜该又重又肥了。印第安人的落日熟透时，自摩天楼的窗前滚下。当暝色登上楼的电梯，必有人在楼上忧愁。摩天三十六层楼，我将在哪一层朗吟《登楼赋》？可想到，即最高的一层，也眺不到长安？当我怀乡，我怀的是大陆的母体，啊，《诗经》中的北国，《楚辞》中的南方！当我死时，愿江南的春泥覆盖在我的身上，当我死时。

当我死时。当我生时。当我在东南的天地间漂泊。战争正在海峡里焚烧。饿殍和冻死骨陈尸在中原。黄巾之后有董卓的鱼肚白，有安禄山的鱼肚白，后有赤眉有黄巢有白莲。始皇帝的赤焰们在高呼，战神万岁！战争燃烧着时间燃烧着我们，燃烧着你们的须发我们的眉睫。当我死时，老人星该垂下白髯，战火烧不掉的白髯，为我守坟。吾所以有大患者，为吾有身。当我物化，当我归彼大荒，我必归彼芥子归彼须弥归彼地下之水空中之云。但在那之前，我必须塑造历史，塑造自己的花岗石面，当时间在我的呼吸中燃烧。当我的三十六岁在此刻燃烧在笔尖燃烧在创造创造里燃烧。当我狂吟，黑暗应匍匐静听，黑暗应见我须发奋张，为了痛苦地欢欣地热烈而又冷寂地迎接且抗拒时间的巨火，火焰向上，挟我的长发，挟我如翼的长发而飞腾。敢在时间里自焚，必在永恒里结晶。

维北有斗，不可以挹酒浆。有一种疯狂的历史感在我体内燃烧，倾北斗之酒亦无法烧熄。有一种时间的乡愁无药可医。台中的夜市在山麓奇幻地闪烁，紫水晶的盘中眨着玛瑙的眼睛。相思林和凤凰木外，长途巴士沉沉地自远方来，向远方去，一若公路起伏的鼾息。空中弥漫着露滴的凉意，和新割过的草根的清香。当它沛沛然注入肺叶，我的感觉遂透彻而无碍，若火山脚下，一块纯白多孔的浮石。清醒是幸福的。未来的大劫中，唯清醒可保自由。星空的气候是清醒的秩序。星空无限，大罗盘的星空啊，创宇宙的抽象大壁画，玄妙而又奥秘，百思不解而又百读不厌，而又美丽得令人绝望地赞叹。天河的巨瀑喷洒而下，蒸起螺旋的星云和星云，但水声夐渺得永不可闻。光在卵形的空间无休止地飞啊飞，在天河的漩涡里作星际航行，无所谓现代，无所谓古典，无所谓寒武纪或冰河时期。美丽的卵形里诞生了光，千轮太阳，千只硕大的蛋黄。美丽的卵形诞生了我，亦诞生后稷和海伦。七夕已过，织女的机杼犹纺织多纤细的青白色的光丝。五千年外，指环星云犹谜样在旋转。这婚礼永远在准备，织云锦的新娘永远年轻。五千年前，我的五立方的祖先正在昆仑山下正在黄河源濯足。然则我是谁呢？我是谁呢？呼声落在无回音的，岛宇宙的边陲。我是谁呢？我——是——谁？一瞬间，所有的光都息羽回顾，猬集在我的睫下。你不是谁，光说，你是一切。你是侏儒中的侏儒，至小中的至小。但你是一切。你的魂魄烙着北京人全部的梦魇和恐惧。只要你愿意，你便立在历史的中流。在战争之上，你应举起自己的笔，在饥馑在黑死病之上。星裔罗列，虚悬于永恒的一顶皇冠，多少克拉多少克拉的荣耀，可以为智者为勇者加冕，为你加冕。如果你保持清醒，而且屹立得够久。你是空无。你是一切。无回音的大真空中，光，如是说。

一九六四年八月二十日于台北

（《文星》第八十三期）

（本文略有删改——编者注）

# 九
# 张
# 床

———

　　一张比一张离你远。一张，比一张荒凉。检阅荒凉的岁月，九张床。

　　第一张。西雅图的旅馆里，面海，朝西。而且多风，风中有醒鼻的咸水气息。那是说，假如你打开长长的落地窗，披襟当风。对于宋玉，风有雌雄之分。对于我，风只分长短。譬如说，桃花扇底的风是短的。西雅图的风是长的。来自阿拉斯加，自海豹群吠月的岩岸，自空空洞洞的育空河口吹来。最难是，破题儿第一遭。寂寞的史诗，自午夜的此刻开始。自西雅图开始。西雅图，多风的名字，遥远的城。六年前，一个留学生的寂寞也从此开始，检阅上次归来后的岁月，发现有些往事，千英里外，看得分外地清晰。发现一个人，一个千瓣的心灵，很难绝对生活在此时此刻。预感带几分恐惧。回忆带几分悲伤。如是而已。如是而已。蚀肤酸骨的月光下，中秋渐近而不知中秋的西雅图啊，充军的孤城，海的弃婴！今夕，我无寐，无鼾，在浩浩乎大哉，太平洋苍老而又年轻，蓝浸四大洲的鼾声之中。小小的悲伤，小小的恩怨，小小的一夜失眠。当你想，永恒的浪潮拍着宇宙的边陲，多少光，多少清醒。

第二张浮在中秋的月色里。西雅图之后，北美洲大陆的心脏，听不见海，吹不到风。该是初秋的早寒了，犹逗留燠热的暑意，床单逆拂着微潮的汗毛。耳在枕上，床在楼上，红砖的楼房在广阔的中西部大平原上。正是上课的前夕，明晨的秋阳中，四十双碧瞳将齐射向我，如欲射穿五千年的神秘和陌生。李白发现他的句子横行成英文，他的名字随海客流行，到方丈与蓬莱之外，有什么感想？"今人不见古时月，今月曾经照古人。"投倒影在李白樽中的古月，此时将清光泼翻我满床。月光是史前谁的魂魄，自神话里流泻出来，流向梦的，夜的，记忆的每一角落。月光光，谁追我，从台北追到西雅图追到皮奥里亚。如果昨夕无寐，今夜岂有人寐的理由？月光光，照他乡……抗战前流行的一首歌，在不知名处袅袅地旋起。轻罗小扇，儿时的天井。母亲做的月饼，饼面的芝麻如星。重庆，空袭的月夜，月夜的玄武湖，南京……直到曙色用一块海绵，吸干一切。

第三张在艾奥瓦城。林中铺满轻脆的干橡叶，十月小阳春的夜里，一个毕业生回想六年前，另一季美丽，但不快乐的秋天。六年前，金字塔下，许多木乃伊忽然复活，且列队行过我枕上。许多畸形的片段，七巧板似的合而复分，女巫们自《万圣节》中，拂其黑袖，骑其长帚，挟其邪恶的笑声，翩翩起飞。重游旧地，心情复杂而难加分析。六年前的异域，竟成六年后某种意义下某种程度上的故乡。毕竟，在此我忍过十个月（十个冰河期？）的真空，咽过难以消化的冷餐，消化过难以下咽的现代艺术。毕竟，在此我哭过，若非笑过，怨过，若非爱过。当长途汽车迤迤进站，且吐出灰狗重重的喘息，当艾奥瓦大学的象征，金顶的州议会旧厦森然自黑暗中升起，当旧日的老师李铸晋与安格尔，和今日的少壮作家，叶珊、王文兴、白先勇，在站前接我，一瞬间竟有重归故乡的感觉。

第四张在艾奥瓦城西北。那是黄用公寓中的双人床。重游母校的第三天，和叶珊、少聪并骑灰犬，去西北方百英里的爱姆斯，拜访黄用和他的新娘。好久不写诗的黄用，在五年前现代诗的论战中，曾是一员骁将。公寓中的黄用，并不像寓公。伶牙俐齿，唇枪舌剑之间，黄用仍令你想起离经叛道，似欲掀起一股什么校风的自行车骑士。宾主谈到星图西倾，我才被指定与叶珊共榻。不能和戴我指环的女人同衾，我可以忍受；必须和另一男人，另一件泥塑品，共榻而眠，却太难堪了。要将四百多根雄性的骨骼，舒适地分布在不到三十平方英尺的局面，实在不是一件易事，而是一件艺术，一件较之现代诗的分行为犹难的艺术。叶珊的寐态，和他俊逸的诗风颇难发生联想。同床异梦，用之形容那一夜，是再恰当不过的了。他梦他的《水之湄》，我梦我的《莲的联想》。不，说异梦也是不公平的，因为我根本无梦，尤其耳当他鼾声的要冲。这还不是高潮。正当我卧莲欲禅之际，他忽在梦中翻过身来，将我抱住。我必须声明，我既非王尔德，他也不是魏尔兰。因此这种拥抱，可以想见的，不甚愉快。总算东方既白，像《白鲸记》中的依希美尔，我终于挣脱了这种睁眼的梦魇。

第五张历史较长，那是我在皮奥里亚的布莱德利大学，安定下来后的一张，我租了美以美教会牧师杜伦夫妇寓所的二楼。那是一张古色古香，饶有殖民时期风味的双人床，榻面既高，床栏亦耸，床左与床尾均有大幅玻璃窗，饰以卷云一般的洁白罗纱，俯瞰可见人家后院的花圃和车房。三五之夜，橡树和枫树投影在窗，你会感觉自己像透明的玻璃缸中，穿游于水藻间的金鱼。万圣节的前夕，不该去城里看了一场魅影幢幢的电影，叫什么 Witchcraft 的。夜间犹有余悸，将戏院发的辟妖牌（witch deflector）悬在床栏上，似亦不起太大作用。紧闭的室内，总有一丝冷风。恍惚间，总觉得有个黑衣女人立在楼梯口上，目光磷磷，盯在我的床上，第二天，发起烧来，病了一场。

幸好，不久布莱德利大学的讲课告一段落，我转去中密大（Central Michigan University）。第六张床比较现代化，席梦思既厚且软。这时已经是十二月，密歇根的雪季已经开始。一夜之间，气温会直落二十摄氏度，早上常会冷醒。租的公寓在乐山（Mount Pleasant）郊外，离校区还有三英里路远。屋后一片空廓的草地，满覆白雪，不见人踪，鸟迹。公寓新而宽大，起居室的三面壁上，我挂上三个小女孩的合照，弗罗斯特的遗像，梵高的向日葵，和刘国松的水墨抽象。大幅的玻璃窗外，是皑皑的平原之外还是皑皑的平原。和芬兰一样，密歇根也是一个千泽之国，而乐山正居五大湖与众小泽之间。冰封雪锁的白夜，鱼龙的悲吟一时沉寂。为何一切都离我恁遥恁远，即燃起全部的星斗，也抵不上一只烛光。

有时，点起圣诞留下来的欧薄荷色的蜡炬，青荧荧的幽辉下，重读自己国内的旧作，竟像在墓中读谁的遗书。一个我，接着另一个我，纷纷死去。真的我，究竟在何处呢？在抗战前的江南，抗战时的嘉陵江北？在战后的石头城下，抑在六年前的西方城里？月色如幻的夜里，有时会梦游般起来，启户，打着寒战，开车滑上运河一般的超级公路。然后扭熄车首灯，扭开收音机，听钢琴敲叩多键的哀怨，或是黑女肥沃的喉间，吐满腔的悲伤，悲伤。

另一张也在密歇根湖边。那是一张帆布床，也是刘鎏为我特备的陈蕃之榻。每次去芝加哥，总是下榻城北爱凡思顿刘鎏和孙璐的公寓。他们伉俪二人，同任西北大学物理系教授。我一去，他们的书房即被我占据。刘鎏是我在西半球最熟的朋友之一。他可以毫无忌惮地讽刺我的诗，我也可以不假思索地取笑他的物理。身为科学家的他，偏偏爱看一点什么文艺，且喜欢发表一点议论。除了我的诗，於梨华的小说也在他射程之内。等到兴尽辞穷，呵欠连连，总是已经两三点钟。躺上这张床，总是疲极而睡。有时换换口味，也睡於梨华的床——於梨华家的床。

第八张在豪华庄。所谓豪华庄（Howard Johnsons Motor Lodge），原是美国沿超级公路遍设的一家停车旅馆，以设计玲珑别致见称。我住的豪华庄，在匹兹堡城外一山顶上，俯览可及百里，宽阔整洁的税道上，日夕疾驶着来往的车辆。我也是疾驶而来的旅客啊！车尾曳着密歇根的残雪，车首指向葛底斯堡的古战场。唯一不同的，我是在七十五英里的时速下，豪兴遄飞，朗吟太白的绝句而来的。太白之诗 tempo 最快，在高速的逍遥游中吟之，最为快意。开了十小时的车，倦得无力看房里的电视，或是壁上挂的法宁格（Lionel Feininger）的立体写意。一陷入黑甜的盆地里便醋然入梦了。梦见未来派的车轮车轮。梦见自己是一尊噬英里的怪兽，吐长长的火舌向俄亥俄的地平。梦见不可名状不可闪避的车祸，自己被红睛的警车追逐，警笛曳着凄厉的响尾。

好——险！鬼哭神号的一声刹车，与死亡擦肩而过。自梦魇惊醒，庆幸自己还活着，且躺在第九张床上。床在楼上，楼在镇上，镇在古战场的中央。南北战争，已然是百年前的梦魇。这是和平的清晨，星期天的钟声，鼓着如鸽的白羽，自那边路德教堂的尖顶飞起，绕着这小镇打转，历久不下。林肯的巨灵，自古战场上，自魔鬼穴中，自四百尊铜炮与二千座石碑之间，该也正冉冉升起。当日林肯下了火车，骑一匹老马上山，在他的于思胡子和清癯的颧骨之间，发表了后来成为民主经典的《葛底斯堡演说》。那马鞍，现在还陈列在镇上的纪念馆中。百年后，林肯的侧面像，已上了一分铜币和五元钞票，但南部的黑人仍上不了选票。同国异命，尼格罗族仍卑屈地生活在爵士乐悲哀的旋律里。"一只番薯，两只番薯"。"跟我一样黑"。那种悲哀，在咖啡馆的酒杯里旋转旋转，令人停杯投叉，不能卒食，令人从头盖麻到脚后跟。所谓自由、平等、博爱。从法国大革命到现在。比起他们，五陵少年的忧郁，没有那么黑。你一直埋怨自己的破鞋，直到你看见有人断脚。

钟声仍然在敲着和平。为谁而敲，海明威，为谁而敲？想此时，新浴的旭日自大西洋底堂堂升起，纽约港上，自由的女神凌波而立，蠹几千吨的宏美和壮丽。……想此时，江南的表妹们都已出嫁，该不会在采莲、采菱。巴蜀的同学们早毕业了，该不会在唱山歌、秧歌。母亲在黄昏的塔下。父亲在记忆的灯前。三个小女孩许已在做她们的稚梦，梦七矮人和白雪公主。想此时，夏菁在巍巍的落基山顶，黄用在艾奥瓦的雪原，望尧旋转而旋转，在越南政变的旋涡。蒲公英的岁月，一切都吹散得如此辽远，如此破碎的中国啊中国。

　　想此时，你该仰卧在另一张床上，等待第一声啼，自第四个幼婴。浸你在太平洋初春的暖流里，一只膨胀到饱和的珠母，将生命分给生命。而春天毕竟是国际的运动，在西半球，在新英格兰，从切萨皮克湾到波托马克河到塞斯奎汉娜的两岸，三月风，四月雨，土拨鼠从冻土里拨出了春季。放风筝的日子哪，鸟雀们来自南方，斗嘴一如开学的稚婴。鸟雀们来自风之上，云之上，越州过郡，不必纳税，只需抖一串颤音。不久春将发一声呐喊，光谱上所有的色彩都会喷洒而出。樱花和草莓，山茱萸和苜蓿，桃花绽时，原野便蒸起千朵红云，令梵高也看得眼花。沿桃蹊而行，五陵少年，该不会迷路在武陵。至少至少，我要摘一朵红云寄你，说，红是我的爱情，云是我的行迹。那种炽热的思念，隔着航空信封，隔着邮票上林肯的虬髯，你也会觉得烫手。毕竟，这已是三月了，已是三月了啊。冬的白宫即将雪崩。春天的手指呵得人好痒。钟声仍在响。催人起床。人赖在第九张床上。在想，新婚的那张，在一种梦谷，一种爱情盆地。日暖。春田。玉也生烟。而钟声仍不止。人仍在，第九张床。

　　　　　　　一九六五年三月十五日，葛底斯堡学院
　　　　　　（《征信新闻》人间一九六五年四月十二日）
　　　　　　　　　　（本文略有删改——编者注）

# 花鸟

客厅的落地长窗外，是一方不能算小的阳台，黑漆的栏杆之间，隐约可见谷底的小村，人烟暖暖。当初发明阳台的人，一定是一位乐观外向的天才，才会突破家居的局限，把一个幻想的半岛推向户外，向山和海，向半空晚霞和一夜星斗。

阳台而无花，犹之墙壁而无画，多么空虚。所以一盆盆的花，便从下面那世界搬了上来。也不知什么时候起，栏杆三面竟已偎满了花盆，但这种美丽的移民一点也没有计划，欧阳修所谓的"浅深红白宜相间，先后仍须次第栽"，是完全谈不上的。这么十几盆栽，有的是初来此地，不畏辛劳，挤三等火车抱回来的，有的是同事离开"中大"的遗爱，也有的，是买了车后供在后座带回来的。无论是什么来历，我们都一般看待。花神的孩子，名号不同，容颜各异，但迎风招展的神态都是动人的。

朝西一隅,是茎藤四延和栏杆已绸缪难解的紫藤,开的是一串串粉白带浅紫的花朵。右边是一盆桂苗,高只近尺,花时竟也有高洁清雅的异香,随风漾来。近邻是两盆茉莉和一盆玉兰。这两种香草虽不得列于《离骚》狂吟的芳谱,她们细腻而幽邃的远芬,却是我无力抵抗的。开窗的夏夜,她们的体香回泛在空中,一直远飘来书房里,嗅得人神摇摇而意惚惚,不能久安于座,总忍不住要推纱门出去,亲近亲近。比较起来,玉兰修长的白瓣香得温醇些,茉莉的丛蕊似更醉鼻餍心,总之都太迷人。

再过去是两盆海棠。浅红色的花,油绿色的叶,相配之下,别有一种民俗画的色调,最富中国韵味,而秋海棠叶的象征,从小已印在心头。其旁还有一盆铁海棠,虬蔓郁结的刺茎上,开出四瓣对称的深红小花。此花生命力最强,暴风雨后,只有她屹立不摇,颜色不改。再向右依次是绣球花、蟹爪兰、昙花、杜鹃。蟹爪兰花色洋红而神态凌厉,有张牙奋爪作势攫人之意,简直是一只花魇,令我不敢亲近。昙花已经绽过三次,一次还是双蓓对开,真是吉夕素仙。夏秋之间,一夕盛放,皎白的千层长瓣,眼看她恣纵迅疾地展开,幽幽地吐出粉黄娇嫩的簇蕊,却像一切奇迹那样,在目迷神眩的异光中,甫启即闭了。一年含蓄,只为一夕的挥霍,大概是芳族之中最羞涩最自谦最没有发表欲的一姝了。

在这些空中半岛,啊不,空中花园之上,我是两园丁之一,专掌浇水,每日夕阳沉山,便在晚霞的浮光里,提一把白柄蓝身的喷水壶,向众芳施水。另一位园丁当然是阳台的女主人,专司杀虫施肥,修剪枝叶,翻掘盆土。有时蓓蕾新发,野雀常来偷食,我就攘臂冲出去,大声驱逐。而高台多悲风,脚下那山谷只敞对海湾,海风一起，便成了老子所谓"虚而不屈，动而愈出"的一具风箱。于是便轮到我一盆盆搬进屋来。寒流来袭，亦复如此。女园丁笑我是陶侃运甓。美，也是有代价的。

无风的晴日，盆花之间常依偎一只白漆的鸟笼。里面的客人是一只灰翼蓝身的小鹦鹉，我为它取名蓝宝宝。走近去看，才发现翅膀不是全灰，而是灰中间白，并带一点点蓝；颈背上是一圈圈的灰纹，两翼的灰纹则弧形相掩，饰以白边，状如鱼鳞。翼尖交叠的下面，伸出修长几近半身的尾巴，毛色深孔雀蓝，常在笼栏边拂来拂去。身体的细毛蓝得很轻浅，很飘逸。胸前有一片白羽，上覆浑圆的小蓝点，点数经常在变，少则两点，长全时多至六点，排成弧形，像一条项链。

蓝宝宝的可爱，不止外貌的娇美。如果你有耐性，多跟它做一会儿伴，就会发现它的语言天才。它参加我们的生活成为最受宠爱的"小家人"才半年，韩惟全由美游港，在我们家小住数日，首先发现它在牙牙学语，学我们的人语。起先我们不信，以为它时发时歇的咿唔咳喋，不过是禽类的哓哓自语，无意识的饶舌罢了。经惟全一提醒，蓝宝宝的断续鸟语，在侧耳细听之下，居然有点人话的意思。只是有时嗫嚅吞吐，似是而非，加以人腔鸟调，句读含混不清，那意境在人禽之间，恐怕连公冶长再世，也难以体会，更无论圣芳济了。

幸运的时候，蓝宝宝会吐出三两个短句："小鸟过来""干什么？""知道了""臭鸟不乖"，还有节奏起伏的"小鸟小鸟小小鸟"。小小曲喙的发音设备，毕竟和人嘴不可"同日而语"，所以人语的唇音齿音等等，蓝宝宝虽有娓娓巧舌，仍是模拟难工的。听说要小鹦鹉认真学话，得先施以剪舌的手术，剪了之后就不会那么"大舌头"了。此举是否见效，我不知道，但为了推行人语而违反人道，太无聊也太残忍了，我是绝对不肯的。无所不载无所不容的这世界，属于人，也属于花、鸟、虫、鱼；人类之间，禁止别人发言或强迫人人千口一词，也就够威武的了，又何必向禽兽去行人政呢？因此，盆中的铁海棠，女园丁和我都任其自然，不加扭曲，而蓝宝宝呢，会讲几句人话，固然能取悦于人，满足主人的虚荣心，我们也任其自由发展，从不刻意去教它。写到这里，又听见蓝宝宝在阳台上叫了。不过这一次它是和外面的野雀呼应酬答，是在鸟语。

那样的啁啾，该是羽类的世界语吧。而无论蓝宝宝是在阳台上还是屋里，只要左近传来鸠呼或雀噪，它一定脆音相应，一逗一答，一呼一和，旁听起来十分有趣，或许在飞禽的世界里，也像人世一样，南腔北调，有各种复杂的方言，可惜我们莫能分辨，只好一概称为鸟语。

平时说到鸟语，总不免想起"生生燕语明如翦，呖呖莺声溜的圆"之类的婉婉好音，绝少想到鸟语之中，也有极其可怖的一类。后来参观底特律的大动物园，进入了笼高树密的鸟苑，绿重翠叠的阴影里，一时不见高楼的众禽，只听到四周怪笑吃吃，惊叹咄咄，厉呼磔磔，盈耳不知究竟有多少巫师隐身在幽处施法念咒，真是听觉上最骇人的一次经验。看过希区柯克的悚栗片《鸟》，大家惊疑之余，都说真想不到鸟类会有这么"邪恶"。其实人类君临这个世界，品尝珍馐，饕餮万物，把一切都视为当然，却忘了自己经常捕囚或烹食鸟类的种种罪行有多么残忍了。兀鹰食人，毕竟先等人自毙；人食乳鸽，却是一笼一笼地蓄意谋杀。

想到此地，蓝光一闪，一片青云飘落在我的肩上，原来是有人把蓝宝宝放出来了。每次出笼，它一定振翅疾飞，在屋里回翔一圈，然后栖在我肩头或腕际。我的耳边、颈背、颏下，是它最爱来依偎探讨的地方。最温驯的时候，它会憩在人的手背，低下头来，用小喙亲吻人的手指，一动也不动地，讨人欢喜。有时它更会从嘴里吐出一粒"雀粟"来，邀你共享，据说这是它表示友谊的亲切举动，但你尽可放心，它不会强人所难的，不一会儿，它又径自啄回去了。有时它也会轻咬你的手指头，并露出它可笑的花舌头。兴奋起来，它还会不断地向你磕头，颈毛松开，瞳仁缩小，嘴里更是呢呢喃喃，不知所云。不过所谓"小鸟依人"，只是片面的，只许它来亲人，不许你去抚它。你才一伸手，它立刻回过身来面对着你，注意你的一举一动，不然便是蓝羽一张，早已飞之冥冥。

不少朋友在我的客厅里，常因这一闪蓝云的猝然降临而大吃一惊。女作家心岱便是其中的一位。说时迟那时快，蓝宝宝华丽的翅膀一收，已经栖在她手腕上了。心岱惊神未定，只好强自镇静，听我们向她夸耀小鸟的种种。后来她回到台北，还在《联合副刊》发表《蓝宝》一文，以记其事。

我发现，许多朋友都不知道养一只小鹦鹉有多么有趣，又多么简单。小鹦鹉的身价，就它带给主人的乐趣说来，是非常便宜的。在台湾，每只售六七十元，在香港只要港币六元，美国的超级市场里也常有出售，每只不过五六美金。在丹佛时，我先后养过四只，其中黄底灰纹的一只毛色特别娇嫩，算是珍品，则是花十五美金买来的。买小鹦鹉时，要注意两件事情。年龄要看额头和鼻端，额上黑纹愈密，鼻上色泽愈紫，则愈幼小，要买，当然要初生的稚鹦，才容易和你亲近。至于健康呢，则要翻过身来看它的肛门，周围的细白绒毛要干，才显得消化良好。小鹦鹉最怕泻肚子，一泻就糟。

此外的投资，无非是一只鸟笼，两枝栖木，一片鱼骨，和极其迷你的水缸粟钵而已。鱼骨的用场，是供它啄食，以吸取充分的钙质。那么小的肚子，耗费的粟量当然有限，再穷的主人也供得起的。有时为了调剂，不妨喂一点青菜和果皮，让它啄个三五口，也就够了。熟了以后，可以放出笼来，任它自由飞憩，不过门窗要小心关好，否则它爱向亮处飞，极易夺门而去。我养过的近十只小鹦鹉之中，就有两只是这么无端飞掉的。有了这种伤心的教训，我只在晚上才敢把鸟放出笼来。

小鸟依人，也会缠人，过分亲狎之后，也有烦恼的。你吃苹果，它便飞来奇袭，与人争食。你特别削一小片喂它，它只浅尝三两口，仍纵回你的口边，定要和你分享大块。你看报，它便来嚼食纸边，吃得津津有味。你写字呢，它便停在纸上，研究你写些什么，甚至以为笔尖来回挥动是在逗它玩乐，便来追咬你的笔尖。要赶它回笼，可不容易。如果它玩得还未尽兴，则无论你如何好言劝诱或恶声威胁，都不能使它俯首归心。最后只有关灯的一招，在黑暗里，它是不敢飞的。于是你伸手擒来，毛茸茸软温温的一团，小心脏抵着你的手心猛跳，吱吱的抗议声中，你已经把它置回笼里。

蓝宝宝是大埔的菜市上花六元买来的，在我所有的"禽缘"里，它是最乖巧最可爱的一只，现在，即使有谁出六千元，我也不肯舍弃它的。前年夏天，我们举家回台北去，只好把蓝宝宝寄在宋淇府上，劳宋夫人做了半个月的"鸟妈妈"。记得交托之时，还郑重其事，拟了一张"养鸟须知"的备忘录，悬于笼侧，文曰：

　　一　小米一钵，清水半缸，间日一换，不食烟火，俨然
羽仙。
　　二　风口日曝之处，不宜放置鸟笼。
　　三　无须为鸟沐浴，造化自有安排。
　　四　智商仿佛两岁稚婴。略通人语，颇喜传讹。闺中隐
私，不宜多言，慎之慎之。

一九七七年五月

# 沙田山居

———

　　书斋外面是阳台，阳台外面是海，是山，海是碧湛湛的一弯，山是青郁郁的连环。山外有山，最远的翠微淡成一袅青烟，忽焉似有，再顾若无，那便是，大陆的莽莽苍苍了。日月闲闲，有的是时间与空间。一览不尽的青山绿水，马远、夏圭的长幅横披，任风吹，任鹰飞，任渺渺之目舒展来回，而我在其中俯仰天地，呼吸晨昏，竟已有十八个月了。十八个月，也就是说，重九的陶菊已经两开，中秋的苏月已经圆过两次了。

　　海天相对，中间是山，即使是秋晴的日子，透明的蓝光里，也还有一层轻轻的海气，疑幻疑真，像开着一面玄奥的迷镜，照镜的不是人，是神。海与山绸缪在一起，分不出，是海侵入了山间，还是山诱俘了海水，只见海把山围成了一角角的半岛，山呢，把海围成了一汪汪的海湾。山色如环，困不住浩渺的南海，毕竟在东北方缺了一口，放檣桅出去，风帆进来。最是晴艳的下午，八仙岭下，一艘白色渡轮，迎着酣美的斜阳悠悠向大埔驶去，整个吐露港平铺着千顷的碧蓝，就为了反衬那一影耀眼的洁白。起风的日子，海吹成了千亩蓝田，无数的百合齐开彼落。到了夜深，所有的山影黑沉沉都睡去，远远近近，零零落落的灯全睡去，只留下一阵阵的潮声起伏，永恒的鼾息，撼人的节奏撼我的心血来潮。有时十几盏渔火赫然，浮现在阒黑的海面，排成一弯弧形，把渔网愈收愈小，围成一丛灿灿的金莲。

海围着山，山围着我。沙田山居，峰回路转，我的朝朝暮暮，日起日落，月望月朔，全在此中度过，我成了山人。问余何事栖碧山，笑而不答，山已经代我答了。其实山并未回答，是鸟代山答了，是虫，是松风代山答了。山是禅机深藏的高僧，轻易不开口的。人在楼上倚栏杆，山列坐在四面如十八尊罗汉叠罗汉，相看两不厌。早晨，我攀上佛头去看日出，黄昏，从联合书院的文学院一路走回来，家，在半山腰上等我，那地势，比佛肩要低，却比佛肚子要高些。这时，山什么也不说，只是争噪的鸟雀泄露了他愉悦的心境。等到众鸟栖定，山影茫然，天籁便低沉下去，若断若续，树间的歌者才歇下，草间的吟哦又四起。至于山坳下面那小小的幽谷，形式和地位都相当于佛的肚脐，深凹之中别有一番谐趣。山谷是一个爱音乐的村女，最喜欢学舌拟声，可惜太害羞，技巧不很高明。无论是鸟鸣犬吠，或是火车在谷口扬笛路过，她都要学叫一声，落后半拍，应人的尾音。

从我的楼上望出去，马鞍山奇拔而峭峻，屏于东方，使朝曦姗姗其来迟。鹿山巍然而逼近，魁梧的肩膂遮去了半壁西天，催黄昏早半小时来临，一个分神，夕阳便落进他的僧袖里去了。一炉晚霞，黄铜烧成赤金又化作紫灰与青烟，壮哉崔嵬的神话，太阳的葬礼。阳台上，坐看晚景变幻成夜色，似乎很缓慢，又似乎非常敏捷，才觉霞光烘颊，余曛在树，忽然变生尺尺，眈眈的黑影已伸及你的肘腋，夜，早从你背后袭来。那过程，是一种绝妙的障眼法，非眼睫所能守望的。等到夜色四合，黑暗已成定局，四围的山影，重甸甸阴森森的，令人肃然而恐。尤其是西屏的鹿山，白天还如佛如僧，蔼然可亲，这时竟收起法相，庞然而踞，黑毛茸蒙如一尊暗中伺人的怪兽，隐然，有一种潜伏的不安。

千山磅礴的来势如压，谁敢相撼？但是云烟一起，庄重的山态便改了。雾来的日子，山变成一座座的列屿，在白烟的横波回澜里，载浮载沉。八仙岭果真化作了过海的八仙，时在波上，时在弥漫的云间。有一天早晨，举目一望，八仙和马鞍和远远近近的大小众峰，全不见了，偶尔云开一线，当头的鹿山似从天隙中隐隐相窥，去大埔的车辆出没在半空。我的阳台脱离了一切，下临无地，在汹涌的白涛上自由来去。谷中的鸡犬从云下传来，从夐远的人间。我走去更高处的联合书院上课，满地白云，师生衣袂飘然，都成了神仙。我登上讲坛说道，烟云都穿窗探首来旁听。

起风的日子，一切云云雾雾的朦胧氤氲全被拭净，水光山色，纤毫悉在镜里。原来对岸的八仙岭下，历历可数，有这许多山村野店，水浒人家。半岛的天气一日数变，风骤然而来，从海口长驱直入，脚下的山谷顿成风箱，抽不尽满壑的咆哮翻腾。蹂躏着罗汉松与芦草，掀翻海水，吐着白浪，风是一群透明的猛兽，奔踹而来，呼啸而去。

海潮与风声，即使撼天震地，也不过为无边的静加注荒情与野趣罢了。最令人心动而神往的，却是人为的骚音。从清早到午夜，一天四十多班，在山和海之间，敲轨而来，鸣笛而去的，是九广铁路的客车、货车、猪车。曳着黑烟的飘发，蟠蜿着十三节车厢的修长之躯，这些工业时代的元老级交通工具，仍有旧世界迷人的情调，非协和的超声速飞机所能比拟。山下的铁轨向北延伸，延伸着我的心弦。我的中枢神经，一日四十多次，任南下又北上的千只铁轮轮番敲打，用钢铁火花的壮烈节奏，提醒我，藏在谷底的并不是洞里桃源，住在山上，我亦非桓景，即使王粲，也不能不下楼去：

> 栏杆三面压人眉睫是青山
> 碧螺黛迤逦的边愁欲连环
> 叠嶂之后是重峦，一层淡似一层
> 湘云之后是楚烟，山长水远
> 五千载与八万万，全在那里面……

## 没有人是一个岛
—— 想起了痖弦的《一九八〇年》

———

二十三年以前，一位才华初发的青年诗人，向往未来与远方，为了一首乌托邦式的成人童话诗，设想美妙，传诵一时。那首诗叫作《一九八〇年》，作者痖弦，当时只有二十五岁。诗的前两段是这样的：

老太阳从蓖麻树上漏下来，
那时将是一九八〇年。

我们将有一座
费一个春天造成的小木屋，
而且有着童话般红色的顶
而且四周是草坡，牛儿在啮草

　　而且，在澳洲。

　　当时的戏言，今朝已来到眼前，这已是一九八〇年了。不知怎的，近来时常想起痖弦的这首少作。二十多年来，台湾变了很多，世界整个变了，连诗人向往的澳洲也变了不少。痖弦，并没有移民去澳洲，将来显然也不会南迁。这些年来，他去过美国、欧洲、印度、南洋，却始终未去澳洲。

　　倒是我，去过澳洲两个月，彼邦的大城都游历过，至于草坡上的红顶小屋，也似乎见过一些。八年前的今天，我正在雪梨。如果二十五岁的痖弦突然出现在眼前，问我那地方到底如何，我会说："当然很好，不但袋鼠母子和宝宝熊都很好玩，连三次大战和'文革'都似乎隔得很远。不但如此，台北盆地正热得要命，还要分区节水，那里却正是清凉世界，企鹅绅士们都穿得衣冠楚楚，在出席海滨大会。不过，如果我是你，就不会急着搬去那里，宁可留在台湾。"

　　一人之梦，他人之魇。少年痖弦心中的那片乐土，在"澳厮"（Aussie）们自己看来，却没有那么美好。远来的和尚会念经，远方的经也似乎好念些，其实家家的经都不好念。

　　澳洲并不全是草地，反之，浩阔的内陆尽是沙漠，又干又热，一无可观。我在沙漠的中心，爱丽丝泉，曾经住过一夜。那小镇只有一条街，从这头踱到那头，不过一盏茶的工夫。树影稀疏的街口，外面只有一条灰白的车路，没向万古的荒沙之中。南北两边的海岸，都在一千公里以外，最近的大都市更远达一千五百公里，真是遁世的僻乡了。只是到了夜里，人籁寂寂，天籁齐歇，像躺在一只坏了的表里，横听竖听，都没有声音。要不是袋里还有张回程的机票，真难相信我还能生还文明。

澳洲的名诗人，我几乎都见过了。侯普（A. D. Hope）赠我的书中，第一首诗便是他的名作《澳大利亚》，劈头第一句便诅咒他的乡土，说它是一片"心死"的大陆，令我大为惊颤。澳洲的大学招不足学生，一来人口原就稀少，二来中学毕业就轻易找到工作。大学教授向我埋怨，说一个月的薪水，百分之四十几都纳了税。雪梨的街头也有不少盗匪，夜行人仍要小心。堪培拉公园里，有新几内亚的土人扎营守坐，做独立运动之示威，令陪我走过的澳洲朋友感到尴尬。东北岸外，法国人正在新卡里多尼亚岛附近试验核爆，令澳洲青年愤怒示威。谁说南半球见不到蕈状云呢？

如果还有谁对那片"乐土"抱有幻想，他不妨去看看澳洲自制的连续剧《女囚犯》。这一套电视片长达三十集，主要的场景是澳洲一座专关女囚犯的监狱；一个个女犯人的故事，当初如何犯法，如何入狱，后来如何服刑，如何上诉，又如何冤情大白，获释出去，都有生动明快的描写。当然女犯人的结局，不都是欢天喜地走出狱门。也有不幸的一群，或死在牢里，或放出去后不见容于社会，反觉天地为窄而牢狱为宽，世情太冷，不如狱中友情之温，宁愿再蹈法网，解回旧狱。澳洲原是古时英国流放罪犯之地，幽默的澳洲朋友也不讳言他们是亡命徒流浪汉的后人。也难怪他们的电视界能推出这么一部铁窗生涯的写实杰作。

痖弦的《一九八〇年》仍不失为一首可爱的好诗，但毕竟是二十多年前的作品，我敢说作者的少年情怀，如今已不再了。那时台湾的新诗风行着异国情调，不但痖弦的某些少作，就连土生土长的叶珊、陈锦标、陈东阳等的作品也是如此。爱慕异国情调，原是青年人理想主义的一种表现。兼以当时台湾的文化、社会、政治各方面都没有现在这么开放，一切都没有现在这么进步，青年作家们多少都有一点"恐闭症"，所以向往外面的世界，也是一种可解的心情，不必动辄说成什么"崇洋"。二十多年下来，我这一辈的心情已经完全相反：以前我们幻想，乐土远在天边，现在大家都已憬然省悟，所谓乐土，岂不正是脚下的这块土地，世界上最美好的岛屿？原则上，澳洲之大，也只是一个岛屿罢了。然则在澳洲和台湾之间，今天的痖弦当然是选择自己的家岛。今天，年轻的一代莫不热烈地拥抱这一片土地和这一个社会，认同乡土，一时蔚为风气，诚然十分可喜。但是我们却不应武断划分，说今日的青年皆是，而往日的青年皆非。其实，今日青年之所以有此心态，……就是这一份"比得起"的信心，令今日的青年有回头肯定自己的依据。

二十多年的留学潮似乎是淡下去了。从远扬外国到奉献本土，岛内青年态度的扭转，正是民族得救文化新生的契机。人对社会的要求和奉献，应成正比：要求得高，就应奉献得多；有所奉献，才有权利有所要求。对社会只有奉献而不要求，不要求它变得更合理更进步，那是愚忠。"不问收获"，是不对的。反之，对社会只有要求而不奉献，那是狂妄与自私。不过留学潮也不是全无正面的意义，因为我们至少了解了西方，而了解西方之长短正所以了解中国，了解中西之异同。"不到黄河心不死"，许多留学生却是"不到纽约心不死"。同时，远扬外国也还有身心之分。有的人身心一起远扬了，从此做外国人，那也干脆。有的人身在海外而心存本土，地虽偏而心不远，这还是一个正数，不是负数。但是这种人还可分成两类。第一类"心存"的方式，只是对本土的社会提出要求，甚至是苛求，却忘了他自己并未奉献过什么。第二类"心存"的方式，则是奉献，不论那是曾经奉献，正在奉献，或是准备奉献。这种奉献，虽阻隔于地理，却有功于文化。例如萧邦，虽远扬于法国，却以音乐奉献于波兰，然则萧邦在法国，正是波兰的延伸，不是波兰的缩减。"正数"的留学生，都可以作"中国的延伸"看待。

痖弦也曾经两度留学，但到了一九八〇年，却没有像他在早年诗中所预言的，落户在异国。从远扬到回归，正是痖弦这一辈认同台湾的过程，这过程十分重要。时至今日，谁是过客，谁是归人，已经十分清楚。对他这一辈的作家，台湾给他们写作的环境，写作的同伴，出版他们的作品，还给他们一群读者和一些批评家。……痖弦属于河南，但是他似乎更属于台湾，当然他完全属于中国。所谓家，不应单指祖传的一块地，更应包括自己耕耘的田。对于在台湾成长的作家，台湾自然就是他们的家。这也许不是"出生权"，却一定是"出力权"。"出力权"，正是"耕者有其田"的意思。《一九八〇年》诗末有这么两句：

> 我说你还赶作什么衣裳呀，
> 留那么多的明天做什么哩？

这话颇有心理根据。移民到了澳洲，就到了想象中的天堂，但天堂里的日子其实很闷人，"明天"在天堂里毫无意义，因为它无须争取。我认为，《桃花源记》里的生活虽然美满，但如果要我选择，我宁可跟随诸葛亮在西蜀奋斗，因为诸葛亮必须争取明天，但是明天对桃源中人并无意义。

我知道颇有些朋友以台湾为一岛屿而感到孤立、气馁，也听人说过，台湾囿于地理，文学难见伟大的气魄。这话我不服气。岂不见，拿破仑生在岛上，也死在岛上，却影响了一代的欧陆。说到文学，萨福诞生的莱斯波斯，萧克利多斯诞生的西西里，都是岛屿，而据说荷马也降世于凯奥司岛。日本和英国不用多说，即以爱尔兰而言，不也出了斯威夫特、王尔德、萧伯纳、叶芝、乔伊斯、贝克特？

苏轼，应该是我国第一位在海岛上写作的大诗人了。他的高见总该值得我们注意。《苏海识馀》卷四有这么一则："东坡在儋耳，因试笔尝自书云：'吾始至海南，环视天水无际，凄然伤之曰：何时得出此岛耶？已而思之，天地在积水中，九州在大瀛海中，中国在少海中，有生孰不在岛者？覆盆水于地，芥浮于水，蚁附于芥，茫然不知所济。少焉水涸，蚁即径去，见其类，出涕曰：几不复与子相见！岂知俯仰间之有方轨八达之路乎？念此可以一笑。戊寅九月十二日，与客饮薄酒小醉，信笔书此纸。'"

东坡真不愧旷代文豪，虽自称信笔所之，毕竟胸襟开阔，不以岛居为囿，却说"有生孰不在岛者"？犀苏当时的地理观念，竟和今日的实况相合。痖弦当年要去的澳洲，不正是一个特大号的岛吗？亚、非、欧三大洲，也不过合成一个巨岛。想开些，我们这青绿间白的水陆大球，在太空人眷眷回顾之中，不也只是一座太空岛吗？

不过，苏轼的这一番自宽之词，要慰勉我们接受的，只是地理上的囿限，绝非心理上的自蔽。"俯仰间之有方轨八达之路"，他在文末已经说得明白。他的名句"不识庐山真面目，只缘身在此山中"，更点出客观观点的重要。岛屿只是客观的存在，如果我们竟在主观上强调岛屿的地区主义，在情绪上过分排外，甚至在意识上要脱离中国文化的大传统，那就是地理的囿限又加上心理的自蔽，这种趋势却是不健康的。诗人多恩的一段布道词，也是海明威一部小说题名之所本，不妨与苏轼之文并读："没有人是一个岛，自给自足；每个人都是大陆的一部分，整体的一片段。如果一块土被海浪冲走，则欧洲的损失，正如冲走了一角海岬，冲走了你朋友的田庄或是你自己的田庄。不论谁死了，我都受损，因为我和人类息息相关。所以不要派人去问，丧钟为谁而敲。丧钟为你而敲。"

一九八〇年八月四日

（本文略有删改——编者注）

# 我的四个假想敌

二女幼珊在港参加侨生联考，以第一志愿分发台大外文系。听到这消息，我松了一口气，从此不必担心四个女儿通通嫁给广东男孩了。

我对广东男孩当然并无偏见，在港六年，我班上也有好些可爱的广东少年，颇讨老师的欢心，但是要我把四个女儿全都让那些"靓仔""叻仔"掳掠了去，却舍不得。不过，女儿要嫁谁，说得洒脱些，是她们的自由意志，说得玄妙些呢，是因缘，做父亲的又何必患得患失呢？何况在这件事上，做母亲的往往位居要冲，自然而然成了女儿的亲密顾问，甚至亲密战友，作战的对象不是男友，却是父亲。等到做父亲的惊醒过来，早已腹背受敌，难挽大势了。

在父亲的眼里，女儿最可爱的时候是在十岁以前，因为那时她完全属于自己。在男友的眼里，她最可爱的时候却在十七岁以后，因为这时她正像毕业班的学生，已经一心向外了。父亲和男友，先天上就有矛盾。对父亲来说，世界上没有东西比稚龄的女儿更完美的了，唯一的缺点就是会长大，除非你用急冻术把她久藏，不过这恐怕是违法的，而且她的男友迟早会骑了骏马或摩托车来，把她吻醒。

我未用太空舱的冻眠术，一任时光催迫，日月轮转，再揉眼时，怎么四个女儿都已依次长大，昔日的童话之门砰地一关，再也回不去了。四个女儿，依次是珊珊、幼珊、佩珊、季珊。简直可以排成一条珊瑚礁。珊珊十二岁的那年，有一次，未满九岁的佩珊忽然对来访的客人说："喂，告诉你，我姐姐是一个少女了！"在座的大人全笑了起来。

曾几何时，惹笑的佩珊自己，甚至最幼稚的季珊，也都在时光的魔杖下，点化成"少女"了。冥冥之中，有四个"少男"正偷偷袭来，虽然蹑手蹑足，屏声止息，我却感到背后有四双眼睛，像所有的坏男孩那样，目光灼灼，心存不轨，只等时机一到，便会站到亮处，装出伪善的笑容，叫我岳父。我当然不会应他。哪有这么容易的事！我像一棵果树，天长地久在这里立了多年，风霜雨露，样样有份，换来果实累累，不胜负荷。而你，偶尔过路的小子，竟然一伸手就来摘果子，活该蟠地的树根绊你一跤！

而最可恼的，却是树上的果子，竟有自动落入行人手中的样子。树怪行人不该擅自来摘果子，行人却说是果子刚好掉下来，给他接着罢了。这种事，总是里应外合才成功的。当初我自己结婚，不也是有一位少女开门揖盗吗？"堡垒最容易从内部攻破"，说得真是不错。不过彼一时也，此一时也。同一个人，过街时讨厌汽车，开车时却讨厌行人。现在是轮到我来开车。

好多年来，我已经习于和五个女人为伍，浴室里弥漫着香皂和香水气味，沙发上散置皮包和发卷，餐桌上没有人和我争酒，都是天经地义的事。戏称吾庐为"女生宿舍"，也已经很久了。做了"女生宿舍"的舍监，自然不欢迎陌生的男客，尤其是别有用心的一类。但是自己辖下的女生，尤其是前面的三位，已有"不稳"的现象，却令我想起叶芝的一句诗：

> 一切已崩溃，失去重心。

我的四个假想敌，不论是高是矮，是胖是瘦，是学医还是学文，迟早会从我疑惧的迷雾里显出原形，一一走上前来，或迂回曲折，嗫嚅其词，或开门见山，大言不惭，总之要把他的情人，也就是我的女儿，对不起，从此领去。无形的敌人最可怕，何况我在亮处，他在暗里，又有我家的"内奸"接应，真是防不胜防。只怪当初没有把四个女儿及时冷藏，使时间不能拐骗，社会也无由污染。现在她们都已大了，回不了头；我那四个假想敌，那四个鬼鬼祟祟的地下工作者，也都已羽毛丰满，什么力量都阻止不了他们了。先下手为强，这件事，该乘那四个假想敌还在襁褓的时候，就予以解决的。至少美国诗人纳什（Ogden Nash，1902—1971）劝我们如此。他在一首妙诗《由女婴之父来唱的歌》（*Song to Be Sung by the Father of Infant Female Children*）之中，说他生了女儿吉儿之后，惴惴不安，感到不知什么地方正有个男婴也在长大，现在虽然还浑浑噩噩，口吐白沫，却注定将来会抢走他的吉儿。于是做父亲的每次在公园里看见婴儿车中的男婴，都不由得神色一变，暗暗想道："会不会是这家伙？"想着想着，他"杀机陡萌"（My dreams, I fear, are infanticiddle），便要解开那男婴身上的别针，朝他的爽身粉里撒胡椒粉，把盐撒进他的奶瓶，把沙撒进他的菠菜汁，再扔头优游的鳄鱼到他的婴儿车里陪他游戏，逼他在水深火热之中挣扎而去，去娶别人的女儿。足见诗人以未来的女婿为假想敌，早已有了前例。

不过一切都太迟了。当初没有当机立断，采取非常措施，像纳什诗中所说的那样，真是一大失策。如今的局面，套一句史书上常见的话，已经是"寇入深矣"！女儿的墙上和书桌的玻璃垫下，以前的海报和剪报之类，还是披头士，拜丝，大卫·凯西弟的形象，现在纷纷都换上男友了。至少，滩头阵地已经被入侵的军队占领了去，这一仗是必败的了。记得我们小时，这一类的照片仍被列为机密要件，不是藏在枕头套里，贴着梦境，便是夹在书堆深处，偶尔翻出来神往一番，哪有这么二十四小时眼前供奉的？

这一批形迹可疑的假想敌，究竟是哪年哪月开始入侵厦门街余宅的，已经不可考了。只记得六年前迁港之后，攻城的军事便换了一批口操粤语的少年来接手。至于交战的细节，就得问名义上是守城的那几个女将，我这位"昏君"是再也搞不清的了。只知道敌方的炮火，起先是瞄准我家的信箱，那些歪歪斜斜的笔迹，久了也能猜个七分；继而是集中在我家的电话，"落弹点"就在我书桌的背后，我的文苑就是他们的沙场，一夜之间，总有十几次脑震荡。那些粤音平上去入，有九声之多，也令我难以研判敌情。现在我带幼珊回了厦门街，那头的广东部队轮到我太太去抵挡，我在这头，只要留意台湾健儿，任务就轻松多了。

　　信箱被袭，只如战争的默片，还不打紧。其实我宁可多情的少年勤写情书，那样至少可以练习作文，不致在视听教育的时代荒废了中文。可怕的还是电话中弹，那一串串警告的铃声，把战场从门外的信箱扩至书房的腹地，默片变成了身历声，假想敌在实弹射击了。更可怕的，却是假想敌真的闯进了城来，成了有血有肉的真敌人，不再是假想了好玩的了，就像军事演习到中途，忽然真的打起来了一样。真敌人是看得出来的。在某一女儿的接应之下，他占领了沙发的一角，从此两人呢喃细语，嗫嚅密谈，即使脉脉相对的时候，那气氛也浓得化不开，窒得全家人都透不过气来。这时几个姐妹早已回避得远远的了，任谁都看得出情况有异，万一敌人留下来吃饭，那空气就更为紧张，好像摆好姿势，面对照相机一般。平时鸭塘一般的餐桌，四姐妹这时像在演哑剧，连筷子和调羹都似乎得到了消息，忽然小心翼翼起来。明知这僭越的小子未必就是真命女婿，（谁晓得宝贝女儿现在是十八变中的第几变呢？）心里却不由自主升起一股淡淡的敌意。也明知女儿正如将熟之瓜，终有一天会蒂落而去，却希望不是随眼前这自负的小子。

　　当然，四个女儿也自有不乖的时候，在恼怒的心情下，我就恨不得四个假想敌赶快出现，把她们统统带走。但是那一天真要来到时，我一定又会懊悔不已。我能够想象，人生的两大寂寞，一是退休之日，一是最小的孩子终于也结婚之后。宋淇有一天对我说："真羡慕你的女儿全在身边！"真的吗？至少目前我并不觉得，自己有什么可羡之处。也许真要等到最小的季珊也跟着假想敌度蜜月去了，才会和我存并坐在空空的长沙发上，翻阅她们小时的相簿，追忆从前，六人一车长途壮游的盛况，或是晚餐桌上，热气蒸腾，大家共享的灿烂灯光。人生有许多事情，正如船后的波纹，总要过后才觉得美的。这么一想，又希望那四个假想敌，那四个生手笨脚的小伙子，还是多吃几口闭门羹，慢一点出现吧。

袁枚写诗，把生女儿说成"情疑中副车"；这书袋掉得很有意思，却也流露了重男轻女的封建意识。照袁枚的说法，我是连中了四次副车，命中率够高的了。余宅的四个小女孩现在变成了四个小妇人，在假想敌环伺之下，若问我择婿有何条件，一时倒恐怕答不上来。沉吟半晌，我也许会说："这件事情，上有月下老人的婚姻谱，谁也不能窜改，包括韦固，下有两个海誓山盟的情人，'二人同心，其利断金'，我凭什么要逆天拂人，梗在中间？何况终身大事，神秘莫测，事先无法推理，事后不能悔棋，就算交给二十一世纪的电脑，恐怕也算不出什么或然率（概率的旧称）来。倒不如故示慷慨，伪作轻松，博一个开明父亲的美名，到时候带颗私章，去做主婚人就是了。"

问的人笑了起来，指着我说："什么叫作'伪作轻松'？可见你心里并不轻松。"

我当然不很轻松，否则就不是她们的父亲了。例如人种的问题，就很令人烦恼。万一女儿发痴，爱上一个耸肩摊手口香糖嚼个不停的小怪人，该怎么办呢？在理性上，我愿意"有婿无类"，做一个大大方方的世界公民。但是在感情上，还没有大方到让一个臂毛如猿的小伙子把我的女儿抱过门槛。现在当然不再是"严夷夏之防"的时代，但是一任单纯的家庭扩充成一个小型的联合国，也大可不必。问的人又笑了，问我可曾听说混血儿的聪明超乎常人。我说："听过，但是我不稀罕抱一个天才的'混血孙'。我不要一个天才儿童叫我 Grandpa，我要他叫我外公。"问的人不肯罢休："那么省籍呢？"

"省籍无所谓，"我说，"我就是苏闽联姻的结果，还不坏吧？当初我母亲从福建写信回武进，说当地有人向她求婚。娘家大惊小怪，说'那么远！怎么就嫁给南蛮！'后来娘家发现，除了言语不通之外，这位闽南姑爷并无可疑之处。这几年，广东男孩锲而不舍，对我家的压力很大，有一天闽粤结成了秦晋，我也不会感到意外。如果有个台湾少年特别巴结我，其志又不在跟我谈文论诗，我也不会怎么为难他的。至于其他各省，从黑龙江直到云南，口操各种方言的少年，只要我女儿不嫌他，我自然也欢迎。"

"那么学识呢？"

"学什么都可以。也不一定要是学者，学者往往不是好女婿，更不是好丈夫。只有一点：中文必须精通。中文不通，将祸延吾孙！"

客又笑了。"相貌重不重要？"他再问。

"你真是迂阔之至！"这次轮到我发笑了，"这种事，我女儿自己会注意，怎么会要我来操心？"

笨客还想问下去，忽然门铃响起。我起身去开大门，发现长发乱处，又一个假想敌来掠余宅。

一九八〇年九月于厦门街

记
忆
像
铁
轨
一
样
长

————

　　我的中学时代在四川的乡下度过。那时正当抗战，号称"天府之国"的四川，一寸铁轨也没有。不知道为什么，年幼的我，在千山万岭的重围之中，总爱对着外国地图，向往去远方游历，而且觉得最浪漫的旅行方式，便是坐火车。每次见到月历上有火车在旷野奔驰，曳着长烟，便心随烟飘，悠然神往，幻想自己正坐在那一排长窗的某一扇窗口，无穷的风景为我展开，目的地呢，则远在千里外等我，最好是永不到达，好让我永不下车。那平行的双轨一路从天边疾射而来，像远方伸来的双手，要把我接去未知；不可久视，久视便受它催眠。

　　乡居的少年那么神往于火车，大概因为它雄伟而修长，轩昂的车头一声高啸，一节节的车厢铿铿跟进，那气派真是慑人。至于轮轨相激枕木相应的节奏，初则铿锵而慷慨，继则单调而催眠，也另有一番情韵。过桥时俯瞰深谷，真若下临无地，蹑虚而行，一颗心，也忐忐忑忑吊在半空。黑暗迎面撞来，当头罩下，一点准备也没有，那是过山洞。惊魂未定，两壁的回声轰动不绝，你已经愈陷愈深，冲进山岳的盲肠里去了。光明在山的那一头迎你，先是一片幽昧的微熹，迟疑不决，蓦地天光豁然开朗，黑洞把你吐回给白昼。这一连串的经验，从惊到喜，中间还带着不安和神秘，历时虽短而印象很深。

坐火车最早的记忆是在十岁。正是抗战第二年，母亲带我从上海乘船到安南，然后乘火车北上昆明。滇越铁路与富良江平行，依着横断山脉蹲踞的余势，江水滚滚向南，车轮铿铿向北。也不知越过多少桥，穿过多少山洞。我靠在窗口，看了几百里的桃花映水，真把人看得眼红、眼花。

入川之后，刚亢的铁轨只能在山外远远喊我了。一直要等胜利还都，进了金陵大学，才有京沪路上疾驶的快意。那是大一的暑假，随母亲回她的故乡武进，铁轨无尽，伸入江南温柔的水乡，柳丝弄晴，轻轻地抚着麦浪。可是半年后再坐京沪路的班车东去，却不再中途下车，而是直达上海。那是最哀伤的火车之旅了：红旗渡江的前夕，我们仓皇离京，还是母子同行，幸好儿子已经长大，能够照顾行李。车厢挤得像满满一盒火柴，可是乘客的四肢却无法像火柴那么排得平整，而是交肱叠股，摩肩错臂，互补着虚实。母亲还有座位。我呢，整个人只有一只脚半踩在茶几上，另一只则在半空，不是虚悬在空中，而是斜斜地半架半压在各色人等的各色肢体之间。这么维持着"势力均衡"，换腿当然不能，如厕更是妄想。到了上海，还要奋力夺窗而出，否则就会被新拥上车来的回程旅客夹在中间，挟回南京去了。

来台之后，与火车更有缘分。什么快车慢车、山线海线，都有缘在双轨之上领略，只是从前京沪路上的东西往返，这时变成了纵贯线上的南北来回。滚滚疾转的风火千轮上，现代哪吒的心情，有时是出发的兴奋，有时是回程的慵懒，有时是午晴的遐思，有时是夜雨的落寞。大玻璃窗招来豪阔的山水，远近的城村；窗外的光景不断，窗内的思绪不绝，真成了情景交融。尤其是在长途，终站尚远，两头都搭不上现实，这是你一切都被动的过渡时期，可以绝对自由地大想心事，任意识乱流。

饿了，买一盒便当充午餐，虽只一片排骨，几块酱瓜，但在快览风景的高速动感下，却显得特别可口。台中站到了，车头重重地喘一口气，颈挂零食拼盘的小贩一拥而上，太阳饼、凤梨酥的诱惑总难以拒绝。照例一盒盒买上车来，也不一定是为了有多美味，而是细嚼之余有一股甜津津的乡情，以及那许多年来，唉，从年轻时起，在这条线上进站、出站、过站，初旅、重游、挥别，重重叠叠的回忆。

最生动的回忆却不在这条线上，在阿里山和东海岸。拜阿里山神是在十二年前。朱红色的窄轨小火车在洪荒的岑寂里盘旋而上，忽进忽退，忽蠕蠕于悬崖，忽隐身于山洞，忽又引吭一呼，回声在峭壁间来回反弹。万绿丛中牵曳着一线媚红，连高古的山颜也板不起脸来了。

拜东岸的海神却近在三年以前，是和我存一同乘电气化火车从北回线南下。浩浩的太平洋啊，日月之所出，星斗之所生，毕竟不是海峡所能比，东望，是令人绝望的水蓝世界。起伏不休的咸波，在远方，摇撼着多少个港口多少只船，扪不到边，探不到底，海神的心事就连长锚千丈也难窥。一路上怪壁碍天，奇岩镇地，被千古的风浪蚀刻成最丑所以也最美的形貌，罗列在岸边如百里露天的艺廊，刀痕刚劲，一件件都凿着时间的签名，最能满足狂士的"石癖"。不仅岸边多石，海中也多岛。火车过时，一个个岛屿都不甘寂寞，跟它赛起跑来。毕竟都是海之囚，小的，不过跑三两分钟，大的，像龟山岛，也只能追逐十几分钟，就认输放弃了。

萨洛扬的小说里，有一个寂寞的野孩子，每逢火车越野而过，总是兴奋地在后面追赶。四十年前在四川的山国里，对着世界地图悠然出神的，也是那样寂寞的一个孩子，只是在他的门前，连火车也不经过。后来远去外国，越洋过海，坐的却常是飞机，而非火车。飞机虽可想成庄子的逍遥之游，列子的御风之旅，但是出没云间，游行虚碧，变化不多，机窗也太狭小，久之并不耐看。哪像火车的长途，催眠的节奏，多变的风景，从阔窗里看出去，又像是在人间，又像驶出了世外。所以在国外旅行，凡铿铿的双轨能到之处，我总是站在月台——名副其实的"长亭"——上面，等那阳刚之美的火车轰轰隆隆其势不断地踹进站来，来载我去远方。

在美国的那几年，坐过好多次火车。在艾奥瓦城读书的那一年，常坐火车去芝加哥看刘鎏和孙璐。美国是汽车王国，火车并不考究。去芝加哥的老式火车颇有十九世纪遗风，坐起来实在不大舒服，但沿途的风景却看之不倦。尤其到了秋天，原野上有一股好闻的淡淡焦味，太阳把一切成熟的东西焙得更成熟，黄透的枫叶杂着赭尽的橡叶，一路艳烧到天边，谁见过那样美丽的火灾呢？过密西西比河，铁桥上敲起空旷的铿锵，桥影如网，张着抽象美的线条，倏忽已踹过好一片壮阔的烟波。等到暮色在窗，芝城的灯火迎面渐密，那黑人老车掌就喉音重浊地喊出站名：Tanglewood！

有一次，从芝城坐火车回艾奥瓦城。正是圣诞假后，满车都是回校的学生，大半还背着、拎着行囊，更显拥挤。我和好几个美国学生挤在两节车厢之间，等于站在老火车轧轧交挣的关节之上，又冻又渴。饮水的纸杯在众人手上，从厕所一路传到我们跟前。更严重的问题是不能去厕所，因为连那里面也站满了人。火车原已误点，我们在呵气翳窗的芝城总站上早已困立了三四个小时，偏偏隆冬的膀胱最容易注满。终于"满载而归"，一直熬到艾大的宿舍。一泻之余，顿觉身轻若仙，重心全失。

美国火车经常误点，真是恶名昭彰。我在美国下决心学开汽车，完全是给老爷火车激出来的。火车误点，或是半途停下来等到地老天荒，甚至为了说不清楚的深奥原因向后倒开，都是最不浪漫的事。几次耽误，我一怒之下，决定把方向盘握在自己手里，不问山长水远，都可即时命驾。执照一到手，便与火车分道扬镳，从此我骋我的高速路，它敲它的双铁轨。不过在高速路旁，偶见迤迤的列车同一方向疾行，那修长而魁伟的体魄，那稳重而剽悍的气派，尤其是在天高云远的西部，仍令我怦然心动。总忍不住要加速去追赶，兴奋得像西部片里马背上的大盗，直到把它追进了山洞。

一九七六年去英国，周榆瑞带我和彭歌去剑桥一游。我们在维多利亚车站的月台上候车，匆匆来往的人群，使人想起那许多著名小说里的角色，在这"生之旋涡"里卷进又卷出的神色与心情。火车出城了，一路开得不快，看不尽人家后院晒着的衣裳，和红砖翠篱之间明艳而动人的园艺。那年西欧大旱，耐干的玫瑰却恣肆着娇红。不过是八月底，英国给我的感觉却是过了成熟焦点的晚秋，尽管是迟暮了，仍不失为美人。到剑桥飘起霏霏的细雨，更为那一幢幢严整雅洁的中世纪学院平添了一分迷蒙的柔美。经过人文传统日琢月磨的景物，毕竟多一种沉潜的秀逸气韵，不是铝光闪闪的新厦可比。在空幻的雨气里，我们撑着黑伞，踱过剑河上的石洞拱桥，心底回旋的是弥尔顿牧歌中的抑扬名句，不是碛石才子的江南乡音。红砖与翠藤可以为证，半部英国文学史不过是这河水的回声。雨气终于浓成暮色，我们才挥别了灯暖如橘的剑桥小站。往往，大旅途里最具风味的，是这种一日来回的"便游"（side trip）。

两年后我去瑞典开会，回程顺便一游丹麦与西德，特意把斯德哥尔摩到哥本哈根的机票，换成黄底绿字的美丽火车票。这一程如果在云上直飞，一小时便到了，但是在铁轨上轮转，从上午八点半到下午四点半，却足足走了八个小时。云上之旅海天一色，美得未免抽象。风火轮上八小时的滚滚滑行，却带我深入瑞典南部的四省，越过青青的麦田和黄艳艳的芥菜花田，攀过银桦蔽天、杉柏密矗的山地，渡过北欧之喉的峨瑞升德海峡，在香熟的夕照里驶入丹麦。瑞典是森林王国，火车上凡是门窗几椅之类都用木制，给人的感觉温厚而可亲。车上供应的午餐是烘面包夹鲜虾仁，灌以甘冽的嘉士伯啤酒，最合我的胃口。瑞典南端和丹麦北部这一带，陆上多湖，海中多岛，我在诗里曾说这地区是"屠龙英雄的泽国，佯狂王子的故乡"，想象中不知有多阴郁，多神秘。其实那时候正是春夏之交，纬度高远的北欧日长夜短，柔蓝的海峡上，迟暮的天色久久不肯落幕。我在延长的黄昏里独游哥本哈根的夜市，向人鱼之港的灯影花香里，寻找疑真疑幻的传说。

西德之旅，从杜塞尔多夫到科隆的一程，我也改乘火车。德国的车厢跟瑞典的相似，也是一边是狭长的过道，另一边是方形的隔间，装饰古拙而亲切，令人想起旧世界的电影。乘客稀少，由我独占一间，皮箱和提袋任意堆在长椅上。银灰与橘红相映的火车沿莱茵河南下，正自纵览河景，查票员说科隆到了。刚要把行李提上走廊，猛一转身，忽然瞥见蜂房蚁穴的街屋之上峻然拔起两座黑黝黝的尖峰，瞬间的感觉，极其突兀而可惊。定下神来，火车已经驶近那一双怪物，峭险的尖塔下原来还整齐地绕着许多小塔，锋芒逼人，拱卫成一派森严的气象，那么崇高而神秘，中世纪哥特式的肃然神貌耸在半空，无闻于下界琐细的市声。原来是科隆的大教堂，在莱茵河畔顶天立地已七百多岁。火车在转弯。不知道是否因为车身微侧，竟感觉那一对巨塔也峨然倾斜，令人吃惊。不知飞机回降时成何景象，至少火车进城的这一幕十分壮观。

三年前去里昂参加国际笔会的年会，从巴黎到里昂，当然是乘火车，为了深入法国东部的田园诗里，看各色的牛群，或黄或黑，或白底而花斑，嚼不尽草原上缓坡上远连天涯的芳草萋萋。陌生的城镇，点名一般地换着站牌。小村更一现即逝，总有白杨或青枫排列于乡道，掩映着粉墙红顶的村舍，衬以教堂的细瘦尖塔，那么秀气地针着远天。西斯莱、毕沙罗，在初秋的风里吹弄着牧笛吗？那年法国刚通了东南线的电气快车，叫作 Le TGV（Train à Grande Vitesse），时速三百八十公里，在报上大事宣扬。回程时，法国笔会招待我们坐上这骄红的电鳗；由于座位是前后相对，我一路竟倒骑着长鳗进入巴黎。在车上也不觉得怎么"风驰电掣"，颇感不过如此。今年初夏和纪刚、王蓝、健昭、杨牧一行，从东京坐子弹车射去京都，也只觉其"稳健"而已。车到半途，天色渐昧，正吃着鳗鱼佐饭的日本便当，吞着苦涩的札幌啤酒，车厢里忽然起了骚动，惊叹不绝。在邻客的探首指点之下，讶见富士山的雪顶白矗晚空，明知其为真实，却影影绰绰，像一片可怪的幻象。车行极快，不到三五分钟，那一影淡白早已被近丘所遮。那样快的变动，敢说浮世绘的画师，戴笠挎剑的武士，都不曾见过。

　　台湾中南部的大学常请台北的教授前往兼课，许多朋友不免每星期南下台中、台南或高雄。从前龚定盦奔波于北京与杭州之间，柳亚子说他"北驾南舣到白头"。这些朋友在岛上南北奔波，看样子也会奔到白头，不过如今是在双轨之上，不是驾马舣舟。我常笑他们是演《双城记》，其实近十年来，自己在台北与香港之间，何尝不是如此？在台北，三十年来我一直以厦门街为家。现在的汀州路二十年前是一条窄轨铁路，小火车可通新店。当时年少，我曾在夜里踏着轨旁的碎石，鞋声轧轧地走回家去，有时索性走在轨道上，把枕木踩成一把平放的长梯。时常在冬日的深宵，诗写到一半，正独对天地之悠悠，寒战的汽笛声会一路沿着小巷呜呜传来，凄清之中有其温婉，好像在说：全台北都睡了，我也要回站去了，你，还要独撑这倾斜的世界吗？夜半钟声到客船，那是张继。而我，总还有一声汽笛。

　　在香港，我的楼下是山，山下正是九广铁路的中途。从黎明到深夜，在阳台下滚滚碾过的客车、货车，至少有一百班。初来的时候，几乎每次听见车过，都不禁要想起铁轨另一头的那一片土地，简直像十指连心。十年下来，那样的节拍也已听惯，早成大寂静里的背景音乐，与山风海潮合成浑然一片的天籁了。那轮轨交磨的声音，远时哀沉，近时壮烈，清晨将我唤醒，深宵把我摇睡，已经潜入了我的脉搏，与我的呼吸相通。将来我回去台湾，最不惯的恐怕就是少了这金属的节奏，那就是真正的寂寞了。也许应该把它录下音来，用最敏感的机器，以备他日怀旧之需。附近有一条铁路，就似乎把住了人间的动脉，总是有情的。

香港的火车电气化之后，大家坐在冷静如冰箱的车厢里，忽然又怀起古来，隐隐觉得从前的黑头老火车，曳着煤烟而且重重叹气的那种，古拙刚愎之中仍不失可亲的味道。在从前那种车上，总有小贩穿梭于过道，叫卖斋食与"凤爪"，更少不了的是报贩。普通票的车厢里，不分三教九流，男女老幼，都杂杂沓沓地坐在一起，有的默默看报，有的怔怔望海，有的瞌睡，有的啃鸡爪，有的闲闲地聊天，有的激昂慷慨地痛论国是，但旁边的主妇并不理会，只顾得呵斥自己的孩子，如果你要香港社会的样品，这里便是。周末的加班车上，更多广州返来的回乡客，一根扁担，就挑尽了大包小笼。此情此景，总令我想起杜米埃（Honoré Daumier）的名画《三等车上》。只可惜香港没有产生自己的杜米埃，而电气化后的明净车厢里，从前那些汗气、土气的乘客，似乎一下子都不见了，小贩子们也绝迹于月台。我深深怀念那个摩肩抵肘的时代。站在今日画了黄线的整洁月台上，总觉得少了一点什么，直到记起了从前那一声汽笛长啸。

写火车的诗很多，我自己都写过不少。我甚至译过好几首这样的诗，却最喜欢土耳其诗人塔朗吉（Cahit Sitki Taranci）的这首：

去什么地方呢？这么晚了，

美丽的火车，孤独的火车？
凄苦是你汽笛的声音，
令人记起了许多事情。

为什么我不该挥舞手巾呢？
乘客多少都跟我有亲。
去吧，但愿你一路平安，
桥都坚固，隧道都光明。

一九八四年五月七日

# 假如我有九条命

———

假如我有九条命，就好了。

一条命，就可以专门应付现实的生活。苦命的丹麦王子说过：既有肉身，就注定要承受与生俱来的千般惊扰。现代人最烦的一件事，莫过于办手续；办手续最烦的一面莫过于填表格。表格愈大愈好填，但要整理和收存，却愈小愈方便。表格是机关发的，当然力求其小，于是申请人得在四根牙签就塞满了的细长格子里，填下自己的地址。许多人的地址都是节外生枝，街外有巷，巷中有弄，门牌还有几号之几，不知怎么填得进去。这时填表人真希望自己是神，能把须弥纳入芥子，或者只要在格中填上两个字："天堂"。一张表填完，又来一张，上面还有密密麻麻的各条说明，必须皱眉细阅。至于照片、印章，以及各种证件的号码，更是缺一不可。于是半条命已去了，剩下的半条勉强可以用来回信和开会，假如你找得到相关的来信，受得了邻座的烟熏。

一条命，有心留在台北的老宅，陪伴父亲和岳母。父亲年逾九十，右眼失明，左眼不清。他原是最外倾好动的人，喜欢与乡亲契阔谈宴，现在却坐困在半昧不明的寂寞世界里，出不得门，只能追忆冥隔了二十七年的亡妻，怀念分散在外地的子媳和孙女。岳母也已过了八十，五年前断腿至今，步履不再稳便，却能勉力以蹒跚之身，照顾旁边的朦胧之人。她原是我的姨母，家母亡故以来，她便迁来同住，主持失去了主妇之家的琐务，对我的殷殷照拂，情如半母，使我常常感念天无绝人之路，我失去了母亲，神却再补我一个。

一条命，用来做丈夫和爸爸。世界上大概很少全职的丈夫，男人忙于外务，做这件事不过是兼差。女人做妻子，往往却是专职。女人填表，可以自称"主妇"（housewife），却从未见过男人自称"主夫"（house husband）。一个人有好太太，必定是天意，这样的神恩应该细加体会，切勿视为当然。我觉得自己做丈夫比做爸爸要称职一点，原因正是有个好太太。做母亲的既然那么能干而又负责，做父亲的也就乐得"垂拱而治"了。所以我家实行的是总理制，我只是合照上那位俨然的元首。四个女儿天各一方，负责通信、打电话的是母亲，做父亲的总是在忙别的事情，只在心底默默怀念着她们。

一条命，用来做朋友。中国的"旧男人"做丈夫虽然只是兼职，但是做起朋友来却是专任。妻子如果成全丈夫，让他仗义疏财，去做一个漂亮的朋友，"江湖人称小孟尝"，便能赢得贤名。这种有友无妻的作风，"新男人"当然不取。不过新男人也不能遗世独立，不交朋友。要表现得"够朋友"，就得有闲、有钱，才能近悦远来。穷忙的人怎敢放手去交游？我不算太穷，却穷于时间，在"够朋友"上面只敢维持低姿态，大半仅是应战。跟身边的朋友打完消耗战，再无余力和远方的朋友隔海越洲，维持庞大的通讯网了。演成近交而不远攻的局面，虽云目光如豆，却也由于鞭长莫及。

一条命，用来读书。世界上的书太多了，古人的书尚未读通三卷两帙，今人的书又汹涌而来，将人淹没。谁要是能把朋友题赠的大著通通读完，在斯文圈里就称得上是圣人了。有人读书，是纵情任性地乱读，只读自己喜欢的书，也能成为名士。有人呢，是苦心孤诣地精读，只读名门正派的书，立志成为通儒。我呢，论狂放不敢做名士，论修养不够做通儒，有点不上不下。要是我不写作，就可以规规矩矩地治学；或者不教书，就可以痛痛快快地读书。假如有一条命专供读书，当然就无所谓了。

书要教得好，也要全力以赴，不能随便。老师考学生，毕竟范围有限，题目有形。学生考老师，往往无限又无形。上课之前要备课，下课之后要阅卷，这一切都还有限。倒是在教室以外和学生闲谈问答之间，更能发挥"人师"之功，在"教"外施"化"。常言"名师出高徒"，未必尽然。老师太有名了，便忙于外务，席不暇暖，怎能即之也温？倒是有一些老师"博学而无所成名"，能经常与学生接触，产生实效。

另一条命应该完全用来写作。台湾的作家极少是专业，大半另有正职。我的正职是教书，幸而所教与所写颇有相通之处，不至于互相排斥。以前在台湾，我日间教英文，夜间写中文，颇能并行不悖。后来在香港，我日间教三十年代文学，夜间写八十年代文学，也可以各行其是。不过艺术是需要全神投入的活动，没有一位兼职然而认真的艺术家不把艺术放在主位。鲁本斯任荷兰驻西班牙大使，每天下午在御花园里作画。一位侍臣在园中走过，说道："哟，外交家有时也画几张画消遣呢。"鲁本斯答道："错了，艺术家有时为了消遣，也办点外交。"陆游诗云："看渠胸次隘宇宙，惜哉千万不一施。空回英概入笔墨，生民清庙非唐诗。向令天开太宗业，马周遇合非公谁？后世但作诗人看，使我抚几空嗟咨。"陆游认为杜甫之才应立功，而不应仅仅立言，看法和鲁本斯正好相反。我赞成鲁本斯的看法，认为立言已足自豪。鲁本斯所以传后，是由于他的艺术，不是他的外交。

　　一条命，专门用来旅行。我认为没有人不喜欢到处去看看：多看他人，多阅他乡，不但可以认识世界，亦所以认识自己。有人旅行是乘豪华邮轮，谢灵运再世大概也会如此。有人背负行囊，翻山越岭。有人骑自行车环游天下。这些都令我羡慕。我所优为的，却是驾车长征，去看天涯海角。我的太太比我更爱旅行，所以夫妻两人正好互做旅伴，这一点只怕徐霞客也要艳羡。不过徐霞客是大旅行家、大探险家，我们，只是浅游而已。

　　最后还剩一条命，用来从从容容地过日子，看花开花谢，人往人来，并不特别要追求什么，也不被"截止日期"所追迫。

一九八五年七月七日

# 没有邻居的都市

———

一

　　六年前从香港回来，就一直定居在高雄，无论是醒着梦着，耳中隐隐，都是海峡的涛声。老朋友不免见怪：为什么我背弃了台北。我的回答是：并非我背弃了台北，而是台北背弃了我。

　　在南部这些年来，若无必要，我绝不轻易北上。有时情急，甚至断然说道："拒绝台北，是幸福的开端！"因为事无大小，台北总是坐庄，诸如开会、演讲、聚餐、展览等等，要是台北一招手就仓皇北上，我在高雄的日子就过不下去了。

　　这么说来，我真像一个无情的人了，简直是忘恩负义。其实不然。我不去台北，少去台北，怕去台北，绝非因为我忘了台北，恰恰相反，是因为我忘不了台北——我的台北，从前的台北。那一坳繁华的盆地，那一盆少年的梦，壮年的回忆，盛着我初做丈夫、初做父亲、初做作家和讲师的情景，甚至更早，盛着我还是学生还有母亲的岁月——当时灿烂，而今已成黑白片了的五十年代，我的台北；无论我是坐汽车从西北，或是坐火车从西南，或是坐飞机从东北进城，那个台北是永远回不去了。

至于从八十年代忽已跨进九十年代的台北，无论从报上读到，从电视上看到，或是亲身在街头遇到的，大半都不能令人高兴；无论先知或骗子用什么"过渡""多元""开放"来诠释，也不能令人感到亲切。你走在忠孝东路上，整个亮丽而嚣张的世界就在你肘边推挤，但一切又似乎离你那么遥远，什么也抓不着，留不住。像传说中一觉醒来的猎人，下得山来，闯进了一个陌生的世界，你走在台北的街上。

所谓乡愁，如果是地理上的，只要一张机票或车票，带你到熟悉的门口，就可以解决了。如果是时间上的呢，那所有的路都是单行，所有的门都闭上了，没有一扇能让你回去。经过香港的十年，我成了一个时间的浪子，背着记忆沉重的行囊，回到台北的门口，却发现金钥匙丢了，我早已把自己反锁在门外。

惊疑和怅惘之中，即使我叫开了门，里面对立着的，也不过是一张陌生的脸，冷漠而不耐。

"那你为什么去高雄呢？"朋友问道，"高雄就认识你吗？"

"高雄原不识年轻的我，"我答道，"我也不认识从前的高雄。所以没有失落什么，一切可以从头来起。台北不同，背景太深了，自然有沧桑。台北盆地是我的回声谷，无穷的回声绕着我，祟着我，转成一个记忆的旋涡。"

## 二

那条厦门街的巷子当然还在那里。台北之变，大半是朝东北的方向，挖土机对城南的蹂躏，规模小得多了。如果台北盆地是一个大回声谷，则厦门街的巷子是一条曲折的小回声谷，响着我从前的步声。我的那条"家巷"，一一三巷，巷头连接厦门街，巷尾通到同安街，当然仍在那里。这条窄长的巷子，颇有文学的历史。五十年代，台湾《新生报》的宿舍就在巷腰，常见彭歌的踪影。有一度，潘垒也在巷尾卜居。台湾《文学杂志》的时代，发行人刘守宜的寓所，亦即杂志的社址，就在巷尾斜对面的同安街另一小巷内。所以那一带的斜巷窄弄，也常闻夏济安、吴鲁芹的咳唾风生，夏济安因兴奋而赧赧的脸色，对照着吴鲁芹泰然的眸光。王文兴家的日式古屋掩映在老树荫里，就在同安街尾接水源路的堤下，因此脚程所及，也常在附近出没。那当然还是《家变》以前的淹远岁月。后来黄用家也迁去一一三巷，门牌只差我家几号，一阵风过，两家院子里的树叶都会前后吹动的。

赫拉克利特说过："后浪之来，滚滚不断。拔足更涉，已非前流。"时光流过那条长巷的回声狭谷，前述的几人也都散了。只留下我这厦门人氏，长守在厦门街的僻巷，直到八十年代的中叶，才把它，我的无根之根，非产之产，交给了晚来的洪范书店和尔雅出版社去看顾。

只要是我的"忠实读者"，没有不知道厦门街的。近乎半辈子在其中消磨，母亲在其中谢世，四个女儿和十七本书在其中诞生，那一带若非我的乡土，至少也算是我的市井、街坊、闾里或故居。

若是我患了梦游症，警察当能在那一带将我寻获。

尽管如此，在我清醒的时刻，是不会去重游旧地的。尽管每个月必去台北，却没有勇气再踏进那条巷子，更不敢去凭吊那栋房子，因为巷子虽已拓宽、拉直，两旁却立刻停满了汽车，反而更形狭隘。曾经是扶桑花、九重葛掩映的矮墙头，连带扶疏的树影全不见了，代之蠢起的是层层叠叠的公寓，和另一种枝柯的天线之网。清脆的木屐敲叩着满巷的宁谧，由远而近，由近而低沉。清脆的脚踏车铃在门外叮叮曳过，那是早晨的报贩，黄昏放学的学生，还有三轮车夹杂其间。夜深时自有另外的声音来接班，凄清而幽怨的是按摩女或盲者的笛声，悠缓地路过，低抑中透出沉洪的，是呼唤晚睡人的"烧肉粽"。那烧肉粽，一掀开笼盖白气就腾入夜色，我虽然从未开门去买过，但是听在耳里，知道巷子里还有人在和我分担深夜，却减了我的寂寞。

但这些都消失了，拓宽而变窄的巷子，激荡着汽车、爆发着机车的噪音。巷里住进了更多的人，却失去了邻居，因为回家后人人都把自己关进了公寓，出门，又把自己关进了汽车。走在今日的巷子里，很难联想起我写的《月光曲》：

> 厦门街的小巷纤细而长
> 用这样干净的麦管吸月光
> 凉凉的月光，有点薄荷味的月光

而机器狼群的厉噪，也淹盖了我的《木屐怀古组曲》：

踢踢踏

踏踏踢

给我一双小木屐

让我把童年敲敲醒

像用笨笨的小乐器

从巷头

到巷底

踢力踏拉

踏拉踢力


### 三

五十年代的青年作者要投稿，台湾"《中央副刊》"是兵家必争之地。我从香港来台，插班台大外文系三年级，立刻认真向台湾"《中央副刊》"投稿，每投必中。只有一次诗稿被退，我不服气，把原诗再投一次，竟获刊出。这在中国的投稿史上，不知有无前例。最早的时候，每首诗的稿酬是五元，已经够我带女友去看一场电影，吃一次馆子了。

诗稿每次投去，大约一周之后刊登。算算日子到了，一大清早只要听到前院啪嗒一声，那便是报纸从竹篱笆外飞了进来。我就推门而出，拾起大王椰树下的报纸，就着玫红的晨曦，轻轻、慢慢地抽出里面的副刊。最先瞥见的总是最后一行诗，只一行就够了，是自己的。那一刹那，世界多奇妙啊，朝霞是新的，报纸是新的，自己的新作也是簇簇新崭崭新。编者又一次肯定了我，世界，又一次向我瞩目，真够人飘飘然的了。

不久稿费通知单就来了，静静抵达门口的信箱。当然还有信件、杂志、赠书。世界来敲门，总是骑着脚踏车来的，刹车声后，更揿动痉挛的电铃。我要去找世界呢，也是先牵出轻俊而灵敏的赫趔力士（Hercules），左脚点镫，右脚翻腾而上，曳一串爽脆的铃声，便上街而去。脚程带劲而又顺风的话，下面的双轮踩得出哪吒的气势，中山北路女友的家，十八分钟就到了。

台大毕业的那个夏夜，我和萧垧胜并驰脚踏车直上圆山，躺在草地上怔怔地对着星空。学生时代终于告别了，而未来充满了变数，不知如何是好。那时候还没有流行什么"失落的一代"，我们却真是失落了。幸好人在社会，身不由己。大学生毕业后受训、服役，从我们那一届开始。我们是外文系出身，不必去凤山严格受训，便留在台北做起翻译官来。我先后在"国防部"的联络局与第三厅服役，竟然出入"总统府"达三年之久。直到一九五六年，夏济安因为事忙，不能续兼东吴的散文课，要我去代课。这是我初登大学讲坛的因缘。

住在五十年代的台北，自觉红尘十丈，够繁华的了。其实人口压力不大，交通也还流畅，有些偏僻街道甚至有点田园的野趣。骑着脚踏车，在和平东路上向东放轮疾驶，翘起的拇指山蛮有性格地一直在望，因为前面没有高楼，而一过新生南路，便车少人稀，屋宇零落，开始荒了。双轮向北，从中山北路二段右转上了南京东路，并非今日宽坦的四线大道，啊，不是，只是一条粗铺的水泥弯路，在水田青秧之间蜿蜒而隐。我上台大的那两年，双轮沿罗斯福路向南，右首尽是秧田接秧田，那么纯洁无辜的鲜绿，偏偏用童真的白鹭来反喻，怎不令人眼馋，若是久望，真要得"餍绿症"了。这种幸福的危机，目迷霓虹的新台北人是不用担心的。

大四那一年的冬天，一日黄昏，寒流来袭，吴炳钟老师召我去他家吃火锅。冒着削面的冰风骑车出门，我先去衡阳街兜了一圈。不过八点的光景，街上不但行人稀少，连汽车、脚踏车也见不到几辆，只有阴云压着低空，风声摇撼着树影。五十年代的台北市，今日回顾起来，只像一个不很起眼的小省城，繁荣或壮丽都说不上，可是空间的感觉似乎很大，因为空旷，至少比起今日来，人稀车少，树密屋低。四十年后，台北长高了，显得天小了，也长大了，可是因为挤，反而显得缩了。台北，像裹在所有台北人身上的一件紧身衣。那紧，不但是对肉体，也是对精神的压力，不但是空间上，也是时间上的威胁。一根神经质的秒针，不留情面地追逐所有的台北人。长长短短的截止日期，为你设下了大限小限，令你从梦里惊醒。只要一出门，天罗地网的招牌、噪音、废气、资讯资讯资讯，就把你鞭笞成一只无助的陀螺。

何时你才能面对自己呢？

那时的武昌街头，一位诗人可以靠在小书摊上，君临他独坐的王国，与磨镜自食的斯宾诺莎，以桶为家的戴阿吉尼司遥遥对笑。而牯岭街的矮树短墙下，每到夜里，总有一群梦游昔日的书迷，或老或小，或佝偻，或蹲踞，向年淹代远的一堆堆一叠叠残篇零简、孤本秘籍，各发其思古之幽情。

那时的台北，有一种人叫作"邻居"。在我厦门街巷居的左邻，有一家人姓程。每天清早，那父亲当庭漱口，声震四方。晚餐之后，全家人合唱圣歌，天伦之乐随安详的旋律飘过墙来。四十年后，这种人没有了。旧式的"厝边人"全绝迹了，换了一批戴面具的"公寓人"。这些人显然更聪明，更富有，更忙碌，爱拼才会赢，令人佩服，却难以令人喜欢。

台北已成没有邻居的都市。

使我常常回忆发迹以前的那座古城。它在电视和电脑的背后，传真机和行动电话的另一面。坐上三轮车我就能回去，如果我找到得一辆三轮车。

一九九二年一月

（本文略有删改——编者注）

# 双城记往

―――――

一

英国小说大家狄更斯的名著《双城记》，以法国大革命的动荡时代为背景，叙述在伦敦与巴黎之间发生的一个悲壮故事。卷首的一段名言，道尽一个伟大时代的希望与绝望，矛盾之中别有天机，历来不断有人引述。其实双城的现象不但见于时势与国运，即使在个人的生命里，也常成为地理的甚至心理的格局。不过双城的格局也应具相当的条件。例如相距不可太远，否则相互的消长激荡不够迅疾，也欠明显。同时双方必须势均力敌，才成其为犄角之势，而显得紧张有趣，否则以小事大或以大吞小，就难谓其双了。另一方面，距离也不能太小，格调也不能太近，否则缺少变化，没有对照，就有点像复制品了。

这么说来，《安娜·卡列尼娜》中的莫斯科与圣彼得堡也算得是双城。长安与洛阳先后成为西汉与东汉的京都，当然也是双城。其实长安的故址镐京与洛阳，先后也是西周与东周建都所在。民初作家笔下并称的京沪，旗鼓相当，确有双城之势，但是对我并非如此，只因我久居南京而少去上海。抗战时代，我在重庆七年，却无缘一游成都。后来在厦门大学读了一学期，也从未去过福州。我的生命之中出现双城的形势，是从台北和香港之间开始，那时，七十年代已近中叶了。

其实对我说来，七十年代是从丹佛启幕的。在落基大山皑皑雪峰的冷视下，我在那高旱的山城住了两年，诗文的收获不丰，却带回来热烈的美国民谣和摇滚乐，甚至宣称：在踏入地狱之前，如果容我选择，则我要带的不一定是诗，而且一定不是西洋现代诗。

一九七一年夏天我回到台北，满怀鼓吹美国摇滚乐的热情，第一件事情便是在《人间》副刊发表我翻译的一篇长文，奈德·罗伦（Ned Rorem）所撰的《披头的音乐》，颇令一般文友感到意外。那时的台湾，经济正趋繁荣，"外交"却遭重挫，政治气氛相当低迷。主编王鼎钧拿到我的稿子，同样觉得意外，并且有点政治敏感，显得沉吟不决，但终于还是刊出了。不久我去各校演讲，常以美国的摇滚乐为题，听众很多。我对朋友自嘲说，我大概是台湾最老的摇滚乐迷了，同时我为《皇冠》杂志写一个专栏，总名《听，那一窝夜莺》，原拟介绍十二位女歌手，包括琼妮·米巧和阿丽莎·富兰克林，结果只刊了琼·拜丝和久迪·柯玲丝两位便停笔了，十分可惜。

自己的创作也受到歌谣的影响。其实早从丹佛时代的《江湖上》起，这影响已经开始。在诗集《白玉苦瓜》里，这种民谣风的作品至少有十首：日后的《两相惜》《小木屐》等作仍是沿此诗风歌韵。当时写这些格律小品，兴到神来，挥笔而就，无须终夕苦吟，却未料到他日流传之广，入乐之频，远远超过深婉曲折的长篇。像《乡愁》《民歌》《乡愁四韵》这几首，大陆读者来信，就经常提起。诗，比人先回乡，该是诗人最大的安慰。

这当然是后来的事了。但是早在七十年代初期，这些诗在受歌谣启示之余，已经倒过来诱发了台湾当时所谓的现代民谣。杨弦把我的八首诗谱成了新曲，有的用西洋摇滚的节奏，像《摇摇民谣》；有的伴以二胡低回而温婉的乡音，像《乡愁》。不过杨弦统称之为现代民歌，而且在一九七五年六月六日的雨夜，领着一群歌手与琴手，演唱给中山堂的两千听众。这时，七十年代刚到半途。

后来现代民歌渐成气候，年轻的作曲者和歌手纷纷兴起，又成了校园歌曲，历七十年代而不衰。但自八十年代以来，这一股清新的支流渐被吸入流行歌曲的滔滔洪流，泾渭难分，下落不明。除了像罗大佑那样仍能保持鲜明的反叛风格者之外，多半都已陷入商业主义，不但内容浅薄，歌词尤其鄙陋。

二

在六十年代的文坛，期刊杂志曾经是为严肃文学证道甚至殉道的重镇。除了同人诗刊之外，《文星》《现代文学》《文学季刊》《幼狮文艺》《纯文学》等杂志，前前后后，撑持了大半个文坛。若要追寻六十年代的脚印，多在此中，因为那时报纸的副刊，除了林海音、王鼎钧少数主编者之外，都不很同情现代文学，所以"前卫作家"之类不得不转入地下，成为"半下流社会"。

但是到了七十年代，情况却有了逆转，副刊渐执文坛牛耳，文学杂志却靠边站了。令人印象最深的，乃是崛起《人间》的"高信疆现象"。……在文坛上，当时写实主义与乡土意识乃应运而生。高信疆适时出现，英勇而灵巧地推进了当年的文运，影响至为深远。方其盛时，简直可以"挟缪斯以召作家"，左右文坛甚至文化界的气候。他的精力旺，反应快，脚步勤，点子也多，很有早年萧孟能、朱桥的遗风，却比前人多了大报的销路、频率、财力可供驱遣。从专题策划到美工升级，从专访、座谈、演讲、论战到大型文学奖的评审，副刊在高信疆的运转之下，发挥了前所未有的魅力与影响。

这情形，直到一九七八年痖弦从威斯康星学成归国，才有改观。痖弦是一位杰出诗人，且有多年主编《幼狮文艺》的经验，文坛的渊源深广，接手《联副》之后，自然成为另一重镇。于是两大报副刊争雄的局面展开，成为文坛新的生态。在七十年代，报禁未开，每天三大张的篇幅中，副刊最具特色，影响十分深远。作家在大报上只要刊出一篇好作品，就为文坛众所瞩目。反而在解严之后，各报大事增张，徒然多了一些言不及义的港式"无厘头"副刊，模糊了文艺和消遣的区分。在"鸡兔同笼"的浑水里，真正的作家欲求一文惊世，比从前反而要难得多了。

七十年代的文学期刊，只有《中外文学》和《书评书目》等寥寥几种，影响不如六十年代。两大报的副刊不但读者多、稿酬高、言论开放、文章整齐、版面活泼，且多海外作者，视界较宽。两边的编辑部有的是人力与财力，而且勤于邀约海外稿件，因为当时台湾的言论与资讯限制仍多，海外学者与作家乃显得见多识广，尤以对大陆的情况为然，何况人在海外，也比较不怕政治禁忌。所以夏志清的论评、陈若曦的小说，每刊一篇，常会引起一阵轰动。曾有若干作者，在台湾投稿不刊，去了美国再投回来，就登出来了。这种"远来僧尼情意结"（因为有不少女作家），引起一句笑话："到人间的捷径是经由美国。"

## 三

香港，当然也是一条捷径。早在七十年代，相对于台北的禁闭，香港是两岸之间地理最逼近、资讯最方便、政治最敏感、言论却最自由的地区；而在两岸若离若接的后门，也是观察家、统战家、记者、间谍最理想的看台。

…………

我去香港中文大学的中文系任教，是在一九七四年的夏末。这决定对我的后半生影响重大，因为我一去就是十一年，再回头时，头已白了。如果我当初留在台北，则我的大陆情结不得发展，而我的香港因缘也无由发生，于是作品的主题必大为改观，而文学生命也另呈风貌。历史的棋局把我放在七十年代后期的香港，对我说来，是不能再好的一步。

但是初去香港，却面临一大挑战。英语和粤语并行，西方和东方交汇，左派和右派对立，香港确实是充满矛盾而又兼容并蓄的地方：两岸下棋，它观棋，不但观棋，还要评棋。

我去香港，正值"文革"末期，……中文大学的学生会，口号是"认祖关社"（认识祖国，关心社会），言论完全追随新华社，对台湾的一切都予否定。从九龙乘渡轮去香港，中国银行顶楼垂下的大红布条，上书"战无不胜的毛泽东思想万岁"……在波上赫然可见……

在那种年代，一个敏感的艺术心灵，只要一出松山机场，就势必承受海外的风雨。香港，中国大陆统战的后门，在"文革"期间风雨更大。首先，你发现身边的朋友都变了。於梨华学妹进入大陆的前夕，在香港和我见面，席间的语气充满了对"新大陆"……的乐观。温健骝，我在政大的高足，准备研究《金光大道》做他的博士论文，并且苦谏落伍的老师，应该认清什么才是中国文学的大道。唐吉诃德方欲苦战风车，却发现桑丘·庞沙，甚至罗西南代都投向了磨坊的一方，心情可想而知。

然后是左报左刊的围剿，文章或长或短，体裁有文有诗，前后加起来至少有十万字，罪名不外是"反华""反人民""反革命"。有一首长诗火力射向夏志清和我，中间还有这样义正词严的警句：你精致的白玉苦瓜，怎禁得起工人的铁锤一挥？时间到了，终难逃人民的审判！

上课也有问题。我教的一门"现代文学"，范围是"五四"以来的中国新文学，选课的学生少则五六十人，多则逾百。可是坊间的新文学史之类，不外是王瑶、刘绶松所著，意识形态一律偏左，从胡适到沈从文，从梁实秋到钱锺书，凡非左作家不是否定，便是消音，没有一本可用。我只好自编史纲，自选教材，从头备起课来。还记得在讲新诗的时候，一位左倾的学生问我，为什么不选些当代进步的诗人。我正沉吟之际，班上另一位学生却抢着说："那些诗多乏味，有什么读头？"问话的男生拗不过答话的女生，就不再提了。那女生，正是黄维樑的妹妹绮莹。

每学期末批阅学生的报告，也是一大工程，不但要改别字，剔出语病，化解生硬冗赘的西化句法，更要指出其中史观之浅陋、评价之失当，在眉批之外，更要在文末撮要总评。有一年的暑假，几乎就整个花在这件事上。终于渐见成效，学生的流行观念渐见修正。如此两年之后，"四人帮"下台，"文革"结束，香港的大学生们才真正重新"认识祖国"。也就在这时，梁锡华与黄维樑新受聘于中文大学，来中文系和我同事。我们合力，纠正了新文学教学上肤浅与偏激之病，把这些课程渐渐带上宽阔的正轨。

四

七十年代的台北，曾经是不少香港人心目中可羡的文化城。以治安而言，当年台北远胜于香港，侨生漫步于夜深的台北，觉得是一大解脱。一九七五年，中文大学入学试的中文作文，题目是《香港应否恢复死刑？》，考生多以慨叹本地治安不宁破题，再引台北为例，说明有死刑的地方有多么宁静，结论是香港应该学学台北。

那时香港的作家羡慕台北的报纸重视文学，不但园地公开，篇幅充裕，稿酬优厚，而且设立文学奖，举办演讲会，对社会影响至巨；也羡慕台北的书市繁荣，文学书籍出得又多又快，水准整齐，销路也好。颇有一些香港作家愿意，甚至只能，在台北出书。同时，台湾学生的中文程度，也要比香港高出一截。

二十年后，台北的这些优势都似乎难以保持了。中产阶级因治安恶化、政局动荡而想移民。作家们甚至在讨论，文学是否已死亡。文学奖设得很多，奖金丰富，但竞争不够热烈，而得奖人别字不少。台湾是发了，但是发得不正常，似乎有点得不偿失。

## 五

七十年代一结束，我曾迫不及待，从香港回到台北，在师范大学客座一年。那时我离台已经六年，心中充满了回家的喜悦，走在厦门街的巷子里，我的感觉像"虫归草间，鱼潜水底"。八十年代的中期我回台定居，再见台北，那种喜悦感没有了。我几乎像一个"异乡人"，寻寻觅觅，回不到自己的台北。

八年来我一直定居在高雄，不折不扣，做定了南部人。除了因公，很少去台北了。现在我的新双城记似乎应该改成高雄对台北：无论如何，北上南下，早已八年于兹。但是我对台北的向心力已大不如前，不如我在港的年代，因为台北似乎失去了心，失去了良心、信心，令人不能谈情、讲理、守法，教我如何向心？

……愿我的双城长蟲久峙，永不陆沉。

一九九三年七月

（本文略有删改——编者注）

# 日不落家

———

一

　　壹圆的旧港币上有一只雄狮，戴冕控球，姿态十分威武。但七月一日以后，香港归还了中国，那顶金冠就要失色，而那只圆球也不能号称全球了。伊丽莎白二世在位，已经四十五年，恰与一世相等。在两位伊丽莎白之间，大英帝国从起建到瓦解，凡历四百余年，与汉代相当。方其全盛，这帝国的属地番邦、运河军港，遍布了水陆大球，天下四分，独占其一，为历来帝国之所未见，有"日不落国"之称。

　　而现在，日落帝国，照艳了香港最后这一片晚霞。"日不落国"将成为历史，代之而兴的乃是"日不落家"。

　　冷战时代过后，国际日趋开放，交流日见频繁，加以旅游便利，资讯发达，这世界真要变成地球村了。于是同一家人辞乡背井，散落到海角天涯，昼夜颠倒，寒暑对照，便成了"日不落家"。今年我们的四个女儿，两个在北美，两个在西欧，留下我们二老守在岛上。一家而分在五地，你醒我睡，不可同日而语，也成了"日不落家"。

幼女季珊留法五年，先在昂热修法文，后去巴黎读广告设计，点唇画眉，似乎沾上了一些高卢风味。我家英语程度不低，但家人的法语发音，常会遭她纠正。她擅于学人口吻，并佐以滑稽的手势，常逗得母亲和姐姐们开心，轻则解颜，剧则捧腹。可以想见，她的笑语多半取自法国经验，首先自然是法国男人。马歇・马叟是她的偶像，害得她一度想学默剧。不过她的设计也学得不赖，我译的王尔德喜剧《理想丈夫》，便是她做的封面。现在她住在加拿大，一个人孤悬在温哥华南郊，跟我们的时差是早八小时。

长女珊珊在堪萨斯修完艺术史后，就一直留在美国，做了长久的纽约客。大都会的艺馆画廊既多，展览又频，正可尽情饱赏。珊珊也没有闲着，远流版两巨册的《现代艺术理论》就是她公余、厨余的译绩。华人画家在东岸出画集，也屡次请她写序。看来我的"序灾"她也有份了，成了"家患"，虽然苦些，却非徒劳。她已经做了母亲，男孩四岁，女孩未满两岁。家教所及，那小男孩一面挥舞恐龙和电动神兵，一面却随口叫出梵高和蒙娜丽莎的名字，把考古、科技、艺术合而为一，十足一个博闻强记的顽童。四姐妹中珊珊来得最早，在生动的回忆里她是破天荒第一声婴啼，一婴开啼，众婴响应，带来了日后八根小辫子飞舞的热闹与繁华。然而这些年来她离开我们也最久，而自己有了孩子之后，也最不容易回台，所以只好安于"日不落家"，不便常回"娘家"了，她和幺妹之间隔了一整个美洲大陆，时差，又早了三个小时。

凌越渺渺的大西洋更往东去，五小时的时差，便到了莎士比亚所赞的故乡，"一块宝石镶嵌在银涛之上"。次女幼珊在曼彻斯特大学专攻华兹华斯，正襟危坐，苦读的是诗翁浩繁的全集，逍遥汗漫，优游的也还是诗翁俯仰的湖区。华兹华斯乃英国浪漫诗派的主峰，幼珊在柏克莱写硕士论文，仰攀的是这翠微，十年后径去华氏故乡，在曼城写博士论文，登临的仍是这雪顶，真可谓从一而终。世上最亲近华氏的女子，当然是他的妹妹桃乐赛（Dorothy Wordsworth），其次呢，恐怕就轮到我家的二女儿了。

幼珊留英，将满三年，已经是一口不列颠腔。每逢朋友访英，她义不容辞，总得驾车载客去西北的坎布利亚，一览湖区绝色，简直成了华兹华斯的特勤导游。如此贡献，只怕桃乐赛也无能为力吧。我常劝幼珊在撰正论之余，把她的英国经验，包括湖区的唯美之旅，一一分题写成杂文小品，免得日后"留英"变成"留白"。她却惜墨如金，始终不曾下笔，正如她的幺妹空将法国岁月藏在心中。

幼珊虽然远在英国，今年却不显得怎么孤单，因为三妹佩珊正在比利时研究，见面不难，没有时差。我们的三女儿反应迅速，兴趣广泛；而且"见异思迁"：她拿的三个学位依次是历史学士、广告硕士、行销博士。所以我叫她作"柳三变"。在香港读中文大学的时候，她的钢琴演奏曾经考取八级，一度有意去美国主修音乐；后来又任《星岛日报》的文教记者。所以在餐桌上我常笑语家人："记者面前，说话当心。"

回台以后，佩珊一直在东海的企管系任教，这些年来，更把本行的名著三种译成中文，在"天下""远流"出版。今年她去比利时做市场调查，范围兼及荷兰、英国。据我这做父亲的看来，她对消费的兴趣，不但是学术，也是癖好，尤其是对于精品。她的比利时之旅，不但饱览佛朗德斯名画，而且遍尝各种美酒，更远征土耳其，去清真寺仰听尖塔上悠扬的呼祷，想必是十分丰盛的经验。

二

世界变成了地球村，这感觉，看电视上的气象报告最为具体。台湾太热，温差又小，本地的气象报告不够生动，所以爱看外地的冷暖，尤其是够酷的低温。每次播到大陆各地，我总是寻找沈阳和兰州。"哇！零下十二摄氏度耶！过瘾啊！"于是一整幅雪景当面捆来，觉得这世界还是多彩多姿的。

一家既分五地，气候自然各殊。其实四个女儿都在寒带，最北的曼彻斯特约当北纬五十三度又半，最南的纽约也还有四十一度，都属于高纬了。总而言之，四个女儿纬差虽达十二度，但气温大同，只得一个冷字。其中幼珊最为怕冷，偏偏曼彻斯特严寒欺人，而读不完的华兹华斯又必须久坐苦读，难抵凛冽。对比之下，低纬二十二度半的高雄是暖得多了，即使嚷嚷寒流犯境，也不过等于英国的仲夏之夜，得盖被窝。

黄昏，是一日最敏感最容易受伤的时辰，气象报告总是由近而远，终于播到了北美与西欧，把我们的关爱带到高纬，向陌生又亲切的都市聚焦。陌生，因为是寒带；亲切，因为是我们的孩子所在。

"温哥华还在零下！"

"暴风雪袭击纽约，机场关闭！"

"伦敦都这么冷了，曼彻斯特更不得了！"

"布鲁塞尔呢，也差不多吧？"

坐在热带的凉椅上看国外的气象，我们总这么大惊小怪，并不是因为没有见识过冰雪，或是孩子们还在稚龄，不知保暖，更不是因为那些国家太简陋，难以御寒。只因为父母老了，念女情深，在记忆的深处，梦的焦点，在见不得光的潜意识底层，女儿的神情笑貌仍似往昔，永远珍藏在娇憨的稚岁，童真的幼龄——所以天冷了，就得为她们加衣，天黑了，就等待她们一一回来，向热腾腾的晚餐，向餐桌顶上金黄的吊灯报到，才能众瓣聚首，众瓣围葩，辐辏成一朵哄闹的向日葵。每当我眷顾往昔，年轻的幸福感就在这一景停格。

人的一生有一个半童年。一个童年在自己小时候，而半个童年在自己孩子的小时候。童年，是人生的神话时代，将信将疑，一半靠父母的零星口述，很难考古。错过了自己的童年，还有第二次机会，那便是自己子女的童年。年轻爸爸的幸福感，大概仅次于年轻妈妈了。在厦门街绿荫深邃的巷子里，我曾是这么一位顾盼自得的年轻爸爸，四个女婴先后裹着奶香的褓褓，投进我喜悦的怀抱。黑白分明，新造的灵瞳灼灼向我转来，定睛在我脸上，不移也不眨，凝神认真地读我，似乎有一点困惑。

"好像不是那个（妈妈）呢，这个（男人）。"她用超语言的混沌意识在说我，而我，更逼近她的脸庞，用超语言的笑容向她示意："我不是别人，是你爸爸，爱你，也许比不上你妈妈那么周到，但不会比她较少。"她用超经验的直觉将我的笑容解码，于是学起我来，忽然也笑了。这是父女间第一次相视而笑，像风吹水绽，自成涟漪，却不落言诠，不留痕迹。

为了女婴灵秀可爱，幼稚可哂，我们笑。受了我们笑容的启示，笑声的鼓舞，女婴也笑了。女婴一笑，我们以笑回答。女婴一笑，我们笑得更多。女婴刚会起立，我们用笑勉励。她又跌坐在地，我们用笑安抚。四个女婴马戏团一般相继翻筋斗来投我家，然后是带爬、带跌、带摇、带晃，扑进我们张迎的怀里——她们的童年是我们的"笑季"。

为了逗她们笑，我们做鬼脸。为了教她们牙牙学语，我们自己先儿语牙牙："这是豆豆，那是饼饼，虫虫虫虫飞！"成人之间不屑也不敢的幼稚口吻、离奇动作，我们在孩子面前，特权似的，却可以完全解放，尽情表演。在孩子的真童年里，我们找到了自己的假童年，乡愁一般再过一次小时候，管它是真是假，是一半还是完全。

快乐的童年是双全的互惠：一方面孩子长大了，孺慕儿时的亲恩；一方面父母老了，眷念子女的儿时。因为父母与稚儿之间的亲情，最原始、最纯粹、最强烈，印象最久也最深沉，虽经万劫亦不可磨灭。坐在电视机前，看气象而念四女，心底浮现的常是她们孩时，仰面伸手，依依求抱的憨态，只因那形象最萦我心。

最萦我心是第一个长夏，珊珊卧在白纱帐里，任我把摇篮摇来摇去，乌眸灼灼仍对我仰视，窗外一巷的蝉嘶。是幼珊从躺床洞孔倒爬了出来，在地上颤颤昂头像一只小胖兽，令众人大吃一惊，又哄然失笑。是带佩珊去看电影，她水亮的眼珠在暗中转动，闪着银幕的反光，神情那样紧张而专注，小手微汗在我的手里。是季珊小时候怕打雷和鞭炮，巨响一迸发就把哭声埋进婆婆的怀里，呜咽久之。

不知道她们的母亲，记忆中是怎样为每一个女孩的初貌取景造型。也许是太密太繁了，不一而足，甚至要远溯到成形以前，不是形象，而是触觉，是胎里的颠倒蜷伏，手撑脚踢。

当一切追溯到源头，混沌初开，女婴的生命起自父精巧遇到母卵，正是所有爱情故事的雏形。从父体出发长征的，万头攒动，是适者得岸的蝌蚪宝宝，只有幸运的一头被母岛接纳。于是母女同体的十月因缘奇妙地开始。母亲把女婴安顿在子宫，用胚胎喂她，羊水护她，用脐带的专线跟她神秘地通话，给她暧昧的超安全感，更赋她心跳、脉搏与血型，直到大头蝌蚪变成了大头宝宝，大头朝下，抱臂交股，蜷成一团，准备向生之窄门拥挤顶撞，破母体而出，而且鼓动肺叶，用尚未吃奶的气力，嗓音惊天地而动鬼神，又像对母体告别，又像对母亲报到，洪亮的一声啼哭："我来了！"

三

母亲的恩情早在孩子会呼吸以前就开始。所以中国人计算年龄，是从成孕数起。那原始的十个月，虽然眼睛都还未睁开，已经样样向母亲索取，负欠太多。等到降世那天，同命必须分体，更要断然破胎、截然开骨，在剧烈加速的阵痛之中，挣扎着，夺门而出。生日蛋糕之甜，烛火之亮，是用母难之血来偿付的。但生产之大劫不过是母爱的开始，日后母亲的辛勤照顾，从抱到背，从扶到推，从拉拔到提掖，字典上凡是手字部的操劳，哪一样没有做过？《诗经·小雅·蓼莪》篇说："哀哀父母，生我劬劳。"其实肌肤之亲、操劳之勤，母亲远多于父亲。所以《蓼莪》又说："……母兮鞠我。拊我畜我，长我育我，顾我复我，出入腹我。欲报之德，昊天罔极！"其中所言，多为母恩。"出入腹我"一句形容母不离子，最为传神，动物之中恐怕只有袋鼠家庭胜过人伦了。

从前是四个女儿常在身边，顾之复之，出入腹之。我存肌肤白皙，四女多得遗传，所以她们小时我戏呼之为"一窝小白鼠"。在丹佛时，长途旅行，一窝小白鼠全在我家车上，坐满后排。那情景，又像是所有的鸡蛋都放在同一只篮里。我手握驾驶盘，不免倍加小心，但是全家同游，美景共享，却也心满意足。在香港的十年，晚餐桌上热汤蒸腾，灯氛温馨，四只小白鼠加一只大白鼠加我这大老鼠围成一桌，一时六口齐张，美看争入，妙语争出，叽叽喳喳喧成一片，鼠伦之乐莫过于此。

而现在，一窝小白鼠全散在四方，这样的盛宴久已不再。剩下二老，只能在清冷的晚餐后，向国外的气象报告去揣摩四地的冷暖。中国人把见面打招呼叫作寒暄。我们每晚在电视上真的向四个女儿"寒暄"，非但不是客套，而且寓有真情，因为中国人不惯和家人紧抱热吻，恩情流露，每在淡淡地问暖嘘寒，叮嘱添衣。

往往在气象报告之后，做母亲的一通长途电话，越洋跨洲，就直接拨到暴风雪的那一端，去"寒暄"一番，并且报告高雄家里的现况，例如父亲刚去墨西哥开会，或是下星期要去川大演讲，她也要同行。有时她一夜电话，打遍了西欧北美，耳听四国，把我们这"日不落家"的最新动态收集汇整。

看着做母亲的曳着电线，握着听筒，跟九千里外的女儿短话长说，那全神贯注的姿态，我顿然领悟，这还是母女连心、一线密语的习惯。不过以前是用脐带向体内腹语，而现在，是用电缆向海外传音。

而除了脐带情结之外，更不断写信，并附寄照片或剪稿，有时还寄包裹，把书籍、衣饰、药品、隐形眼镜等等，像后勤支援前线一般，源源不绝向海外供应。类此的补给从未中止，如同最初，母体用胎盘向新生命输送营养和氧气：绵绵的母爱，源源的母爱，唉，永不告竭。

所谓恩情，是爱加上辛苦再乘以时间，所以是有增无减，且因累积而变得深厚。所以《蓼莪》叹曰："欲报之德，昊天罔极？"

这一切的一切，从珊珊的第一声啼哭以前就开始了。若要彻底，就得追溯到四十五年前，当四个女婴的母亲初遇父亲，神话的封面刚刚揭开，罗曼史正当扉页。到女婴来时，便是美丽的插图了。第一图是父之囊。第二图是母之宫。第三图是育婴床，在内江街的妇产医院。第四图是摇婴篮，把四个女婴依次摇啊摇，没有摇到外婆桥，却摇成了少女，在厦门街深巷的一栋古屋。以后的插图就不用我多讲了。

这一幅插图，看哪，爸爸老了，还对着海峡之夜在灯下写诗。妈妈早入睡了，微闻鼾声。她也许正梦见从前，有一窝小白鼠跟她捉迷藏，躲到后来就走散了，而她太累，一时也追不回来。

一九九七年四月

（本文略有删改——编者注）

第二章

# 永不熄灭的光

盖棺之论论难定，一个民族，
有时要看上几十年几百年，
才看得清自己的诗魂。

世界在走，我坐着

老得好漂亮
——向大器晚成的
叶芝致敬

经过历史无数次的选择，叶芝和艾略特已经被批评家、文学史家和同行的诗人公认为二十世纪前半期的两位大诗人。许多批评家甚至认为前者是现代英语诗坛最伟大的作家。这种荣誉，这种崇高的地位，不是侥幸获致的。艾略特的声誉，至少有一半建筑在他的批评和诗剧上；叶芝的，绝大部分要靠他的诗，虽然他在戏剧、散文和故事方面也相当多产。

在诗创作的过程上，两位大诗人形成有趣的对照。艾略特的发展比较平稳，他的天才是早熟的，但并未早衰；叶芝的发展迂回而多突变，他的天才成熟得很缓慢，整个过程，像他诗中的回旋梯一样，呈现自我超越的渐次上升之势，而抵达最后的高潮。早熟的艾略特，一出手便是一个高手。他在二十二岁那年写的处女作《普鲁夫洛克的恋歌》，在感受和手法上，已经纯粹而成熟，且比同时代的作者高明得多。叶芝则不然。一九〇八年，四十三岁的叶芝已经是爱尔兰最有名的诗人，且已出版了六卷诗集，但是他的较重要的作品，那些坚实有力的杰作，根本尚未动笔。如果当时叶芝便停止创作，则他充其量只能算是一个次要诗人（minor poet），甚至只是一个二三流的作者。

最难能可贵的是：从那时起一直到他七十三岁逝世（一九三九年一月二十八日）为止，他的诗，无论在深度和浓度上，一直在增进，他的创作生命愈益旺盛，他的风格愈益多变。以一位已然成名的前辈，叶芝转过身来接受年轻一代的新诗——当时崛起于英美诗坛的意象主义，且吸收比他小二十岁的庞德的影响。当时，庞德去伦敦，原意是要向叶芝学习，但是结果他给叶芝的影响似乎更多。尤其可贵的是：叶芝的好几篇重要作品，都完成于七十岁以后，死前四个多月写的《班伯本山下》（Under Ben Bulben），仍是那么苍劲有力，比起丁尼生那首压卷作《出海》宏大得多了。

这种现象，在英国文学史上，是罕见的。华兹华斯的代表作，几乎在三十七岁以前就写完了；从四十五岁起，虽然写作不辍，但他的创作力迅速地衰退，形成一种"反高潮"（anticlimax）的现象。这种过程，和叶芝的恰恰相反。华兹华斯虽多产，但由于他欠缺自我批评的能力，作品良莠不齐，劣作甚多。华兹华斯的诗来自"沉静中回忆所得的情感"，但他自中年以后，生活孤立而刻板，沉静日多，情感日少，愈来愈没有什么好回忆的了。此外，柯尔律治对他的健康影响，正如庞德对叶芝和艾略特的健康影响一样，几乎具有决定性；中年以后，华兹华斯和柯尔律治的友情分裂，他就不能再依凭柯尔律治的鼓舞和批评了。

在弥尔顿的身上，我们似乎找到和叶芝相近的例子。弥尔顿的杰作，例如《失乐园》和《桑孙力士》，都是晚年的作品；但是弥尔顿六十六岁便死了，比叶芝要早七年，而他的较早佳作，如《里西达斯》《沉思者》《欢笑者》及十四行多首，均在三十岁以前完成。叶芝早期的代表作，如《当你年老》及《湖心的茵岛》等等，和晚期的作品比较起来，非但风格大异，而且诗质甚低。《湖心的茵岛》一首，除第二段颇具柔美意象外，通篇皆甚平庸。而第二段的所谓柔美，也不过具有十九世纪中叶"前拉斐尔主义"（Pre-Raphaelitism）那种恍惚迷离、带烟笼雾的感伤色调罢了。

叶芝的可贵处就在这里。他能够大彻大悟，打破自己的双重束缚，奋力超越自己。叶芝是爱尔兰人，而爱尔兰在他五十七岁以前一直是英国的一个番邦，在文化上是一种弱小民族的小局面。在另一方面，即以整个英国而言，叶芝开始写作时，正是维多利亚时代的末期，也正是浪漫主义之末流而又末流，大诗人几已绝迹。可以说，除了哈代以外，叶芝年轻时的九十年代英国诗坛，仅拥有一批塞促不申的、歇斯底里的小诗人如道孙之流，而当时的哈代方弃诗而就小说，以小说闻于文坛，而不以诗闻。这双重限制，地域上也是时间上的，构成他早期不利的条件。叶芝终于能将它摆脱，且成为超越时空的国际性大诗人，实在不能不说是一个奇迹。

最初，叶芝也不过幻想自己要做一个爱国的作家罢了。在这双重限制下，他自然而然地步"前拉斐尔主义"和唯美运动的后尘，写一些浪漫而朦胧的次等货色。像《旧歌新唱》（*An Old Song Resung*）一类作品，其低回于自怜的情境，置之九十年代任何小诗人的诗集中，恐怕都没有什么分别。为了提倡爱尔兰的文艺复兴运动，叶芝更进一步，把这种浪漫的余风带进爱尔兰的民俗、传说和神话。结果，是朦胧的表现手法加上模糊的主题。这种作品，和现实的把握，个性的表现，距离得太远太远了。伟大的作品，在这样的情形下，绝对无法产生。

那么，究竟是什么力量使叶芝中年以后的作品变得那么坚实、充沛、繁富、新鲜且具活力呢？论者总不免要提出他如何效法布雷克，如何从东方哲学和招魂术、神秘主义等等之中，提炼出一套个人的神话和象征系统，作自己写诗的间架，所谓"个人的神话"（private mythology），在叶芝夫人的沟通下，竟形成叶芝的宗教观和历史观，更导致叶芝的艺术信仰，决定了他的美感形态。例如，在他的系统之中，月象征主观的人，日象征客观的人。例如生命和文化的过程都是回旋式的：灵魂的经验有如上升的回旋梯，似乎恒在重复，但实际上是层次的提高；而文化的过程有如线卷之转动，上一型的文化逐渐在放线，下一型的文化便逐渐在收线。例如文化的生发、全盛和式微皆有周期，所以两千年的异教文化之后有两千年的基督文化；而二十世纪正面临另一型文化的生发，但暴力和毁灭必然笼罩这过渡时期。这种种耐人寻味且激发想象的信念，已是学者们一再强调而我们耳熟能详的"叶学"要义了。我愈来愈感觉：叶芝诗中屡次暗示的正反力量相克相生互为消长的信念，相当接近中国哲学的阴阳之说，而他所谓历史与文化的周期性运动，也令中国的读者想起，《前汉书》中所谓周德木汉德火的朝代递换原理。二十世纪的两位大诗人，叶芝和艾略特，都弃科学而取玄学，是一件很耐人玩味的事情。叶芝非但敌视科学，将二十世纪贬成"我们这科学的、民主的、实事求是的、混杂而成的文明"，而且谈空说有，到了迷信的程度。

我们所关心的，不是他的迷信，也不是他那神话或象征系统的枝枝节节，而是他这种基本的信念，如何因他诗中强烈丰盛的感受而经验化起来。原则上说来，一种诗的高下，不能以它所蕴含的哲学来做标准，至少，哲学家桑塔耶那的诗，就诗而言，不会比非哲学家的欧文的诗高明。最重要的，是那种哲学对那位诗人是否适合，是否能激发他的想象，以完成他的新世界的秩序。叶芝的个人神话，有他自己的书《心景》（A Vision）和无数的学者详加诠释，我们在此不必赘述。在此我只想指出叶芝诗中的一项基本观念，那便是：一切相对甚至相反的力量，似相对而实相依，似相反而实相成；是以小而个人，大而文化的生命，皆应接受而且超越这种无所不在的相反性。这种观念，和我国道家的哲学似乎颇为接近，但叶芝虽然窥见了这种真理，他却不能像老庄那样，以退为进而夷然坦然加以接受。例如他虽然悟于心智日益而形体日损之理，但对于老之将至老之已至仍不能不既怒且惊。可贵的是，他并不畏缩或逃避；相反地，他转身向老耋向死亡挑战，可以说，一直到死他都是不服老不认输的。这种表现，这种"虽九死其犹未悔"的勇气，毋宁更接近儒家，接近儒家的孟子。在《自我与灵魂的对话》（A Dialogue of Self and Soul）一诗中，叶芝透过自我说：

> 我愿意从头再生活一次
> 又一次，如果生活要我跳纵
> 到青蛙生卵的盲者的沟中，
> 一个瞎子捶打一群瞎子……

这种无所畏惧的正视现实而又乐于生活的精神，正是一个大诗
人应有的表现，将豪斯曼（A. E. Housman）和叶芝做一个比较，我
们不难发现，豪斯曼对生活的态度是逃避的，甚且否定的，他对人
生的认识是狭窄的，片面的，他的风格比较塞促，意象比较单纯，
而节奏比较薄弱。豪斯曼第一卷诗集和第二卷诗集，在出版的日期
上，竟相距二十六年之久，但两书在主题和形式上，实在找不到多
少差异。叶芝对生活的态度，与他恰恰相反；叶芝的洋溢的生命
力，使他的作品永远在寻求，永远在变，使三十岁的他和七十岁的
他前后判若两人，而后者比前者对生活更为执着，更为热爱。这位
"愤怒的老年"在一首短诗中说：

　　　　你以为真可怕：怎么情欲和愤怒

　　　　竟然为我的暮年殷勤起舞；

　　　　年轻时它们并不像这样磨人。

　　　　我还有什么能激发自己的歌声？

　　真的，叶芝不但老而能狂，抑且愈老愈狂，抑且狂得漂亮。然
而叶芝是一个奇妙的结晶体，他不但能狂抑且能静，不但能热，抑
且能冷，抑且能同时既狂且静，既热且冷。暮年的叶芝，确实能做
到"冷眼观世，热心写诗"。唯其冷眼，所以能超然，能客观；唯
其热心，所以能将他的时代变成有血有肉的个人经验。

　　由于叶芝的《心景》恒呈现这种"似反实正"（para-doxical）
的相对观，他的诗乃予读者一种"戏剧的紧张性"（dra-matic
tension）。这里所说的戏剧的紧张性，不是指叙述的生动，而是指

他的诗，在构思上，往往始于矛盾，而终于调和。虽然他在《丽达与天鹅》那一首诗中，叙述逼真而富动感，他的一般作品往往在象征的焦点上集中，而不在叙述的展现中着力。艾略特尝谓，好的抒情诗往往是戏剧性的。反过来说，仅仅止于抒情的抒情诗，往往不是伟大的诗，因为那样将失之平面化，而不够立体感。有矛盾与冲突等待解决的诗，常常富于立体感，因为矛盾必有两面，加上调和与综合后的一面，乃构成三度，成为一个三度空间。止于抒情的诗，往往是"一曲"之见，虽然写得长，思想和感受的空间不见得就相对地扩大。叶芝的诗，往往以矛盾的对立开始，而以矛盾的解决终篇。例如《航向拜占庭》便以旺盛的青年和衰朽的老年对立开始，而以艺术的不朽终篇。《自我与灵魂的对话》之中，矛盾存在于向往涅槃的灵魂与拥抱生活的自我，结果是自我的选择获胜。《再度降临》（*The Second Coming*）则因旧文化已崩溃而新文化蠢蠢欲生而形成一种等待的焦灼与悬宕，暗示的力量可以说发挥到极限了。《学童之间》因灵魂的美好与肉体的残败之间的悬殊而感叹，结论是"折磨肉体以迁就灵魂是不自然的"。《为吾女祈祷》的对照，则是谦逊与傲慢，秩序与混乱，仁与暴，德与容之间的选择。而对立得最鲜明，冲突得最尖锐，而统一得也最完整的一首，要推《狂简茵和主教的谈话》：

> 我在路上遇见那主教，
> 他和我有一次畅谈。
> "看你的乳房平而陷，
> 看血管很快要枯干；

要住该住在天堂上，

莫住丑恶的猪栏。"


"美和丑都是近亲，

美也需要丑，"我叫，

"我的伴已散，但这种道理

坟和床都不能推倒，

悟出这道理要身体下贱，

同时要心灵孤高。


"女人能够孤高而强硬，

当她对爱情关切；

但爱情的殿堂建立在

排污泄秽的区域；

没有什么独一或完整，

如果它未经撕裂。"


　　这是叶芝最直率而大胆的短诗之一。它发表于一九三二年，当时叶芝已经六十七岁，而思想仍如此突出，语法仍如此遒劲，正视现实接受人生的态度仍如此坚定不移。最为奇妙的是：他竟然愈老愈正视现实，把握现实，而并不丧失鲜活的想象；在另一方面，他竟然愈老愈活用口语，但并不流于俗或白，也并不丧失驾驭宏美壮大的修辞体的能力。他的口语句法，矫健如龙，能迅疾地直攫思想之珠。他曾经强调说：写诗要思考如智士，但谈吐如俗人。这种综合的诗观，后来同样见之于弗罗斯特的创作。叶芝和弗罗斯特二老，都善于用一个回旋有力的长句组织一首独立的短诗，寥寥七八行，首尾呼应得异常紧密。那种一气呵成的气魄，有如我国一笔挥就而力贯全字的草书，说起瘾真是再过瘾不过了。叶芝晚年的短诗，如《长久缄口之后》等等，都是这样的一句一诗之作。后来，狄伦·托马斯（Dylan Thomas）的某些作品，如《我阴郁的艺术》，似乎也受了叶芝的影响。

现代英诗的两大宗师，叶芝和艾略特，后者主张诗要"无我"（impersonal），而前者的诗中几乎处处"有我"（personal）。两者孰优孰劣，此地不拟讨论。但"有我"的叶芝给我们的感觉是如此亲切、可敬。生命的一切，从形而下的到形而上的，从卑贱的到高贵的，他全部接受，且吞吐于他的诗中。然而无论他怎么谈玄，怎么招魂，怎么寻求超越与解脱，叶芝仍然是一个人，一个元气淋漓心肠鼎沸的人。他对于人生，知其然而仍无法安其所然。老子所说："吾所以有大患者，为吾有身。及吾无身，吾有何患？"似乎可以作叶芝老而更狂的注脚。叶芝尝期不朽于无身（《航向拜占庭》中所云 once out of nature），但他也很明白，无身之不朽只有在有身之年始能完成。正如我在《逍遥游》一文中指出的："敢在时间里自焚，必在永恒里结晶。"叶芝真是一个敢在时间里纵火自焚的愤怒的老年。对于这场永不熄灭的美丽的火焰，我们不禁赞叹：老得好漂亮！

一九六七年一月二十八日
叶芝逝世二十八周年纪念

## 不朽，是一堆顽石？

那天在悠悠的西敏古寺里，众鬼寂寂，所有的石像什么也没说。游客自纽约来，游客自欧陆来，左顾右盼，恐后争先，一批批的游客，也吓得什么都不敢妄说。岑寂中，只听得那该死的向导，无礼加上无知，在空厅堂上指东点西，制造合法的噪音。十个向导，有九个进不了天国。但最后，那卑微断续的噪音，亦如历史上大小事件的骚响一样，终于寂灭，在西敏古寺深沉的肃穆之中。游客散后，他兀自坐在大理石精之间，低回久不能去。那些石精铜怪，百魄千魂的嗫嚅之中，自有一种冥冥的雄辩，再响的噪音也辩它不赢，一层深似一层的阴影里，有一种音乐，灰扑扑地安抚他敏感的神经。当晚回到旅舍，他告诉自己的日记："那是一座特大号的鬼屋。徘徊在幽光中，被那样的鬼所祟，却是无比的安慰。大过瘾。大感动。那样的被祟等于被祝福。很久，没有流那样的泪了。"

　　说它是一座特大号的鬼屋，一点也没错。在那座嵯峨的中世纪古寺里，幢幢作祟的鬼魂，可分三类。掘墓埋骨的，是实鬼。立碑留名的，是虚鬼。勒石供像的一类，有虚有实，无以名之，只好叫它作石精了。而无论是据墓为鬼也好，附石成精也好，这座古寺里的鬼籍是十分杂乱的。帝王与布衣，俗众与僧侣，同一拱巍巍的屋顶下，鼾息相闻。高高低低，那些嶙峋的雕像，或立或坐，或倚或卧，或镀金，或敷彩，异代的血肉都化为同穴的冷魂，一矿的顽块。李白所说"屈平词赋悬日月，楚王台榭空山丘"，在此地并不适用。在西敏寺中，诗人一隅独拥，固然受百代的推崇，而帝王的墓穴，将相的遗容，也遍受四方的游客瞻仰。一九六六年，西敏寺庆祝立寺九百年，宣扬的精神正是"万民一体"。

　　西敏寺的位置，居伦敦的中心而稍稍偏南，诗人斯宾塞笔下的"风流的泰晤士河"在其东缓缓流过，华兹华斯驻足流留的西敏寺大桥凌乎波上，在寺之东北。早在公元七世纪初年，这块地面已建过教堂。一○六五年，号称"忏悔的爱德华"的英王，敕建西敏寺。次年诺曼底公爵威廉北渡海峡，征服了大不列颠，那年的圣诞节就在西敏寺举行加冕大典，成为法裔的第一任英王。从此，在西敏寺加冕，成了英国宫廷的传统，而历代的帝王卿相高僧名将皇后王子等等，也纷纷葬在寺中，不葬在此地的，也往往立碑勒铭，以志不忘。西敏寺，是一座大理石砌的教堂，七色的玻璃窗开向天国，至今仍是英国人每日祈祷的圣殿。但同时是一座石气阴森阳光罕见的博物巨馆，石椁铜棺，拱门回廊，无一不通向死亡，无一不通向幽暗的过去。

对于他，西敏古寺不只是这些。坐在南翼大壁画前的古木排椅上，两侧是历代诗人的雕像，凌空是百英尺拱柱高举的屋顶，远眺北翼，历代将相成排的白石立像尽处是所罗门的走廊，其上是直径二十英尺的蔷薇圆窗，七彩斑斓的蔷瓣上，十一使徒的绘像，染花了上界的灵光——这么坐着，仰望着，恍恍惚惚，神游于天人之际，西敏寺就是一部立体的英国历史，就是一部，尤其是对于他，石砌的英国文学史。

不敢高声语，恐惊天上人。诗人之隅（Poets' Corner），他是屏息敛气，放轻了脚步走进来的。忽然他已经立在诗魂蠢动的中间，四周，一尊尊的石像，顶上，一方方的浮雕，脚下，一块接一块的纪念碑平嵌于地板，令人落脚都为难。天使步踌躇，妄人踹莫顾，他低吟起蒲柏的名句来。似曾相识的那许多石像，逼近去端详，退后来打量，或正面瞻仰，或旁行侧望，或碑文喃喃以沉吟，或警句津津而冥想，诗人虽一角，竟低回了两个小时。终于在褐色的老木椅上坐下来，背着哥尔德斯密斯的侧面浮雕，仰望着崇高的空间怔怔出神。六世纪的英诗，巡礼两小时。那么多的形象、联想、感想，疲了，眼睛，酸了，肩颈，让心灵慢慢去调整。

最老的诗魂，是六百多岁的乔叟。诗人晚年贫苦，曾因负债被告，乃戏笔写了一首谐诗，向自己的阮囊诉穷。亨利四世读诗会意，加赐乔叟年俸。不到几个月，乔叟却病死在寺侧一小屋中，时为一四〇〇年十月二十五日。寺方葬他在寺之南翼，尸体则由东向的侧门抬入。但身后之事并未了结。原来乔叟埋骨圣殿，不是因为他是英诗开卷的大师，或什么"英诗之父"之类的名义——那都是后来的事——而是因为他做过朝官，当过宫中的工务总监，死前的寓所又恰是寺方所赁。七十多年后，凯克斯敦在南翼墙外装置了英国第一架印刷机，才向寺方请准在乔叟墓上刻石致敬，说明墓中人是一位诗人。又过了八十年的光景，英国人对自己的这位诗翁认识渐深，乃于一五五六年，把乔叟从德莱顿此时立像的地点，迁葬于今日游客所瞻仰的新墓。当时的诗人名布礼根者，更为他嵌立一方巨碑，横于硕大典丽的石棺之上，赫赫的诗名由是而彰，其后又过百年，大诗人德莱顿提出"英诗之父，或竟亦英诗之王"之说，乔叟的地位更见崇高。所谓寂寞身后事，看来也真不简单。盖棺之论论难定，一个民族，有时要看上几十年几百年，才看得清自己的诗魂。

乔叟死后二百年，另一位诗人葬到西敏寺来。一五九八年的圣诞前夕，斯宾塞从兵燹余烬的爱尔兰逃来伦敦，贫病交加，不到一月便死了。亲友遵他遗愿，葬他于乔叟的墓旁，他的棺木入寺，也是经由当年的同一道侧门。据说写诗吊他的诗友，当场即将所写的诗和所用的笔一齐投入墓中陪葬。直到一六二〇年，杜赛特伯爵夫人才在他墓上立碑纪念，可见斯宾塞死时，诗名也不很隆。

其实盛名即如莎士比亚，盖棺之时，也不是立刻就被西敏寺接纳的。英国最伟大的诗人，死于一六一六年，却要等到一七四〇年，在寺中才有石可托。一六七四年弥尔顿死时，清教徒的革命早已失败，在政治上，弥尔顿是一个失势的叛徒。时人报道他的死讯，十分冷淡，只说他是"一个失明的老人，书写拉丁文件维生"。六十三年之后，他长发垂肩的半身像才高高俯临于诗人之隅。

西敏寺南翼这一角，成为名诗人埋骨之地，既始于乔叟与斯宾塞，到了十八世纪，已经相沿成习。一七一一年，散文家艾迪生在

《阅世小品》里已经称此地为"诗人之苑"，他说："我发现苑中或葬诗人而未立其碑，或有其碑而未葬其人。"至于首先使用"诗人之隅"这名字的，据说是后来自己也立碑其间的哥尔德斯密斯。

诗人之隅的形成，是一个缓慢的传统而且不规则。说它是石砌的一部诗史吧，它实在建得不够严整。时间那盲匠运斤成风，鬼斧过处固然留下了骇目的神工，失手的地方也着实不少。例如石像罗列，重镇的诗魁文豪之间就缭绕着一缕缕虚魅游魂，有名无实，不，有石无名，百年后，犹飘飘浮浮没有个安顿。雪莱与济慈，有碑无像。柯尔律治有半身像而无碑。相形之下，普赖尔（Matthew Prior）不但供像立碑，而且天使环侍，独据一龛，未免大而无当了。至于沙德韦尔（Thomas Shadwell）不但浮雕半身，甚且桂冠加顶，帷饰俨然，乍睹之下，他不禁哑然失笑，想起的，当然是德莱顿那些断金削玉冷锋凛人的千古名句。德莱顿的讽刺诗犹如一块坚冰，沙德韦尔冥顽的形象急冻冷藏在里面，透明而凝定。沙德韦尔亦自有一种不朽，但这种不朽不是他自己光荣挣来的，是德莱顿给骂出来的，算是一种反面的永恒，否定的纪念吧。跟天才吵架，是没有多大好处的。

诗人之隅，不但是历代时尚的记录，更是英国官方态度的留影。拜伦生前名闻全欧，时誉之隆，当然有资格在西敏寺中立石分土，但是他那叛徒的形象，法律、名教、朝廷，皆不能容，注定他是要埋骨异乡。浪漫派三位前辈都安葬本土，三位晚辈都魂游海外，叶飘飘而归不了根。拜伦死时，他的朋友霍普浩司出面呼吁，要葬他在西敏寺里而不得。其后一个半世纪，西敏寺之门始终不肯为拜伦而开。十九世纪末年，又有人提议为他立碑，为住持布瑞德礼所峻拒，引起一场论战。直到一九六九年五月，诗人之隅的地上才算为这位浪子奠了一方大理石碑，上面刻着："拜伦勋爵，一八二四年逝于希腊之米索朗吉，享年三十六岁。"英国和她的叛徒争吵了一百多年，到此才告和解。激怒英国上流社会的，是一个魔鬼附身的血肉之躯，被原谅的，却是一堆白骨了。

本土的诗人，魂飘海外，一放便是百年，外国的诗客却高供在像座上，任人膜拜，是诗人之隅的另一种倒置。莎士比亚、弥尔顿、布莱克、拜伦，都要等几十年甚至百年才能进寺，新大陆的朗费罗，死后两年便进来了。丁尼生身后的柱石上，却是澳洲的二流诗人高登（A. L. Gordon）。蒲柏不在，他是天主教徒。洛里爵士也不在，他已成为西敏宫中的冤鬼。可是大诗人叶芝呢，他又在哪里？

甚至诗人之隅的名字，也发生了问题。南翼的这一带，鬼籍有多么零乱。有的鬼实葬在此地，墓上供着巍然的雕像，像座刻着堂皇的碑铭，例如德莱顿、约翰逊、琼森。至于葬在他处的诗魂，有的在此只有雕像和碑铭，例如华兹华斯和莎翁；有的有像无碑，例如柯尔律治和司各特；有的有碑无像，例如拜伦和奥登。生前的遭遇不同，死后的待遇也相异，这些幽灵之中，除诗魂之外，尚有散文家、小说家、戏剧家、批评家、音乐家、学者、贵妇、僧侣和将军，诗人的一角也不尽归于诗人。大理石的殿堂，碑接着碑，雕像凝望着雕像，深刻拉丁文的记忆英文的玄想。圣乐绕梁，犹缭绕韩德尔的雕像。哈代的地碑毗邻狄更斯的地碑。麦考莱偏头侧耳，听远处，历史迁缓的回音？巧舌的名伶，贾礼克那样优雅的手势，掀开的绒幕里，是哪一出悲壮的莎剧？

而无论是雄辩滔滔或情话喃喃，无论是风琴的圣乐起伏如海潮，大理石的听众，今天，都十分安宁，冷石的耳朵，白石的盲瞳，此刻都十分肃静。游客自管自来去，朝代自管自轮替，最后留下的，总是这一方方、一棱棱、一座座，坚冷凝重的大理白石，日磋月磨，不可磨灭的石精石怪永远祟着中古这厅堂。风晚或月夜，那边的老钟楼当当敲罢十二时，游人散尽，寺僧在梦魇里翻一个身，这时，石像们会不会全部醒来，可惊千百对眼瞳，在暗处矍矍复眈眈，无声地旋转，被不朽罚站的立像，这时，也该换一换脚了。

因为古典的大理石雕像，在此地正如在他处一样，眼虽睁而无瞳如盲。传神尽在阿堵，画龙端待点睛。希腊人放过这灵魂的穴口，一任它空空茫茫而对着大荒，真是聪明，因为石像所视不是我们的世界，原不由我们向那盈寸间去揣摩，妄想。什么都不说的，说得最多。倚柱支颐，莎翁的立姿，俯首沉吟，华兹华斯的坐像，德莱顿的儒雅，弥尔顿的严肃，诗人之隅大大小小的石像，全身的，半身的，侧面浮雕的，全盲了那对灵珠，不与世间人的眼神灼灼相接。天人之间原应有一堵墙，哪怕是一对空眶。

死者的心声相通，以火焰为舌，
活人的语言远不可接。

所以隐隐他感到，每到午夜，这一对对伪装的盲睛，在暗里会全部活起来，空厅里一片明灭的青磷。但此刻正是半下午，寺门未闭，零落的游客三三两两，在厅上逡巡犹未去。

也就在此时，以为览尽了所有的石魂，一转过头去，布莱克的青铜半身像却和他猛打个照面！刚强坚硬的圆头颅光光，额上现两三条纹路像凿在绝壁上，眉下的岩穴深深，睁，两只可怖的眼睛，瞳孔漆漆黑，那眼神惊愕地眺出去，像一层层现象的尽头骤见到，预言里骇目的远景，不忍注目又不能不逼视。雕者亦惊亦怒，铜像亦怒亦惊，鼻脊与嘴唇紧闭的棱角，阴影，塑出瘦削的颊骨沉毅的风神。更瘦更刚是肩胛骨和宽大的肩膀，头颅和颈项从其上挺起矗一座独立的顽岗。先知就是那样。先知的眼睛是两个火山口，近处的空气都怕被灼伤。惶惶然他立在那铜像前，也怕被灼伤又希望被灼伤。于是四周的石像都显得太驯服太乖太软弱太多脂肪，锁闭的盲瞳与盲瞳之间唯有这铜像瞋目而裂眦。古典脉脉。现代眈眈。

铜像是艾普斯坦的杰作。千座百座都兢兢仰望过，没一座令他悚栗震动像这座。布莱克默默奋斗了一生，老而更贫，死后草草埋彭山的荒郊，墓上连一块碑也未竖。生前世人都目他为狂人，现在，又追认他为浪漫派的先驱大师，既叹其诗，复惊其画。艾普斯坦的雕塑，粗犷沉雄出于罗丹，每出一品，辄令观者骇怪不安。这座青铜像是他死前两年的力作，那是一九五七年，来供于诗人之隅，正是布莱克诞生的两百周年。承认一位天才，有时需要很久的时间。

诗人之隅虽为传统的圣地，却也为现代而开放。现代诗人在其中有碑题名者，依生年先后，有哈代、吉卜林、梅斯菲尔德、艾略特、奥登。如以对现代诗坛的实际影响而言，则尚有布莱克与霍普金斯。除了布莱克立有雕像之外，其他六人的长方形石碑都嵌在地上。年代愈晚，诗人之隅要供置石像便愈少空间，鬼满为患，后代的诗魂只好委屈些，平铺在地板上了。哈代的情形最特别：他之入葬西敏寺，小说家的身份恐大于诗名，同时，葬在寺里，是他的骨灰，而他的心呢，却照他遗嘱所要求，是埋在道且斯特的故乡。

艾略特和奥登，死后便入了诗人之隅，足证两人诗名之盛，而英国的政教也不厚古人而薄今人。奥登是入寺的最后一人。他死于一九七三年九月，葬在奥地利。第二年十月，他的地碑便在西敏寺揭幕，由桂冠诗人贝杰曼献上桂冠。

下一位可轮到贝杰曼自己？奥登死时才六十六岁，贝杰曼今年却已过七十。他从东方一海港来乔叟和莎翁的故乡，四十多国的作家也和他一样，自热带自寒带的山城与水港，济慈的一笺书，书中的一念信仰，君彦倜傥要仔细参详。七天前也是一个下午，他曾和莎翁的诗苗诗裔分一席讲坛；右侧是白头怒发鹰颜矍然的斯彭德，再右，是清瘦而易愠的洛威尔，半被他挡住的，是贝杰曼好脾气的龙钟侧影。洛威尔是美国人，虽然西敏寺收纳过朗费罗、亨利·詹姆斯、艾略特等几位美国作家，看来诗人之隅难成为他的永久户籍。然则斯彭德的鹰隼，贝杰曼的龙钟，又如何？两人都有可能，贝杰曼的机会也许更大，但两人都不是一代诗宗。斯彭德崛起于三十年代，一度与奥登齐名，并为牛津出身的左翼诗人。四十年的文坛和政局，尘土落定，愤怒的牛津少年，一回头已成历史——出征时那批少年誓必反抗法西斯追随马克思，到半途旗摧马蹶壮士齐回头，遥挥手……奥登去花旗下，做客在山姆叔叔家，弗洛伊德，齐克果，一路拜回去回到耶稣。戴-刘易斯继梅斯菲尔德做桂冠诗人，死了已四年。麦克尼斯做了古典文学教授，进了英国广播公司，作古已十三载。牛津四杰只剩下茕茕这一人，老矣，白发皑皑的诗翁坐在他右侧，喉音苍老迟滞中仍透出了刚毅。四十年来，一手挥笔，一手麦克风，从加入共产党到诀别马列，文坛政坛耗尽了此生。而缪斯呢，是被他冷落了，二十年来已少见他新句。诗名，已落在奥登下，传诵众口又不及贝杰曼，斯彭德最后的地址该不是西敏寺。诗人之隅，当然也不是缪斯的天秤，铢两悉称能鉴定诗骨的重轻，里面住的诗魂，有一些，不如斯彭德远甚。诗人死后，有一块白石安慰荒土，也就算不寂寞了，有一座大教堂峥嵘而高，广蔽历代的诗魂把栩栩的石像萦绕，当然更美好，但一位诗人最大的安慰，是他的诗句传诵于后世，活在发烫的唇上快速的血里，所谓不朽，不必像大理石那样冰凉。

可是那天下午，南翼那高挺的石柱下坐着，四周的雕像那么宁静地守着，他回到寺深僧肃的中世纪悠悠，缓缓地他仰起脸来仰起来，那样光灿华美的一扇又一扇玻璃长窗更上面，猗猗盛哉是倒心形的蔷薇巨窗天使成群比翼在窗口飞翔。耿耿诗魂安息在这样的祝福里，是可羡的。十九世纪初年，华兹华斯的血肉之身还没有僵成冥坐的石像，丁尼生、布朗宁犹在孩提的时代，这座哥特式的庞大建筑已经是很老很老了——烟熏石黑，七色斑斑黑线勾勒的厚窗蔽暗了白昼。涉海来拜的欧文所见的西敏寺，是"死神的帝国：死神冠冕俨然，坐镇他宏伟而阴森的宫殿，笑傲人世光荣的遗迹，把尘土和遗忘满布在君王的碑上"。今日的西敏寺，比欧文凭吊时更老了一百多岁，却已大加刮磨清扫：雕门镂扉，铜像石碑，色彩凡有剥落，都细加髹绘，玻璃花窗新镶千扇，烛如复瓣的大吊灯，一蕊蕊一簇簇从高不可仰的屋顶拱脊上一落七八丈当头悬下来，隐隐似空中有缥缈的圣乐，啊这永生的殿堂。

对诗人自己说来，诗，只是生前的浮名，徒增扰攘，何足疗饥，死后即使有不朽的远景如蜃楼，墓中的白骸也笑不出声来。正如他，在一个半岛的秋夜所吟：

倘那人老去还不忘写诗

灯就陪他低诵又沉吟

身后事付乱草与繁星

但对于一个民族，这却是千秋的盛业，诗柱一折，文庙岌岌乎必将倾。无论如何，西敏寺能辟出这一隅来招诗魂，供后人仰慕低回，挹不老桂枝之清芳，总是多情可爱的传统。而他，迢迢自东方来，心香一缕，来爱德华古英王的教堂，顶礼的不是帝后的陵寝与偃像，世胄的旌旗，将相的功勋，是那些漱齿犹香触舌犹烫的诗句和句中吟啸歌哭的诗魂。怅望异国，萧条异代，伤心此时。深闳隔世的西敏古寺啊。寺门九重石壁外面是现代。卫星和巨无霸，Honda 和 Minolta 的现代。车塞于途，人囚于市，鱼死于江海的现代。所有的古迹都陷落，蹂躏于美国的旅行团去后又来日本的游客。天罗地网，难逃口号与广告的噪音。月球可登火星可探而有面墙不可攀有条小河不可渡的现代。但此刻，他感到无比的宁静。一切乱象与噪音，纷繁无定，在诗人之隅的永寂里，都已沉淀，留给他的，是一个透明的信念，坚信一首诗的沉默比所有的扩音器加起来更清晰，比机枪的口才野炮的雄辩更持久。坚信文字的冰库能冷藏最烫的激情、最新鲜的想象。时间，你带得走歌者带不走歌。

西敏寺乃消灭万籁释尽众嫌的大堂，千载宿怨在其中埋葬，史家麦考莱如此说。此地长眠的千百鬼魂，碑石相接，生前为敌为友，死后相伴相邻，一任慈蔼的遗忘覆盖着，混沌沌而不分。英国的母体一视同仁，将他们全领了回去，冥冥中似乎在说："唉，都是我孩子，一起都回来吧，愿一切都被饶恕。"弥尔顿革命失败，死犹盲眼之罪人。布莱克殁时，忙碌的伦敦太忙碌，浑然不知。拜伦和雪莱，被拒于家岛的门外，悠悠游魂无主，流落在南欧的江湖。有名的野鬼阴魂总难散，最后是母土心软，一一招回了西敏寺去。到黄昏，所有的鸦都必须归塔。诗人的南翼对公侯的北堂，月桂擎天，同样是为栋为梁，西敏寺兼容的传统是可贵的。他想起自己的家渺渺在东方，昆仑高，黄河长，一百条泰晤士的波涛也注不满长江，他想起自己的家里激辩正高昂，仇恨，是人人上街佩戴的假面，所有的扩音器蝉噪同一个单腔单调，桂叶都编成扫帚，标语贴满屈原的额头。

　　出得寺来，伦敦的街上已近黄昏，八百万人的红尘把他卷进去，汇入浮光掠影的街景。这便是肩相摩踵相接古老又时新的伦敦，西敏寺中的那些鬼魂，用血肉之身爱过、咒过、闹过的名城。这样的街上曾走过孙中山、丘吉尔、马克思，当伦敦较小较矮，满地是水塘，更走过女王的车辇和红氅披肩的少年。约四百年后，执节戴冕的是另一个伊丽莎白在白金汉宫，但谁是锦心绣口另一个威廉？在一排犹青的枫树下他回过头去。那灰扑扑的西敏寺，和更为魁伟的国会，夕照里，峻拔的钟楼，高高低低的尖塔纤顶，正托着天色迥蓝和云影轻轻。他向前走去，沿着一排排黑漆的铁栅长栏，然后是斑马线和过街的绿灯，红圈蓝杠的地下车标志下，七色鲜丽的报摊水果摊，纪念品商店的橱窗里，一列列红衣黑裤的卫兵，玻璃上映出的却是两个警伯的侧像，高盔岌岌而束颈。他沿着风车堤缓缓向南走，逆着泰晤士河的东流，看不厌堤上的榆树，树外的近桥和远桥，过桥的双层红巴士，游河的白艇。

> ——水仙水神已散尽，
>
> 泰晤士河啊你悠悠地流，我歌犹未休。

从豪健的乔叟到聪明的奥登，一江东流水奶过多少代诗人？而他的母奶呢，奶他的汨罗江水饮他的淡水河呢？那年是中国大地震西欧大旱的一年，整个英伦在喘气，惴惴于二百五十年未见的苦旱。圣杰姆斯公园和海德公园的草地，枯黄一片，恰如艾略特所预言，长靠背椅上总有三两个老人，在亢旱的月份枯坐待雨。而就在同时，一场大台风，把小小的香港笞成旋转的陀螺，暴雨急湍，冲断了九广铁路。那晚是他在伦敦最后的一晚，那天是八月最后的一天。一架波音七〇七在盖特威克机场等他，不同的风云在不同的领空，东方迢迢，是他的起点和终点。他是西征倦游的海客，一颗心惦着三处的家：一处是新窝，寄在多风的半岛；一处是旧巢，偎在多雨的岛城，多雨而多情；而真正的一处那无所不载的后土，倒显得生疏了，纵乡心是铁砧也经不起卅载的捶打捶打，怕早已忘了他吧，虽然他不能忘记。

当晚在旅馆的台灯下，他这样结束自己的日记："这世界，来时她送我两件礼物，一件是肉身，一件是语文。走时，这两件都要还她，一件，已被我用坏，连她自己也认不出来，另一件我愈用愈好，还她时比领来时更活更新。纵我做她的孩子有千般不是，最后我或许会被宽恕，欣然被认作她的孩子。"

一九七六年十月追记

（本文略有删改——编者注）

# 卡莱尔故居

————
—

　　一九七六年八月，香港暴雨成灾，我却在苦旱正长、何草不黄的伦敦，做客一旬。对我，伦敦这地方既陌生又亲切。陌生，是不消说了，伦敦之大，我认识的人不上一打。鬼呢，倒是认得很多，最多的一群是在西敏寺里。也许认识得太多了，只觉得整个伦敦幢幢尽是鬼影，像一座记忆深远的古屋。幸好我所认识的那许多鬼，大半都是美丽的灵魂，且已不朽。卡莱尔（Thomas Carlyle，1795—1881）正是这样的一位。

　　到伦敦后第四天的早晨，在周榆瑞先生的向导下，瞻仰了这位苏格兰文豪的故居。屋在伦敦西南齐而西区的沿河地带，与河堤相距，不到半盏茶的工夫。两人从地下车站冒了上来，沿着泰晤士河，施施朝西而行。正是夏末秋初，久旱不雨的伦敦，天蓝得不留余地，左首的一排堤树，绿中带黄，丛叶已疏，树外是齐而西河堤仆仆的车尘，再外面，便是缓缓东流的泰晤士河了。向里看，是一排维多利亚式的三层楼屋，红砖黑栅，白漆窗框，藤萝依依，雀噪碎细，很有一种巷间深寂的情调。干燥的季节，人家院子里的玫瑰却肆无忌惮地绽着红艳。

榆瑞停了下来，隔着疏疏的铁栏，为我指点一座显经修葺的老屋，门侧的墙上挂着一块白牌。走上前去，才看清上面写着"乔治·艾略特故居，一八八〇年艾略特在此逝世"。向前再走数户，又有一家墙上挂着白牌，上书"罗赛蒂与斯温伯恩旧宅"。

我说："这条街可不简单，住过三位大师。"

榆瑞笑起来："里面的陈设早就改了。新主人不甘寂寞，挂块名牌自我炫耀一番，可不像纪念馆那样任人参观的。"

再往前走了百多码，背着泰晤士河向右一转，我们就站在倩尼路（Cheyne Row）口了。这是一条僻静的短街，一眼可以望到街尾。面西的一排楼房，都建于十八世纪初年，格式大致相仿：无非是白石红砖砌成的三层楼，拱形的门，狭长的窗子，斜起的屋顶下面是阁楼，上面则竖着烟囱和一排排整齐的通风罩子。

临街的矮铁栏内，可以窥见半蔽在街面下的地下室，通常是用来做厨房。我们朝北走去，在一座悬着"卡莱尔故居"长方横牌的屋前停了下来。

眼前这十八世纪的古屋，正是倩尼路二十四号，百年前的旧制则是倩尼路五号。从一八三四年六月十日到一八八一年二月五日，也就是说，从迁入的那一天起到逝世的那一天止，左右维多利亚一代文坛的哲学家、史学家，兼批评大师卡莱尔，就在这屋里消磨了他后半生的悠悠岁月。

卡莱尔是苏格兰人，与济慈同年诞生，但由于成名颇晚，且又长寿，在文学史上却被划入维多利亚时代，成为十九世纪中叶的核心人物。他漫长的一生可以分为两个阶段，而以一八三四年迁入这古屋为其分界。前半生他穷困潦倒，默默无闻，一直埋没在苏格兰的故乡。迁来伦敦定居的那年，他已经三十九岁，出版过《席勒传》，译介过德国浪漫文学，因而受知于歌德，又刚刚发表了他的哲学巨著《裁缝新制》（*Sartor Resartus*）。尽管如此，英国的文坛仍然不识卡莱尔其人。先是三十一岁那年，卡莱尔和美丽而多才的珍·威尔希结了婚，两年之后，他们迁去苏格兰的克瑞根普塔克，隐居在一个荒僻的农庄上，一住便是六年。据说好客而又聪慧的卡莱尔夫人，在这一段日子里很不快乐，便怂恿她的丈夫南征伦敦。卡莱尔自己也感到，要为伦敦的刊物撰稿，最好是能和那些编辑经常来往。他们终于告别了故乡，迁来英国的文化之都；而当时，住在相连的上倩尼街的，正是奖掖后进不遗余力的名编辑亨特。搬进倩尼路五号的新居之后，卡莱尔不但生活稳定，而且把住了英国文化生命的脉搏，他的文学事业立刻改观，《法国革命》一出版，他便成名了。

榆瑞按了门铃。一位衣着朴素笑容可亲的中年妇人出来应门，带我们到临街的客厅，向我们收了参观费后，笑说："楼下楼上，随意参观，恕我不奉陪了。"像倩尼路其他的西向楼房一样，卡莱尔的故居也是三楼一阁，地下另有厨房。偌大的一幢房子，屋后还有一个小小的天井和花园，当年卡莱尔付的租金，却是每年三十五镑。卡莱尔和夫人在里面住了那么多年，房东数易其人，房租却始终不变，也可见得维多利亚时代的生活有多安定，比起我在伦敦朋达旅馆每天十八镑的租金，真是隔世之别了。

　　我和榆瑞从前厅到后厅，又从后厅到毗连后院的瓷器贮藏室，在底层巡礼了一周。客厅相当宽敞，每间有四百多平方英尺，印有花叶的墙纸令四壁在秀雅之中别具温暖之感，典丽的花毡覆盖前后客厅的地板，后客厅的长窗外，园中的树影扶疏可见。当日卡莱尔夫妇搬进来后，雇了三个木匠，在卡莱尔夫人的监督之下，足足扰攘了一个星期，才把这几层楼的内部刮垢磨光，修整一新，卡莱尔和他的夫人都勤于写信，且以书简的文采见称。他们对新居的满足之情，在给亲友的信上充分流露。卡莱尔在给家人的信中说："新居真令人惊喜不置：这房子十分宽大，空气流动，房间整洁，一切都充足有余。样式的不合时髦是到了极点，但住来舒服适用，也到了极点……我实在当不起这种福气。"卡莱尔夫人定居后不久，在信里这样告诉朋友："喏，我居然来了伦敦，而且在泰晤士河畔新租的屋里若无其事地坐着，真是好妙吧？我们找到的新居真正不凡，格式是极为古色古香，很合我们的脾气；墙上都镶着壁板，雕着花纹，看起来有点古怪，一切都很宽敞，结实，合用，而壁橱之多，尤能令蓝胡子之流感到满足。两星期前，屋子前面还有一排老树，却来了几个神经病的伦敦佬，把它们连根拔走了。屋后有一个花园（姑美其名而已），凌乱不堪，却也有两树葡萄，当令的时候可产葡萄两串，据云'可食'，更有胡桃一株，我从树上摘下来的胡桃，几乎可值六个便士。"

　　前餐厅颇富历史的价值。大壁炉前的扶手椅，为卡莱尔夫人所惯坐。亨特来访，她便从椅上站起，迎吻贵宾。以前在大学里读亨特的名句：

> 珍妮吻我当我们见面，
>
> 从椅上她跳起身来吻我。

总以为珍妮是亨特的什么情人，现在才发现竟是卡莱尔夫人的昵称。卡莱尔夫人很有才气，文笔之美虽不能和她丈夫歌啸跌宕的雄风相侔，却也有她自己的谐趣、灵气与真情。这样美慧的女主人，本身原就有吸引四方才彦与豪侠的魅力，何况男主人更是名满文坛的大师？于是在夫妻两人的共同朋友之外，她更吸引了自己特有的一群宾客，其中尤为佼佼者，应推意大利的志士马志尼和法国革命家贾维尼亚克。两人都是流亡英国的政治犯，他们那种先忧后乐肩负国难的壮怀热血，最能赢得倩尼路五号女主人的青睐。另一位国破冈依的伤心人，也曾经来她家做客。那便是萧邦。据说前餐厅一角的那架钢琴，便曾经他有名的十指抚弄。

一八六五年，前餐厅改装，成为卡莱尔晚年的书房。至于后餐厅，则是卡莱尔夫妇沐着晨曦共进早餐的地方。后来书籍累积愈多，两边壁上也就倚满了书架和书柜。在这间房里，壁炉边的榆木靠背椅，桃花心木的便椅，和置放鸟笼的小圆儿，都是她的遗物。前后餐厅的墙上，挂满了大大小小的画像、照片和浮雕，共有四十多件。其中卡莱尔自己的画像和照片当然最多，大致面容清癯，棱角突兀，神情十分严肃，不但眉下目光炯炯，而且鹰隼之下嘴唇紧闭，意志显得非常坚定。卡莱尔早年英俊无须，到了晚年，他便蓄起满腮满颏的须来。世人习见的卡莱尔，是美国画家惠斯勒所绘"卡莱尔像"中的老人。那时卡莱尔已经七十七岁，寂寞鳏居也已六年，图中的老作家侧面而坐，一身黑色大衣，高顶的黑呢帽覆在膝头，右手拄杖，左手压在交叠的股上。此时的卡莱尔须发鬅鬙，神色黯淡，显已垂垂老去。其他人像之中，最引我注意的，是歌德与爱默生。这两位文豪，一位是卡莱尔的前辈，一位是他的晚辈，和他的关系都很密切。歌德的作品传入英国，卡莱尔是最早的译介人之一，卡莱尔的作品传入美国，则是爱默生的首功。经过这位晚辈的宣扬，卡莱尔早年在美国的声誉甚至超过国内，作品的销路也是美国领先。

其实爱默生只比卡莱尔小八岁。他曾经两访卡莱尔：第一次是在苏格兰那幽僻清冷的农庄上，那时爱默生才三十岁，卡莱尔刚发表了他最杰出的论文《论本色》，最重要的哲学大著《裁缝新制》也甫脱稿，但还不能算已成名。年轻的爱默生却已慧眼独具，觑识他行将领袖文坛的潜力。那时华兹华斯和柯尔律治都已逾花甲，在政治上成为保守分子，浪漫派少壮的一辈，拜伦、雪莱、济慈，均已早夭，而比爱默生更年轻的丁尼生和布朗宁当然还未成气象；青黄不接的英国文坛，可谓无人。爱默生在卡莱尔对教会、议会、工业社会的猛烈批评里找到了一位先知，感奋之余，便带了经济学家米尔的介绍信，迢迢北征，去苏格兰拜访卡莱尔。做主人的很喜欢这位美国来客，事后在给米尔的复信中说："你介绍的爱默生，在寂静的星期天午后，我们正用膳的时候，乘车来了。这个人真是温和、可嘉、可亲，而又热心，我们真要感谢他那么风趣地解除了我们的寂寞……我真正喜欢此人的一点，便是他的健康，他的怡然自得。"十四年后，爱默生已经成名，在伦敦讲学十分轰动，再访卡莱尔于倩尼街五号。这时卡莱尔当然早成了英国文坛的大师，但他的胃疾和脾气却似乎愈来愈坏。对于爱默生的再度来访，他似乎颇不耐烦。事后他写信给贝灵夫人说："和他对谈，真把我累垮了；他似乎有一条美国佬的倒霉规矩，就是，除了睡觉之外，谈话必须无休无止地进行：真是恐怖的规矩。确是一个心地纯洁而崇高的人；'崇高'而不博大，就像柳树和芦苇那样，从他那儿是采不到什么果实的。一张精致而瘦薄的三角脸，没有牙床也没有嘴唇，只有削弯的鹰钩鼻子；公鸡特有的那种脸：惊天动地的大事不是这种人做的。"

二楼临街的房间，是藏书室兼客厅，来此拜访的宾客，包括狄更斯、萨克雷、丁尼生、布朗宁、罗斯金、达尔文和马志尼那一群流亡的爱国志士。一八八一年二月五日清晨八点半钟，卡莱尔便死在这间房里。开始的十年，卡莱尔用这里做书房，他的成名作《法国革命》便完稿于此。该书第一卷的初稿，被米尔借阅，不慎焚毁；当日也就是在这间房里，卡莱尔看着米尔脸色苍白神情惊恐地冲进来，带来令人伤心的噩耗。从一八四三年起，卡莱尔夫人便将此室改为客厅，不但房间加大，窗户也予以拓宽，壁上也裱以美丽的墙纸。今日室内所陈，多为当年旧物。除了近千册的那一橱藏书之外，我认为最动人怀古之情的，有三件遗物。第一件是那四折的屏风，一八四九年，卡莱尔夫人在上面贴满了版画和人物犬马的图片。她死后，卡莱尔思人怜物，倍加珍爱，后来甚至在自己的遗嘱中，把屏风赠给甥女玛丽·艾特金。第二件是圆桌上葫芦形古台灯旁供着的长方木盒，当日卡莱尔新婚，歌德寄赠的贺礼数件便珍存盒中：其中的一件是歌德的五卷诗集，上题"卡莱尔伉俪新婚留念"。第三件是卡莱尔坐读用的绿皮扶手椅。椅极宽大，左边扶手上并装有一具阅读架，书本可以翻开斜置于架上，架也可以做九十度的推移，十分便于学者安坐久读，椅前还放着一个圆形的厚垫子让坐者搁脚。这一张体贴入微的安乐椅，是卡莱尔八秩大庆时约翰·福斯特献赠的贺礼。正如情人应该有一张好床，作家也应该有一张宜于久坐的好椅。我在卡莱尔的安乐古椅上坐了好几分钟，感到十分欣羡。

卡莱尔的胃病是有名的。在爱丁堡大学苦读的时代，他就患上了消化不良症，后来一直苦于此疾，以致时常脾气急躁，情绪不稳，甚至影响到他的文体。论者常说卡莱尔师承歌德，其实卡莱尔坚毅而沉郁的风格，和歌德的清逸倜傥大异其趣。歌德难于了解卡莱尔的精神困境，正如卡莱尔之难于欣赏歌德的风流自喜。歌德出入宫廷，周旋于帝王卿相之间，卡莱尔却无意于迎合当道。卡莱尔暮年觐见维多利亚女皇，女皇以为他会侍立应对，不料卡莱尔倚老，只说了一声对不起，便径自坐了下去。卡莱尔是一位悲观的先知，兰姆的谐趣与怪诞他往往不能欣赏。他在笔记里感叹说："哀哉兰姆，哀哉英国，如此可鄙的畸胎儿竟有天才之名！"我相信福斯特送给卡莱尔的这张扶手椅，是特为一位久患胃疾的老人设计的。

三楼是卡莱尔夫妇的卧室，目前由守屋人居住，不对外开放。再上去，便是阁楼了。卡莱尔既苦于胃疾，又兼寝不安枕，总觉得邻近街坊的杂音太吵，使他难于专心写作。先是有一架钢琴叮咚，继而又有一只鹦鹉在饶舌，最后又是哪家院子里有一群"鬼鸟"在厉鸣磔磔，害得卡莱尔不断换书房逃难。终于在一八五三年，他痛下决心，在屋顶加盖一间隔音的阁楼——他着匠人特殊设计，屋顶的天窗特别大，临街的长窗特别窄，屋顶的石板瓦和天花板之间隔成一层气槽，天花板和地板上，更装上可以调节的铁条通风窗。阁楼盖好后，卡莱尔欣然搬进新书房去，却发现泰晤士河的水声传来，这间密室竟有扩音的特效，而附近那些"鬼鸟"的磔磔，仍然隔之不绝。尽管如此，他却在这间密室里，为撰写《腓特烈大帝》（*History of Frederick the Great*）的皇皇巨著，前后工作了十二年。一八六五年，六卷的《腓特烈大帝》全部出版之后，卡莱尔迁回底楼的书房，这间阁楼便改为女仆的卧室了。

　　榆瑞端详着壁上悬挂的德国历史人物的肖像，和室中陈列的一些遗物，诸如作者的手稿、护照、短简和手杖等等。我则坐在卡莱尔的写字台前，设想文豪当日，坐在这张椅上，听着泰晤士河东流的波声，时而闭目冥想，时而奋笔疾书的情况。十二年！羽笔都不知写秃了几支？早夭的作家如查特顿（Thomas Chatterton，1752—1770）和济慈，一生创作的岁月，加起来也不过这一半长。要完成这样的巨著，必须时代和作家合作，才能终底于成；如果时代动乱，或是作家命短，就难竟全功了。维多利亚时代太平，文人又多长寿，这样的巨著鸿篇也就不少。卡莱尔动手写《腓特烈大帝》时，年纪已近六十，文名早著，经济无忧，自不必汲汲为稻粱谋，所以才能沉下气来，高楼小阁，一栖便是悠悠一十二载，再下楼来，已成古稀老翁了。不禁想起另一位史学家陈寅恪，后半生流离失所，抗战时期不但营养不良，要门人送奶粉疗饥，就连书写的稿纸也难以为继——比起卡莱尔在这幢华屋里近半世纪的安居长吟，真是令人感叹了。

　　《腓特烈大帝》全书既出，卡莱尔在学界声誉更隆；就是这一年，他继格拉德斯东之后，被选为他母校爱丁堡大学的校长。这是他一生事业的巅峰。在凯归的心情下，他回到故乡去发表就任演说，却传来噩耗，说卡莱尔夫人病故。老年丧偶，卡莱尔一恸欲绝，从此感伤不振。最后的十五年鳏居，他绝少写作，只是读书自娱，或是接见四方来访"齐而西圣人"的宾客。七十九岁那年，他接受了俾斯麦颁赠的普鲁士大成勋章，却拒绝了英相狄士瑞礼封他的从男爵号。卡莱尔死后，并未埋于西敏寺，国人从他遗愿，埋他在故乡艾克里费城（Ecclefechan）。

两人饱览了近三小时，在"齐而西圣人"偌大的故宅里，更未遇见第三位朝圣的香客。十九世纪的沉默包围着我们，除了自己的跫音，也未闻当日圣人畏闻的琴声、禽声。两人从楼梯上下来，榆瑞说：

"我就料到不会有什么游客，所以特别带你来，可以从容低回——"

"真是太好了！是要这么沉思冥想，叹凤伤麟，才能进入情况，恍若与古人踵武相接。不像前天去参观狄更斯的故居——"

"那可是挤。"榆瑞举眉睁眼，戏作惊愕之状。

"可不是，三辆游览车停在门外，游客列队而入，接踵而出，人多口杂，不到半个钟头，已经催着上车，说，不然就错过下一个节目了。因为游客太多，狄更斯馆里的一几一椅都有围绳拦护，只觉得一切都有距离，既紧张，又拘束，想象没有回旋的余地，很难投入狄更斯的世界里去。所谓游客，大概是世界上最讨厌的东西了。本地人血汗的现实里，偏有一批批游客来寻梦，东张西望，乱拍照片，不知所云。游客呼啸过处，风景蒙羞，文化跌价，千古兴亡不付给渔樵却付给哓哓的向导。"

"你自己不也是一个游客？"榆瑞笑道。

"所以觉得自己也讨厌。英国这地方，应该住下来慢慢咀嚼。一座西敏古寺，两小时要一览无余，简直是开玩笑。"

在西敏寺的诗人之隅，卡莱尔并没有塑像，只有一块平面的地碑，位置并不显眼，且为排椅所蔽。卡莱尔生前享名之盛，影响之广，俨然伦敦文坛的盟主，如今他的声誉不再像百年前那样显赫，汗牛充栋的巨著也少人阅读。卡莱尔和狄更斯并为维多利亚时代的文豪；卡莱尔长十七岁，可称前辈，狄更斯的小说《艰难岁月》便是献给这位先驱的。百年之后，狄更斯的故居游客摩肩，卡莱尔的旧址却香火冷落，对照一何鲜明。

卡莱尔是历史家也是传记家，他在《英雄与英雄崇拜》里曾说："世界史不过是伟人合传。"傅斯年称为"滑稽之雄"的萧伯纳，深受卡莱尔的启发。卡莱尔阴郁的警告，到萧伯纳笔下成了嬉笑怒骂；卡莱尔的英雄，萧伯纳笔下叫作超人。狄更斯是小说家，他写的大半是中下层社会的匹夫匹妇，但是虚构的小说却似乎比实传的历史更为真实，更接近人性，更垂之永久。卡莱尔在十九世纪中叶的英国，扮演的是告警报忧的先知，捧着那时代一颗不安的良心，对于重量而不重质的工业文明和议会政制，对于机械的压倒人性、宗教的流于形式等等，无不猛施攻击。在政治上，他是一位富于贵族气质的激进分子，一方面不信任芸芸黔首，另一方面又不屑趋附当道。他对于人民的福利极为关心，但认为拯救之道不在人人争取权利，而在人人尽到责任。这当然是一种理想主义，很难见容于锱铢必较的工业社会。卡莱尔那种一士谔谔、独排众议的胆识，在当时固然折服了多少才彦，但他载道的方式，是《圣经·旧约》

里先知的大声疾呼，当头棒喝。他曾经批评同代的另一位历史家麦考莱说："麦考莱偶尔一读亦无妨，但谁也不愿住在尼亚加拉大瀑布之下。"话固说得俏皮，但是也可以反施于卡莱尔自身。下面是卡莱尔典型的啸吟文体：

> 英勇的海上船长，北方的海上王哥伦布，我的英雄啊，忠诚的大海王！你面临的不是顺境，在这荒凉的深海：你的四周是受挫的舟子在哗变，后面是羞辱与毁灭，前面是看不透的海之面纱。

英国现代作家克勒敦·布洛克对这段的评语是："如果一位作家长期使用这样的风格，就像一个人声嘶力竭在说话，终使我们感到疲倦。"卡莱尔雄劲突兀的笔锋，当然也不尽如此，不过他确是以诗为文，以文为史，可谓史家中之散文诗人。

下得楼来，榆瑞和我又轻推通道的纱门，步入屋后的花园。约莫五十坪的面积，比起榆瑞寓所的后院，只得一半大小的光景，但也足够一代文豪行吟流连的了。花园实分两部。近屋的一边是石板铺砌的天井，卡莱尔生前常爱来这里坐读；盛夏的日子，他会搬一张小书桌，到凉翠的树荫里去写作。远屋的一边有石板路相通，草地和树木修护得十分整洁，可惜天旱，无缘目饫芳草的鲜碧。除了卡莱尔夫人给朋友信中提到的葡萄和胡桃，还有樱桃、山楂、茉莉、薄荷、紫丁香之属。园中原有两张瓷凳子，现在只剩一张，卡莱尔却爱搬一张厨房的椅子来坐。文豪的弟弟从苏格兰送来一把镰刀，他便用来刈草芟藤，然后挂在那樱桃树上。樱桃虽然丰收，群雀却先来偷尝。卡莱尔生前很喜欢这园子，常常亲自来修护。他在信里说："我可以像从前（在家乡）那样，便装草帽，在园中徘徊，安安静静抽我的烟斗……我买了三株果树，栽在这一方可怜的多烟的花园里；那些老果树已是一百五十年前某位善人的功德，不是死了，便是须要拔除；只剩下一树梨一树樱桃，似乎是今年水果收成的唯一指望了。或许下一代有位可怜的馋嘴伦敦佬，会比我收成好些。"

先知的预言似乎是落空了。我所见到的英国，不但丰收无着，连绿油油的芳草也枯黄欲萎了。"一老人在干旱的月份，等待下雨"，艾略特的音调在心里响起。甘霖在何处呢？这民族最后的一位英雄，衔着雪茄，已经像先知一样，"与洪荒的巨人长眠在一起"。只留下一位白发的老孀，在荒旱的岁月，拍卖那英雄的颜色维生。

我们走上街去。倩尼路二十四号的大门关上，厚沉沉地，像阖上维多利亚那时代，黑封面的一部巨书。堤外只有泰晤士河还流着，那波声，不知是诉说时间，还是永恒。

一九七七年三月十八日追记

# 夜读叔本华

---

　　体系博大、思虑精纯的哲学名家不少，但是文笔清畅、引人入胜的却不多见。对于一般读者，康德这样的哲学大师永远像一座墙峭堑深的名城，望之十分壮观，可惜警卫严密，不得其门而入。这样的大师，也许体系太大，也许思路太玄，也许只顾言之有物，不暇言之动听，总之好处难以句摘。所以翻开任何谚语名言的词典，康德被人引述的次数远比培根、尼采、罗素、桑塔亚那一类哲人为少。叔本华正属于这澄明透彻易于句摘的一类。他虽然不以文采斐然取胜，但是他的思路清晰，文字干净，语气坚定，读来令人眼明气畅，对哲人寂寞而孤高的情操无限神往。夜读叔本华，一杯苦茶，独斟千古，忍不住要转译几段出来，和读者共赏。我用的是企鹅版英译的《叔本华小品警语录》（*Arthur Schopenhauer: Essays and Aphorisms*）：

"作家可以分为流星、行星、恒星三类。第一类的时效只在转瞬之间：你仰视而惊呼：'看哪！'——他们却一闪而逝。第二类是行星，耐久得多。他们离我们较近，所以亮度往往胜过恒星，无知的人以为那就是恒星了。但是他们不久也必然消逝；何况他们的光辉不过借自他人，而所生的影响只及于同路的行人（也就是同辈）。只有第三类不变，他们坚守着太空，闪着自己的光芒，对所有的时代保持相同的影响，因为他们没有视差，不随我们观点的改变而变形。他们属于全宇宙，不像别人那样只属于一个系统（也就是国家）。正因为恒星太高了，所以他们的光辉要好多年后才照到世人的眼里。"

叔本华用天文来喻人文，生动而有趣。除了说恒星没有视差之外，他的天文大致不错。叔本华的天文倒令我联想到徐霞客的地理。徐霞客在游太华山日记里写道："未入关，百里外即见太华兀出云表；及入关，反为冈陇所蔽。"太华山就像一个伟人，要在够远的地方才见其巨大。世人习于贵古贱今，总觉得自己的时代没有伟人。梵高离我们够远，我们才把他看清，可是当日阿罗的市民只看见一个疯子。

"风格正如心灵的面貌，比肉体的面貌更难作假。模仿他人的风格，等于戴上一副假面具；不管那面具有多美，它那死气沉沉的样子很快就会显得索然无味，使人受不了，反而欢迎奇丑无比的真人面貌。学他人的风格，就像是在扮鬼脸。"

作家的风格各如其面，宁真而丑，毋假而妍。这比喻也很传神，可是也会被平庸或懒惰的作家用来解嘲。这类作家无力建立或改变自己的风格，只好绷着一张没有表情或者表情不变的面孔，看到别的作家表情生动而多变，反而说那是在扮鬼脸。颇有一些作家喜欢标榜"朴素"。其实朴素应该是"藏巧"，不是"藏拙"，应该是"藏富"，不是"炫穷"。拼命说自己朴素的人，其实是在炫耀美德，已经不太朴素了。

"'不读'之道才真是大道。其道在于全然漠视当前人人都热衷的一切题目。不论引起轰动的是政府或宗教的小册子，是小说或者是诗，切勿忘记，凡是写给笨蛋看的东西，总会吸引广大读者。读好书的先决条件，就是不读坏书：因为人寿有限。"

这一番话说得斩钉截铁，痛快极了。不过，话要说得痛快淋漓，总不免带点武断，把真理的一笔账，四舍五入，作断然的处理。叔本华漫长的一生，在学界和文坛都不得意。他的传世杰作《意志与观念的世界》在他三十一岁那年出版，其后反应一直冷淡，十六年后，他才知道自己的滞销书大半是当作废纸卖掉了的。叔本华要等待很多很多年，才等到像瓦格纳、尼采这样的知音。他的这番话为自己解嘲，痛快的背后难免带点酸意。其实曲高不一定和寡，也不一定要久等知音，披头的歌曲可以印证。不过这只是次文化的现象，至于高文化，最多只能"小众化"而已。轰动一时的作品，虽经报刊鼓吹，市场畅售，也可能只是一个假象，"传后率"不高。判别高下，应该是批评家的事，不应任其商业化，取决于什么排行榜。这期间如果还有几位文教记者来推波助澜，更据以教训滞销的作家要反省自己孤芳的风格，那就是僭越过甚，误会采访就是文学批评了。

一九八五年六月二日

# 西欧的夏天

旅客似乎是十分轻松的人，实际上却相当辛苦。旅客不用上班，却必须受时间的约束；爱做什么就做什么，却必须受钱包的限制；爱去哪里就去哪里，却必须把几件行李蜗牛壳一般带在身上。旅客最可怕的噩梦，是钱和证件一起遗失，沦为来历不明的乞丐。旅客最难把握的东西，便是气候。

我现在就是这样的旅客。从西班牙南端一直旅行到英国的北端，我经历了各样的气候，已经到了寒暑不侵的境界。此刻我正坐在中世纪达豪士古堡（Dalhousie Castle）改装的旅馆里，为《隔海书》的读者写稿，刚刚黎明，湿灰灰的云下是苏格兰中部荒莽的林木，林外是隐隐的青山。晓寒袭人，我坐在厚达尺许的石墙里，穿了一件毛衣。如果要走下回旋长梯像走下古堡之肠，去坡下的野径漫步寻幽，还得披上一件够厚的外套。

从台湾的定义讲来，西欧几乎没有夏天。昼蝉夜蛙，汗流浃背，是台湾的夏天。在西欧的大城，例如巴黎和伦敦，七月中旬走在阳光下，只觉得温暖舒适，并不出汗。西欧的旅馆和汽车，例皆不备冷气，因为就算天热，也是几天就过去了，值不得为避暑费事。我在西班牙、法国、英国各地租车长途旅行，其车均无冷气，只能扇风。

巴黎的所谓夏天，像是台北的深夜，早晚上街，凉风袭肘，一件毛衣还不足御寒。如果你走到塞纳河边，风力加上水汽，更需要一件风衣才行。下午日暖，单衣便够，可是一走到楼影或树荫里，便嫌单衣太薄。地面如此，地下却又不同。巴黎的地车比纽约、伦敦、马德里的都好，却相当闷热，令人穿不住毛衣。所以地上地下，穿穿脱脱，也颇麻烦。七月在巴黎的街上，行人的衣装，从少女的背心短裤到老妪的厚大衣，四季都有。七月在巴黎，几乎天天都是晴天，有时一连数日碧空无云，入夜后天也不黑下来，只变得深洞洞的暗蓝。巴黎附近无山，城中少见高楼，城北的蒙马特也只是一个矮丘，太阳要到九点半才落到地平线上，更显得昼长夜短，有用不完的下午。不过晴天也会突来霹雳：七月十四日法国国庆那天上午，密特朗总统在香榭丽舍大道主持阅兵盛典，就忽来一阵大雨，淋得总统和军乐队狼狈不堪。电视的观众看得见雨气之中，乐队长的指挥杖竟失手落地，连忙俯身拾起。

法国北部及中部地势平坦，一望无际，气候却有变化。巴黎北行一小时至卢昂，就觉得冷些；西南行二小时至露娃河中流，气候就暖得多，下午竟颇燠热，不过入夜就凉下来，星月异常皎洁。

再往南行入西班牙，气候就变得干暖。马德里在高台地的中央，七月的午间并不闷热，入夜甚至得穿毛衣。我在南部安达露西亚地区及阳光海岸（Costa del Sol）开车，一路又干又热，枯黄的草原，干燥的石堆，大地像一块烙饼，摊在酷蓝的天穹之下。路旁的草丛常因干燥而起火，势颇惊人。可是那是干热，并不令人出汗，和台湾的湿闷不同。

英国则趋于另一极端，显得阴湿，气温也低。我在伦敦的河堤区住了三天，一直是阴天，下着间歇的毛毛雨。即使破晓时露一下朝暾，早餐后天色就阴沉下来了。我想英国人的灵魂都是雨蕈，撑开来就是一把黑伞。与我存走过滑铁卢桥，七月的河风吹来，水汽阴阴，令人打一个寒噤，把毛衣的翻领拉起，真有点魂断蓝桥的意味了。我们开车北行，一路上经过塔尖如梦的牛津，城楼似幻的勒德洛（Ludlow），古桥野渡的蔡斯特（Chester），雨云始终罩在车顶，雨点在车窗上也未干过，销魂远游之情，不让陆游之过剑门。进入肯布瑞亚的湖区之后，遍地江湖，满空云雨，偶见天边绽出一角薄蓝，立刻便有更多的灰云挟雨遮掩过来。真要怪华兹华斯的诗魂小气，不肯让我一窥他诗中的晴美湖光。从我一夕投宿的鹰头（Hawkshead）小店栈楼窗望出去，沿湖一带，树树含雨，山山带云，很想告诉格拉斯米教堂墓地里的诗翁，我国古代有一片云梦大泽，也出过一位水汽逼人的诗宗。

一九八五年八月十八日

# 重访西敏寺

———

　　七月二十五日与我存从巴黎搭火车去布隆，再坐渡船过英吉利海峡，在福克斯东（Folkestone）登岸，上了英国火车，驶去伦敦。在伦敦三天，一直斜风细雨，阴冷如同深秋，始终无缘去访西敏古寺。后来我们就租了一辆飞雅红车，老兴遄飞，一路开去苏格兰，在彭斯的余韵和司各特的遗风里，看不完古寺残堡，临湖自镜。等到爱丁堡游罢南回，才专诚去西敏寺探访满寺的古魂。在我，这已是重访。就我存而言，这却是初游。

　　从西门一踏进西敏寺，空间只跨了几步，时间，却迈过几百年了。欧洲的名寺例皆苍古阴暗，历史的长影重重叠叠，压在游人的心上，西敏寺尤其如此。对我说来，西敏寺简直就是一座充满回声的博物馆，而诗人之隅简直就是大理石刻成的英国文学史。

　　西敏寺不及圣保罗大教堂高大，但在英国史上却享有特殊崇高的地位，因为九百年来它一直是皇室大典的场所。一〇六六年，诺曼底公爵在英国南岸的海斯丁斯打败了海洛德，进军伦敦，并于该年的圣诞节在甫告建成的西敏寺举行加冕典礼，以异族征服者的身份成为英国的君王。从此英王的加冕典礼，除爱德华五世及爱德华八世之外，一律在此举行。

英王的登基大典分成四个阶段。第一阶段是序幕，首先是新君入寺，由大主教导至典礼观众之前，并问观众是否同意进行典礼。观众表示同意，是为正式承认新君之统治权。继由新君宣誓，保证今后治国，必须尊重人民所定的法律，并且维护英格兰与苏格兰的革新教会。再由大主教呈上《圣经》，作为一切智慧与法律之根据。第二阶段是把新君敷上圣油，送上加冕椅。第三阶段是授予新君王袍与权杖。第四阶段是新君登台就位，在王座之上接受观礼者的致敬。观礼者分为三种身份：依次为灵职（Lords Spiritual，指大主教与主教）、俗职（Lords Temporal，指公侯伯子男等贵族）和人民的代表。典礼的程序九百年来大同小异，变化很少。

西敏寺吸引游人的另一传统，是英国历来的君王与皇后均在此安葬，游客只要买票，就可鱼贯而入纵堂（nave），参观伊丽莎白一世及维多利亚的石墓，发其怀古之遐思。凡能看的我也都随众看了，但是最令我低回而不忍去的，是其横堂（transept）之南廊，也正是举世闻名的诗人之隅。九年前我曾经来此心香顶礼，冥坐沉思，写了一篇长文《不朽，是一堆顽石？》，此番重游，白发陡增，对诗人身后的归宿，有更深长的感触。

西敏寺之南廊虽为诗人立碑立像，供后人之瞻仰徘徊，却非文学史之定论。诗人在此，或实有坟墓，或虚具碑像，情况不一。碑也分为两种：一种是地碑，嵌在地上，成为地板；一种是壁碑，刻在墙上。也不知道为什么，雪莱和济慈仅具壁碑，面积不大，且无雕像。旁边却有骚塞（Robert Southey）的半身石像，也许骚塞做过桂冠诗人之故：我相信雪莱看见了一定会不高兴。拜伦仅有一方地碑，却得来不易。他生前言行放浪，而且鄙薄英国的贵族与教会，所以死后百多年间，一直被摈于西敏寺外，沦为英国文苑的野鬼游魂。（我相信拜伦也不在乎，更无意与华兹华斯终古为伍。）索瓦生所雕的拜伦像，便是因为西敏寺不肯接受，才供在他母校剑桥三一学院的图书馆里。直到一九六九年，英国诗社才得以大理白石一方，铺地为碑，来纪念这位名满全欧的迟归浪子。

　　拜伦的地碑旁还有许多地碑，拜伦之石在其左上角。与拜伦同一横排而在其右者，依次为狄伦·托马斯、乔治·艾略特、奥登。下一排由左到右为露易士·卡洛尔、亨利·詹姆斯、霍普金斯、梅斯菲尔德。最低一排又依次为T. S. 艾略特、丁尼生、布朗宁。最引人注目的是新客狄伦·托马斯：碑上刻着诗人生于一九一四年十月二十七日，卒于一九五三年十一月九日，下面是他的名句："我在时间的掌中，青嫩而垂死——却带链而歌唱，犹如海波。"这两句诗可以印证诗人的夭亡而不朽，选得真好。

　　诗人之隅局于南廊，几乎到了碑相接像触肘的程度，有鬼满之感。说此地是供奉诗人的圣坛，并不恰当，因为石府的户籍颇为凌乱。首先，次要人物如坎贝尔（Thomas Campbell）竟有全身立像，像座堂皇，碑文颇长，而大诗人如蒲柏及多恩却不见踪影。其次，本国重要诗人不供，却供了两位外国诗人，美国的朗费罗与澳洲的戈登。再次，诗人之隅并不限于诗人，也供有狄更斯、韩德尔等小说家与作曲家，甚至还有政治人物。起拜伦于地下（他的地碑之下？）而问之，问他对诗人之隅的左邻右舍有何感想，敢说他的答复一定语惊四座，令寺中的高僧掩耳不及，寺外的王尔德笑出声来。

一九八五年八月二十五日

# 古堡与黑塔

一

欧游归来，在众多的记忆之中幢幢然有一座苍老的城堡，悬崖一样斜覆在我的梦上。巴黎的明艳，伦敦的典雅，都不像爱丁堡那样地崇人难忘。爱丁堡确是有一座堡，危踞在死火山遗下的玄武岩上，好一尊千年不寐的中世纪幽灵，俯临在那孤城所有的街上。它的故事，北海的风一直说到现在。衬在阴沉沉的天色上，它的轮廓露出城墙粗褐的皮肤，依山而斜，有一种苦涩而悲壮的韵律，莫可奈何地缭绕着全城。

从堡上走下山来，沿着最繁华的王侯街东行，就看到一座高傲的黑塔，唯我独尊地排开四周不相干的平庸建筑，在街的尽头召你去仰拜。那是一座嶙峋突兀的瘦塔，一簇又一簇锋芒毕露的小塔尖把主塔簇拥上天，很够气派。近前看时，塔楼底下，高高的拱门如龛，供着一尊白莹莹的大理石雕像，是一个长发垂眉的人披衣而坐，脚边踞着一头爱犬。原来那是苏格兰文豪司各特的纪念塔（Sir Walter Scott Monument）。

司各特死于一八三二年九月二十一日。苏格兰人为了向他们热爱的文豪致敬，决定在他的出生地爱丁堡建一座堂皇的纪念塔，并在塔下供奉他的石像。建筑的经费由大众合捐，共为一万六千一百五十四镑。建塔者先后二人，为康普（George Meikle Kemp）与庞纳（William Bonnar）。雕像者为史悌尔（Sir John Steel）。一八四〇年八月十五日，也就是司各特六十九岁冥诞的那天，纪念塔举行奠基典礼，仪式十分隆重，并鸣礼炮七响。六年后的八月十五日，又行落成典礼，各地赶来观礼的苏格兰人，冒着风雨列队在街头，看官吏与工程人员游行而过，并听市长慷慨致词颂扬文豪，礼炮隆然九响。

司各特的坐像用名贵的卡拉拉大理石雕成，雕刻家的酬金为两千英镑，这在十九世纪中叶是够丰厚的了。甚至三十吨重的像座也是意大利运来的大理石，因为太重了，在来亨起运时竟掉进海里。纪念塔高达二百英尺又六英寸，四方的底基每一面都宽五十五英尺，这样的体魄难怪要气凌全城。塔的本身用林利斯高附近页岩采石场所出的宾尼石建造，据说这样的石料含有油质，可以耐久。塔外的回廊分为三层，攀到顶层要踏二百八十七级石阶。塔上高高低低有六十四个龛位，各供雕像一尊，以摹状司各特小说里繁多的人物。一个民族对自己作家的崇拜一至于此，真可谓仁至义尽了。莎翁在伦敦，雨果在巴黎，还没有这样的风光。西敏寺里的壁上也有司各特的一座半身像，却缩在一隅，半蔽在一个大女像的背后。

二

司各特不能算怎么伟大的作家，他的作品，无论是早年的叙事诗或是后期的传奇小说，都未达到最伟大的作品所蕴含的深度。他的诗可以畅读，却不耐细品，所以在浪漫派的诗里终属二流。他的小说则天地广阔，人物众多，文体以气势生动见长。以《威夫利》为首的一套小说，纵则探讨苏格兰的历史与传统，横则刻画苏格兰社会各种阶层的人物，其广度与笔力论者常说差可追拟莎士比亚的历史剧。司各特熟悉苏格兰的民俗，了解苏格兰的人物，善用苏格兰的方言与歌谣；这些长处，再加上一支流利而诙谐的文笔，使他的这一套小说当日风靡了英国，为浪漫小说开拓出一个新世界，而且流行于欧洲，启迪了大仲马和雨果。我们甚至可以说，这类小说是"历史乡土"；司各特真正为自己的人民掘土寻根，当然苏格兰人要崇奉他为民族的文豪。

司各特后期的小说将时空移到他不太深知的范围，例如法国与中东，成就便不如写他本土的《威夫利》系列。不过他博闻强记，加以上下求索，穷寻苦搜，一生的作品十分丰盛。除了《拿破仑传》之外，他还编了德莱顿与斯威夫特的作品集，为十八世纪的小说家作序，并在《爱丁堡评论》及《评论季刊》上发表文章，足见这位小说大家也有其学者的一面。

在十九世纪，司各特名满全欧，小说的声誉不下于拜伦的诗。

到二十世纪，文风大变，他的国际声誉也就盛极而衰。西印度大学的英文教授克勒特威尔（Patrick Cruttwell）说得好：司各特的心灵"幽默而世故，外向而清明"。熟读亨利·詹姆斯或乔伊斯的现代读者，大概不会迷上司各特。可是从六十年代以来，也有不少严谨的批评家重新肯定他写苏格兰风土的那些小说。戴维在他的《司各特之全盛时代》（*Donald Davie: Heyday of Sir Walter Yscott*）里，便推崇司各特为真正的浪漫作家，并非徒袭十八世纪新古典的遗风。

我一面攀登高峻的纪念塔，一面记起在大学时代念过的《护身符》（*Talisman*）。在我少年的印象里，司各特是一把金钥匙，只要一旋，就可以开启历史的铁门，里面不是杳无人踪的青苔满地，而是呜咽叱咤的动乱时代。他的小说可以说是历史的戏剧化：历史像是被人点了穴道，僵在那里，他一伸手，就都解活了过来。曾几何时，他自己也已加入了历史。我从伦敦一路开车北上，探豪斯曼的勒德洛古城，华兹华斯的烟雨湖区，怀古之情已经愈陷愈深。而一进了苏格兰的青青牧野，车行一溪独流的荒谷之间，两侧嫩绿的草坡上缀着点点乳白的羊群，一直点洒到天边。这里的隐秘与安静，和外面世界的劫机新闻不能联想。于是彭斯的歌韵共溪声起伏，而路侧的乱石背后，会随时闪出司各特的英雄或者乞丐。一到了爱丁堡，司各特的故乡，那疑真疑幻的气氛就更浓了。城中那一座傲立不屈的古堡，司各特生前曾徘徊而凭吊过的，现在，轮到我来凭吊，而司各特自己，立像建塔，也成为他人凭吊的古迹了。

在一条扁石铺地的迂回古巷里，我找到一座似堡非堡的老屋，厚实的墙壁用青白间杂的糙石砌成，古朴重拙之中有亲切之感。墙上钉着一方门牌，正是"斯黛儿夫人博物馆"（lady Stair's

House）。馆中陈列的画像、雕像、手稿、遗物等等，分属苏格兰的三大作家：彭斯、司各特、史蒂文森。楼下的展览厅居然有一只残旧脱漆的小木马，据说是司各特儿时所骑。隔着玻璃柜子，我看见他生前常用的手杖，杖头有节有叉，上面覆盖着深蓝色的便帽，帽顶有一簇亮滑的丝穗。名人的遗物是历史之门无意间漏开的一条缝，最惹人遐想。一根微弯的手杖笃笃点地而来，刹那间你看见那人手起脚落，牵着爱犬，散步而去的神态。正冥想间，忽然觉得眼角闪来一痕银白的光。走近了端详，原来邻柜蜷着一绺白发，弯弯地，有五六英寸长，那偃伏的姿态有若饱经沧桑，不胜疲倦。旁边的卡片说明，这是司各特重病出国的前夕，某某夫人所剪存。一年之后，他便死了。只留下那一弯银发，见证当日在它的覆盖之下，忙碌的头颅啊曾经闪动过多少故事，多少江湖风霜，多少历史性的伟大场面。

三

司各特的小说令人神往，我却觉得他的生平更令我感动。他那高贵品格所表现的大仁大勇，不逊于出生入死的英雄。在五十五岁那年，他和朋友合股的印刷厂和出版社因周转不灵而倒闭，顿时陷他于十一万七千镑的债务。那时英镑值钱，他的重债相当于当日的五十多万美金。司各特原可宣布破产或接受朋友的援助，却毅然一肩承担下来，决意清偿自己全部的债务。他说："我不愿拖累朋友，管他是穷是阔；要偿债，就用自己的右手。"

他立刻卖掉爱丁堡城里的房子，搬回郊外三十五英里的别墅阿波慈福（Abbotsford）；本来他连阿波慈福也要拿来抵债，可是债主们不忍心接受。司各特夫人原已有病，迁下乡后几星期就死了。在双重的打击下，他奋力写书还债，完成了九卷的巨著《拿破仑传》。两年后他竟偿还了约值二十万美金的债，其中一半即为《拿破仑传》的收入。事变之初，他的身体本已不适，这时更渐渐不支，却依然努力不懈。事变后四年，正值他五十九岁，他忽然中风。翌年又发了一次。他勉力挣扎，以口述的方式继续写作。他的日记上这样记道："这打击只怕已令人麻木，因为我浑似不觉。说来也奇怪，我竟然不怎么张皇失措，好像有法可施，但是天晓得我是在暗夜中航行，而船已漏水。"

英王威廉四世听到这件事，更听说地中海的阳光有益于病人，就派了一艘叫"巴伦号"（HMS Barham）的快舰，专程把司各特送去马耳他岛，后来又驶去那波利和罗马。这样的照顾虽然比杜甫的"老病有孤舟"要周到得多，司各特的病情却无起色。他的心仍念着苏格兰。这时传来歌德的死讯，他叹道："唉，至少他死在家里！"在回程的海上，他因脑出血而瘫痪。回到阿波慈福后，重见苏格兰的青山流水，听到自己家里的狗叫，他迸出了去国后的第一声欢呼。几星期后，他死在自己甘心的阿波慈福，时为一八三二年九月二十一日，他的遗体葬在朱艾波罗寺的族人公墓，和亡妻并卧在一起。

不愿损害他人，是为大仁；不惜牺牲自身，是为大勇。这样的道德勇气何逊于司各特小说中的英雄豪侠。今日的富商巨贾，一旦事败，莫不携款远飞，哪里管小民的死活。这种人在司各特面前，应当愧死。司各特不愧为文苑之豪侠。这一点，加上他笔下的阳刚之气，江湖之风，是召引我从伦敦冒着风雨，北征爱丁堡的一大原因。而现在，我终于攀他的纪念塔而上，怀着远客进香的心情。

## 四

八十年前，林琴南译罢《撒克逊劫后英雄略》，在序中推崇作者为"西国文章大佬"，又称他文章之隽妙"可侪吾国之史迁"。林老夫子不懂英文，"而年已五十有四，不能抱书从学生之后，请业于西师之门……虽欲私淑，亦莫得所从"。但是他把司各特比拟司马迁，却有见地。太史公的至文在他的列传，写的虽然也是历史，但其中人物嬉笑怒骂，事事如在眼前，也真是历史的戏剧化。况且在人格上，两人的巨著都是在常人难忍的心灵重压之下，努力完成。后面这一点林琴南大概不很知道，不过此刻，如果他能够偕我同登这"西国史迁"之塔，一定会非常兴奋。

顺着扇形的回旋石梯盘蜿攀升，一手必须拉住左面壁环上串挂如蟒的粗索，每一步都像是踏在扇骨上，每一步都高了一级，也转了二十级弧度的方向。哥特式尖塔的幽深回肠里，登塔者不小心一声咳嗽，就激起满塔夸张的共鸣。如果一位胖客回旋地自天而降，狭路相逢，这一边就得紧贴着墙做壁虎，那一边只好绕着无柱之柱的扇心，踮着扇骨的锐角，步步为营，半跌半溜地落下梯去。爱丁堡，你怎么愈来愈矮了呢？每转一个弯，窄长的窗外就换一框街景。司各特的小说人物，狮心理查、沙拉丁、艾文霍、大红侠、查理王子、芭萝丝、丽碧佳、奇女子基妮·定思、最后的江湖歌手……六十四个雕像，在各自的长石龛里，走马灯一般地闪现又逝隐。梯洞愈尖愈窄，回旋梯变成了天梯，每一步，似乎都半踩在虚空，若在塔外，忽然，已经无可再登。下面的人把你挤出了梯口，你已经危靠在最高层回廊的栏杆上，背贴着塔尖，面对着爱丁堡阴阴的天色。

到了这样的高度，爱丁堡一排排一列列的街屋，柔灰而带浅褐的石砌建筑，平均六七层楼的那种，就都驯驯地蜷伏在脚底了。跟上来的，只有在半空中此呼彼应的几个塔尖，瘦影纤纤，在时间之外挺着哥特式的寂寞。虽然是七月底了，海湾的劲风迎面扑来，厚实的毛衣都灌满了寒气，飘飘然像一件单衫。迎风的人微微晃动，幻觉是塔在晃动，幻觉自己是站在舰桥上，顶着海风。

东望高屯山，轮廓黑硬触目的是形若单筒望远镜的纳尔逊纪念塔，下面石柱成排，是为拿破仑之战告终而建的神殿。北望是行人接踵车潮汹涌的王侯街，威夫利旅馆就在对街，以司各特的名著为名。斜对着它的是威夫利桥，桥下铁轨纵横，是威夫利车站。爱丁堡的人不忘司各特，处处都是庞大的物证。

西望就是那中世纪的古城堡了，一大堆灰扑扑暗沉沉的石墙上，顽固而孤傲地耸峙着堡屋与城楼，四方的雉堞状如古王冠，有一面旗在上面飘动，成为风景的焦点。建筑的外貌，从长方形到三角形到四边形，迎光的灰褐，背光的深黛，正正反反的几何美引动了多少远目。我不禁想起，那里面镇着的正是苏格兰的国魂和武魄：皇冠室里供着的皇冠，红绫金框，上面顶着十字架，周围嵌着红宝石，下面镶着白绒边；皇冠旁边放着教皇赐赠的权杖和剑。三物合称苏格兰王权的标帜（the Scottish Regalia），苏格兰并入英格兰后均告失踪，百多年后，官方派遣司各特领队搜寻，终于在一只锁住的箱子里找到。司各特掀开箱盖的一刹那，他的女儿在场，竟因兴奋而晕倒。苦命的玛丽女王曾住在堡上，正殿的剑戟和甲胄，排列得寒光森然。国殇堂上，两次大战阵亡的英魂都刻下了名字，而武库里，更有从古到今的戎装和兵器，号鼓和旌旗，包括中世纪攻城的巨炮，深入堡底的古井……当我想起这一切，想起多么阳刚的武魄，阴魂不散正绕着那堡城，扑面的寒风就觉得有些悲壮。

堡在山上，塔在脚底，这两样才是爱丁堡的主人，那些兴亡匆匆的现代建筑，建了又拆，来了又去，只能算过客罢了。如果此刻从堡上传来一阵号声，忽地把司各特惊醒，这主客之比他一定含笑赞成。然而古堡寂寂，号已无声，只留下黄昏和我在黑塔尖上，犹自抵挡七月的风寒。

一九八五年八月于沙田

# 文章与前额并高

———
——

　　自从十三年前迁居香港以来，和梁实秋先生就很少见面了。屈指可数的几次，都是在颁奖的场合，最近的一次，却是从梁先生温厚的掌中接受《时报文学》的推荐奖。这一幕颇有象征的意义，因为我这一生的努力，无论是文坛或学府，要是当初没有这只手的提掖，只怕难有今天。

　　所谓"当初"，已经是三十六年以前了。那时我刚从厦门大学转学来台，在台大读外文系三年级，同班同学蔡绍班把我的一沓诗稿拿去给梁先生评阅。不久他竟转来梁先生的一封信，对我的习作鼓励有加，却指出师承囿于浪漫主义，不妨拓宽视野，多读一点现代诗，例如哈代、豪斯曼、叶芝等人的作品。梁先生的挚友徐志摩虽然是浪漫诗人，他自己的文学思想却深受哈佛老师白璧德之教，主张古典的清明理性。他在信中所说的"现代"自然还未及现代主义，却也指点了我用功的方向，否则我在雪莱的西风里还会漂泊得更久。

直到今天我还记得，梁先生的这封信是用钢笔写在八行纸上，字大而圆，遇到英文人名，则横而书之，满满地写足两张。文艺青年捧在手里，惊喜自不待言。过了几天，在绍班的安排之下，我随他去德惠街一号梁先生的寓所登门拜访。德惠街在城北，在中山北路三段横交，至则巷静人稀，梁寓雅洁清幽，正是当时常见的日式独栋平房。梁师母引我们在小客厅坐定后，心仪已久的梁实秋很快就出现了。

那时梁先生正是知命之年，前半生的大风大雨，在大陆上已见过了……早已进入也无风雨也无晴的境界。他的谈吐，风趣中不失仁蔼，谐谑中自有分寸，十足中国文人的儒雅加上西方作家的机智，近于他散文的风格。他就坐在那里，悠闲而从容地和我们谈笑。我一面应对，一面仔细地打量主人。眼前这位文章巨公，用英文来说，体形"在胖的那一边"，予人厚重之感。由于发岸线（hairline）有早退之象，他的前额显得十分宽坦，整个面相不愧天庭饱满，地阁方圆，加以长牙隆准，看来很是雍容。这一切，加上他白皙无斑的肤色，给我的印象颇为特殊。后来我在反省之余，才断定那是祥瑞之相，令人想起一头白象。

当时我才二十三岁，十足一个躁进的文艺青年，并不很懂观象，却颇热衷猎狮（lion-hunting）。这位文苑之狮，学府之师，被我纠缠不过，答应为我的第一本诗集写序。序言写好，原来是一首三段的格律诗，属于新月风格。不知天高地厚的躁进青年，竟然把诗拿回去，对梁先生抱怨说："您的序，似乎没有特别针对我的集子而写。"

假设当日的写序人是今日的我，大概狮子一声怒吼，便把狂妄的青年逐出师门去了。但是梁先生眉头一抬，只淡淡地一笑，徐徐说道："那就别用得了……书出之后，再跟你写评吧。"

量大而重诺的梁先生，在《舟子的悲歌》出版后不久，果然为我写了一篇书评，文长一千多字，刊于一九五二年四月十六日的一家刊物。那本诗集分为两辑，上辑的主题不一，下辑则尽为情诗。书评认为上辑优于下辑，跟评者反浪漫的主张也许有关。梁先生尤其欣赏《老牛》与《暴风雨》等几首，他甚至这么说："最出色的要算是《暴风雨》一首，用文字把暴风雨的那种排山倒海的气势都描写出来了，真可说是笔挟风雷。"在书评的结论里有这样的句子：

> 作者是一位年轻人，他的艺术并不年轻，短短的《后记》透露出一点点写作的经过。他有旧诗的根柢，然后得到英诗的启发。这是很值得我们思考的一条发展路线。我们写新诗，用的是中国文字，旧诗的技巧是一份必不可少的文学遗产，同时新诗是一个突然出生的东西，无依无靠，没有轨迹可循，外国诗正是一个最好的借镜。

在那么古早的岁月，我的青涩诗艺，根柢之浅，启发之微，可想而知。梁先生溢美之词固然是出于鼓励，但他所提示的上承传统旁汲西洋，却是我日后遵循的综合路线。

朝拜缪斯的长征，起步不久，就能得到前辈如此的奖掖，使我的信心大为坚定。同时，在梁府的座上，不期而遇，也结识了不少像陈之藩、何欣这样同辈的朋友，声应气求，更鼓动了创作的豪情壮志。诗人夏菁也就这么邂逅于梁府，而成了莫逆。不久我们就惯于一同去访梁公，有时也约王敬羲同行。不知为何，记忆里好像夏天的晚上去得最频。梁先生怕热，想是体胖的关系；有时他索性只穿短袖汗衫接见我们，一面笑谈，一面还要不时挥扇。我总觉得，梁先生虽然出身外文，气质却在儒道之间，进可为儒，退可为道。可以想见，好不容易把我们这些恭谨的晚辈打发走了之后，东窗也好，东床也罢，他是如何地袒腹自放。我说袒腹，因为他那时有点发福，腰围可观，纵然不到福尔斯塔夫的规模，也总有约翰逊或纪晓岚的分量，足证果然腹笥深广。据说，因此梁先生买腰带总嫌尺码不足，有一次，他索性走进中华路一家皮箱店，买下一只大皮箱，抽出皮带，留下箱子，扬长而去。这倒有点《世说新语》的味道了，是否谣言，却未向梁先生当面求证。

梁先生好客兼好吃，去梁府串门子，总有点心招待，想必是师母的手艺吧。他不但好吃，而且懂吃，两者孰因孰果，不得而知。只知他下笔论起珍馐名菜来，头头是道。就连既不好吃也不懂吃的我，也不禁食指欲动，馋肠若蠕。在糖尿病发之前，梁先生的口福委实也饫足了。有时乘兴，他也会请我们浅酌一杯。我若推说不解饮酒，他就会作态佯怒，说什么"不烟不酒，所为何来？"引得我和夏菁发笑。有一次，他斟了白兰地飨客，夏菁勉强相陪。我那时真是不行，梁先生说"有了"，便向橱顶取来一瓶法国红葡萄酒，强调那是一八四二年产，朋友所赠。我总算喝了半盅，飘飘然回到家里，写下《饮一八四二年葡萄酒》一首。梁先生读而乐之，拿去刊在一家刊物上，一时引人瞩目。其实这首诗学济慈而不类，空余浪漫的遐想；换了我中年来写，自然会联想到鸦片战争。

梁先生在台北搬过好几次家。我印象最深的两处梁宅，一在云和街，一在安东街。我初入师大（那时还是省立师范学院）教大一英文，一年将满，又偕夏菁去云和街看梁先生。谈笑及半，他忽然问我："送你去美国读一趟书，你去吗？"那年我已三十，一半书呆，一半诗迷，几乎尚未阅世，更不论乘飞机出国。对此一问，我真是惊多喜少。回家和我存讨论，她是惊少而喜多，马上说："当然去！"这一来，里应外合势成。加上社会压力日增，父亲在晚餐桌上总是有意无意地报道："某伯伯家的老三也出国了！"我知道偏安之日已经不久。果然三个月后，我便文化充军，去了秋色满地的艾奥瓦城。

从美国回来，我便专任师大讲师。不久，梁先生从英语系主任变成了我们的文学院院长，但是我和夏菁去看他，仍然称他梁先生。这时他又迁到安东街，住进自己盖的新屋。稍后夏菁的新居在安东街落成，他便做了令我羡慕的梁府近邻，也从此，我去安东街，便成了福有双至，一举两得。安东街的梁宅，屋舍严整，客厅尤其宽敞舒适，屋前有一片颇大的院子，花木修护得可称多姿，常见两老在花畦树径之间流连。比起德惠街与云和街的旧屋，这新居自然优越了许多，更不提广州的平山堂和北碚的雅舍了。可以感受得到，这新居的主人住在"家外之家"，怀乡之余，该是何等地快慰。

六十五岁那年，梁先生在师大提前退休，欢送的场面十分盛大。翌年，他的"终身大事"，《莎士比亚戏剧全集》之中译完成，朝野大设酒会庆祝盛举，并有一女中的学生列队颂歌：想莎翁生前也没有这般殊荣。师大英语系的晚辈同事也设席祝贺，并赠他一座银盾，上面刻着我拟的两句赞词："文豪述诗豪，梁翁传莎翁。"莎翁退休之年是四十七岁，逝世之年也才五十二岁，其实还不能算翁。同时莎翁生前只出版了十八个剧本，梁翁却能把三十七本莎剧全部中译成书。对比之下，梁翁是有福多了。听了我这意见，梁翁不禁莞尔。

这已经是二十年前的事了。后来夏菁担任联合国农业专家，远去了牙买加。梁先生一度旅居西雅图。我自己先则旅美二年，继而去了香港，十一年后才回台湾。高雄与台北之间虽然只是四小时的车程，毕竟不比厦门街到安东街那么方便了。青年时代夜访梁府的一幕一幕，皆已成为温馨的回忆，只能在深心重温，不能在眼前重演。其实不仅梁先生，就连晚他一辈的许多台北故人，也都已相见日稀。四小时的车程就可以回到台北，却无法回到我的台北时代。台北，已变成我的回声谷。那许多巷弄，每转一个弯，都会看见自己的背影。不能，我不能住在背影巷与回声谷里。每次回去台北，都有一番近乡情怯，怕卷入回声谷里那千重魔幻的旋涡。

在香港结交的旧友之中，有一人焉，竟能逆流而入那回声的旋涡，就是梁锡华。他是徐志摩专家，研究兼及闻一多，又是抒情与杂感兼擅的散文家，就凭这几点，已经可以跻列梁门，何况他对梁先生更已敬仰有素。一九八〇年七月，法国人在巴黎举办抗战文学研讨会，大陆的代表旧案重提，再谈梁实秋反对抗战文学。梁锡华即席澄清史实，一士谔谔，力辨其诬。夏志清一语双关，对锡华跷起大拇指，赞他"小梁挑大梁"！我如在场，这件事义不容辞，应该由我来做。锡华见义勇为，更难得事先覆按过资料，不但赢得梁先生的感激，也使我这受业弟子深深感动。

梁实秋的文学思想强调古典的纪律，反对浪漫的放纵。他认为革命文学也好，普罗文学也好，都是把文学当作工具，眼中并无文学；但是在另一方面，他也不赞成为艺术而艺术，因为那样势必把艺术抽离人生。简而言之，他认为文学既非宣传，亦非游戏。他始终标举阿诺德所说的，作家应该"沉静地观察人生，并观察其全貌"。因此他认为文学描写的充分对象是人生，而不仅是阶级性。

黎明版《梁实秋自选集》的小传，说作者"生平无所好，唯好交友、好读书、好议论"。这三好之中的末项，表现得最为出色，所以才会招惹鲁迅而陷入重围。季季在访问梁先生的记录《古典头脑，浪漫心肠》之中，把他的文学活动分成翻译、散文、编字典、编教科书四种。这当然是梁先生的台湾时代给人的印象。其实梁先生在大陆时代的笔耕，以量而言，最多产的是批评和翻译，至于《雅舍小品》，已经是四十岁以后所作，而在台湾出版的了。《梁实秋自选集》分为文学理论与散文二辑，前辑占一百九十八页，后辑占一百六十二页，分量约为五比四，也可见梁先生对自己批评文章的强调。他在答季季问时说："我好议论，但是自从抗战军兴，无意再作任何讥评。"足证批评是梁先生早岁的经营，难怪台湾的读者印象已淡。

一提起梁实秋的贡献，无人不知莎翁全集的浩大译绩，这方面的声名几乎掩盖了他别的译书。其实翻译家梁实秋的成就，除了莎翁全集，尚有《织工马南传》《咆哮山庄》《百兽图》《西塞罗文录》等十三种。就算他一本莎剧也未译过，翻译家之名他仍当之无愧。

读者最多的当然是他的散文。《雅舍小品》初版于一九四九年，到一九七五年为止，二十六年间已经销了三十二版；到现在想必近五十版了。我认为梁氏散文所以动人，大致是因为具备下列这几种特色：

首先是机智闪烁，谐趣迭生，时或滑稽突梯，却能适可而止，不堕俗趣。他的笔锋有如猫爪戏人而不伤人，即使讥讽，针对的也是众生的共相，而非私人，所以自有一种温柔的美感距离。其次篇幅浓缩，不事铺张，而转折灵动，情思之起伏往往点到为止。此种笔法有点像画上的留白，让读者自己去补足空间。梁先生深信"简短乃机智之灵魂"，并且主张"文章要深，要远，就是不要长"。再次是文中常有引证，而中外逢源，古今无阻。这引经据典并不容易，不但要避免出处太过俗滥，显得腹笥寒酸，而且引文要来得自然，安得妥帖，与本文相得益彰，正是学者散文的所长。

最后的特色在文字。梁先生最恨西化的生硬和冗赘，他出身外文，却写得一手道地的中文。一般作家下笔，往往在白话、文言、西化之间徘徊歧路而莫知取舍，或因简而就陋，一白到底，一西不回；或弄巧而成拙，至于不文不白，不中不西。梁氏笔法一开始就逐走了西化，留下了文言。他认为文言并未死去，反之，要写好白话文，一定得读通文言文。他的散文里使用文言的成分颇高，但不是任其并列，而是加以调和。他自称文白夹杂，其实应该是文白融会。梁先生的散文在中岁的《雅舍小品》里已经形成了简洁而圆融的风格，这风格在台湾时代仍大致不变。证之近作，他的水准始终在那里，像他的前额一样高超。

一九八七年四月三日

（本文略有删改——编者注）

# 出版说明

　　余光中的散文语言雅致、诗意盎然，且具有很强的时代感。《世界在走，我坐着》中收录了其三十余篇精美散文。

　　本书中多处人名、地名、书名等译法与现今通行译法有所不同，为保留作者原有风格，故只对书中部分内容进行修订，方便读者阅读。

**图书在版编目（CIP）数据**

世界在走，我坐着 / 余光中著. -- 长沙：湖南文艺出版社，2023.8

ISBN 978-7-5726-1025-7

Ⅰ.①世… Ⅱ.①余… Ⅲ.①散文集—中国—当代

Ⅳ.①I267

中国国家版本馆CIP数据核字（2023）第006048号

上架建议：畅销·文学

SHIJIE ZAI ZOU, WO ZUOZHE
**世界在走，我坐着**

著　　者：余光中
出 版 人：陈新文
责任编辑：刘雪琳
监　　制：秦　青
策划编辑：陈　皮
文字编辑：王心悦
版权支持：张雪珂
营销编辑：柯慧萍
插画设计：厚　闲
装帧设计：利　锐
出　　版：湖南文艺出版社
　　　　　（长沙市雨花区东二环一段508号　邮编：410014）
网　　址：www.hnwy.net
印　　刷：北京嘉业印刷厂
经　　销：新华书店
开　　本：875mm×1230mm　1/32
字　　数：225千字
印　　张：9
版　　次：2023年8月第1版
印　　次：2023年8月第1次印刷
书　　号：ISBN 978-7-5726-1025-7
定　　价：59.80元

若有质量问题，请致电质量监督电话：010-59096394
团购电话：010-59320018